U0055009

消逝的彩虹

——農耕・舊事・鄉情・美食

胡祖義——著

留住美麗的彩虹

成都有一家雜誌叫《門裏》，它那門太大，做了天府之國的大門，在門裏面，包含了三星堆、都江堰和古棧道，還有僰人的懸棺……我們知道，天府之國有著數不清的文化遺存，像大足石刻，像樂山大佛，像白帝城和杜甫草堂等等，每一處風景，都是那樣令人神往。可是，而今的天府之國發生了天翻地覆的變化，城鎮化進程日新月異。成都的一些有前瞻性的知識份子不希望這些文化遺存湮沒在現代化的建設裏，便興辦了這份雜誌，取名為「門裏」。

一個偶然的機會，我讀到他們的約稿函，這份約稿函在《消失》欄目中這樣寫道：「消失——在你唱KTV的一小時裏，你的前女友突然不知所蹤，想唱的老歌早就消失，地球另一邊三個物種徹底滅絕……快速新陳代謝的時代，每天都上演著下落不明的悲催事件。《門裏》想為那些我們尚來不及記住，卻值得深深紀念的事物，留下認真的思考與紀錄……《門裏》派出消失物件追蹤組前往全國各地，探尋那些即將消失的人、事、物……」

就是這份約稿函，喚醒了我心靈深處的記憶。在我的家鄉湖北，也有許多即將消失的物件，它們太美麗，美麗得像天上的彩虹，我不希望如此美麗的彩虹就此泯滅，於是我的手指頭啪啪地敲響鍵盤。我先寫下那些逐漸消失的魚鱉蝦蟹，再寫了那座顫巍巍的獨木橋……我指頭縫裏流出來的文字，就如開閘的江水，一

發而不可收。

我想，我不是在為《門裏雜誌》撰稿，我是在為自己的心靈撰稿；我不是在寫文章，我是在向你講述家鄉的美景和溫情，更是在搶救家鄉甚至全國的非物質文化遺產——我在書裏描寫的那些農具，凡是經歷過農耕時代的民族，都應該使用過，那麼，我寫的這些文章，也是在盡搶救世界文化遺產的義務。要不是這份拳拳的愛心，我文章裏描述的這些事物就不會那麼有靈性。我想，一旦它們灰飛煙滅之後，我們的子孫後代靠什麼來研究這段歷史呢？於是，我就不僅成了一個作家，還成了一個文化工作者、社會工作者。我的這些文字，對保存我們民族的思想文化和歷史都有著重大的意義。

目次

第三篇　夢裏處處是深情

第四篇　鄉間美食纏你的情

第一篇

農耕時代的博物館

油榨坊（呂學銘提供）

在一座古老的小鎮，夜深了，蜿蜒的青石板路上響起橐橐的木屐聲，你一定好奇心大發，想去看看是哪裏傳出「喀噠——噗——喀噠——噗——」的聲音吧，他們在做什麼呢？讓我告訴你，那是小鎮的原住民用石碓在舂米。你一定沒見過石碓吧？你也沒見過石磨、木擂子、老水車、扳桶、掀盤和揚叉，還有那打草鞋的釘子耙吧……這些器具，在現代化的農業時代，都不起作用了，可是，如果我們把它遺忘的話，我們的後代怎麼知道石碓和擂子為何物？它們是我們祖先使用了幾千年的器具，完全可以跟出土的金銀珠寶媲美的。

一、青石板上的木屐聲

青石板的老街道（呂學銘提供）

1

行走在青石板的街路上，鞋底發出的橐橐聲，最初敲響在我童年的記憶裏，那是在湖南的夢溪鎮，我姑姑的家門口。

我姑姑的家住在夢溪鎮。小時候，我覺得夢溪鎮非常大，以為它就是天下最大的街了。這天底下最大的夢溪鎮上，街道的中心鋪著兩條並列的青石板，青石板隨著街道的曲折，彎彎曲曲地向前延伸。遇到下雨天，青石板的街路上傳來的鞋聲便格外清脆。那個時候，青石板街路上傳出的鞋聲不是皮鞋發出的，而是木屐和靴殼子發出來的。尤其是木屐的聲音，聲音那樣大，那樣尖，那樣刺耳，如果你心情不好，能把你的心敲碎。

2

那時節，下雨之後，人們要出行，就得穿木屐和靴殼子。當然也有穿雨靴的，可是，那時候，雨靴少得可憐，更不要想高筒雨靴了。平常人家，有幾雙木屐就不錯了，靴殼子也是少有的，因為靴殼子得用皮子做，還得上桐油，普通人家買不起。木屐本來也是用皮子做的，但是它只有半截皮子，不像靴殼子要用一大塊皮子做鞋面。

我記得，上了桐油的靴殼子像一雙胖呼呼的棉鞋，只不過，靴殼子的裏面空蕩蕩的，外面呢，也只有一個空殼。你是絕對不能打著赤腳穿靴殼子的，因為，上了桐油的靴殼子硬戳戳的，如果打赤腳穿靴殼子，走不了幾步，你的腳就會被打破皮。你想穿著靴殼子上街去，就必須穿上厚棉襪，或者乾脆就在靴殼子裏套一雙布鞋。其實，靴殼子的外觀很難看，很臃腫，有點像放大了的老太太的棉鞋——那種裹過腳的老太太的棉鞋。

愛看日本電影的人，一定對日本人穿的木屐有深刻的印象吧，其實他們穿的木屐，是在唐朝時候，由大唐帝國傳過去的，人家把我們的國粹發揮到了極致。最常見的是他們的木拖鞋，我們

稱之為「呱嗒板」。穿著木拖鞋走在地板上，發出呱嗒呱嗒的聲音，很有韻味。那是我們唐朝的祖先發明的，我們唐朝的祖先愛乾淨，喜歡穿木拖鞋。後來下雨天出門，為了防滑，在木拖鞋下面安上銅的或者鐵的齒，走在泥地裏，屐齒在泥地裏扎下一個個深深的印痕。我在姑姑家住的夢溪鎮上聽到的青石板路上發出的咔咔聲，就是由這樣的木屐敲出來的。

嗨，真掃興啊，正月裏，我們從三十里外的湖北跑到夢溪鎮來，天公卻不作美。下過雨的夢溪鎮街，到處是稀泥巴。咱們從鄉下來，總得去逛逛街吧，總得去新華書店轉轉吧，總得去河埠頭看看豎著幾根桅杆的大船吧，這樣的話，我們就得穿上木屐。於是，幾雙木屐，從姑姑的家門口開始，扎下一行行印記，等到了青石板的街路上，一串清脆而雜遝的咔咔聲便立刻敲響。我們中有一個穿靴殼子的，靴殼子在青石板上發出斷斷續續的槖槖聲，木屐在青石板上發出清脆的咔咔聲，這咔咔聲裏夾雜著槖槖聲，很像一首別緻的打擊樂。

還有一種鞋，乾脆就叫釘鞋，是在一個中空的矩形鐵片上安著四個齒，然後用麻線綁在布鞋或草鞋上，這種釘鞋不防水，只防滑，它要是踩在青石板的街路上，發出的聲音更清脆。

3

青石板的街路兩邊排列著許多店鋪，有百貨店，有南貨店。南貨店是湖南人的叫法，我們湖北人叫它雜貨店。雜貨店裏賣瓷器和陶器，賣筷子、籮筐、洗衣板、鞋刷子，還賣麻繩子、棕繩子等等。我們這些小孩，從來不去雜貨店，我們喜歡到新華書店去，新華書店裏有小人書，還能買到我們喜歡看的小說。所以，當青石板街路延伸到新華書店門口時，我們就一窩蜂地離開青石板路，跑到新華書店去，青石板街路和新華書店之間的街面上，便印下一片雜遝的木屐和靴殼子印。

我們跑下青石板街路之後，更多的人繼續在街路上走。這是一道特別的風景。街上來來往往的行人，都集中在不到三尺寬的青石板街路上，要是有人挑著擔子，要是碰巧兩個胖子擦身而過，就得有人把另一隻腳踩到青石板以外的泥地裏。小狗小貓們也不想走泥巴路，它們跑到青石板路上湊熱鬧。這些狗啊貓啊，都是跟著主人的，主人慢慢騰騰地走，它們慢慢騰騰地隨，如果突然有人離開了街路，青石板路留出一大段空隙，它們便撒歡似地狂奔起來，跑出好遠，再回過頭來，看著主人漸漸地走近。

如果你有點數學頭腦，你一定會埋怨當初修街的先人們，為什麼把一條街修得這麼曲曲折折，以至現在在街路上走著的行人也跟街道一樣彎彎曲曲，不能形成一條直線。

天放晴了，街面上好走了，所有的行人就不在青石板上擠著走啦，街道上的人流像一長條發酵的麵粉，人多的時候，整個街面都是人，青石板成了一條若隱若現的中軸線。行人不在青石板上走了，青石板上再也沒有一陣陣清脆的咔咔聲。也有例外，那就是有盲人上街時，街面上就會再次響起敲擊石板的聲音，不過，盲人是用竹竿敲擊青石板的，那種敲擊聲不再清脆，由於盲人敲擊青石板的輕重緩急不同，有時候，聲音噗噗噗的，有時候便噠噠噠的。

4

還有一個地方的青石板給我留下深刻的印象，那就是我們故鄉的石子灘。石子灘的鎮街上也鋪了一條青石板路。石子灘的街道比夢溪鎮的更曲折些，它的街屋沿河而築，河沿像半邊延長的小括弧，它的鎮街便像得了健忘症的人一樣，寫下一條小括弧，再寫下一條小括弧，還寫下一條小括弧……卻把鎮街的南邊留出一個缺口。當然，在這個缺口處，它安了一個小湖泊。

我們鄉下人到石子灘去，主要是賣柴，賣紅薯，賣雞蛋，還賣糧食，我們拿賣東西得到的錢，買回居家的必需品，比如煤油、火柴和鹽，又比如孩子上學要用的鉛筆、本子和小刀。

我清楚地記得，我第一次跟父親到石子灘趕街的情景。那是一個夏天的早晨，大雨初晴，我們走了上十里山路，到石子灘鎮上時，已經是上午八點多鐘。我和父親打著赤腳片，在鎮街上踩著半寸厚的稀泥巴緩緩前行。鎮街上的泥巴是黑色的，泥巴裏有一些沙子不時硌我的腳。為了少被沙子硌，我們不得不踏在鎮街中心的青石板上，在稀泥巴裡摸索著前行。由於下過雨，街面上積了水，凡是沒鋪石板的地方，都起了一層曝泥，如果我們不走在街中心的青石板上，就時刻有被煤渣扎著的危險。曝泥呢，差不多全部蓋住了青石板，如果不是誰的大腳板一劃拉，讓石板露出些青色，外人根本就不知道鎮街上還鋪著青石板。

上午八九點鐘，太陽從鎮街的空隙裏照到街面上，把橫在街道之間的曬衣篙上的衣服照得鮮亮。你如果有點兒外交知識，你一定會以為石子灘街道上空滿掛的都是些萬國旗。

石子灘的街道很有些古舊，它的主要街道只有一丈多寬，街道兩邊的店鋪一個挨著一個，全都是木梭板，木梭板卸下來之後，燦爛的陽光便一下子湧進鋪子，把鋪子裏的貨物和賣貨的人照得那樣清晰。我注意到不少鋪面都比街面低，還曾經為它們擔過心，要是發了大水怎麼辦？大水沖進店鋪，不是把貨物都打濕了嗎？

買貨物的人進到店鋪，把街面上的泥巴帶進鋪子裏，櫃檯前便積了厚厚一層泥巴，勤快的店主在稀泥巴上撒些煤灰，有的店家撒的是草木灰。你剛在泥巴裏踩過，現在到了乾地方，你會有一種到家的感覺。

喲，外面又響起篤篤的聲音，我聽得出，那是瞎眼的算命先生在用竹竿敲，他把竹竿敲在鎮街的青石板上，發出篤篤的聲音。瞎子來了，趕街的人都讓到一邊。「篤篤篤篤……」，算命先生敲擊著青石板逐漸遠去，鎮街上的行人又圍合如初，黑色的稀泥巴漿子又開始濺到行人的褲腳上。要想青石板露出真面目，除非出三天大太陽，再刮一天老北風，否則，石子灘街上的青石板就只能被一層曝泥所掩蓋。

5

我還在松滋縣的紙廠河鎮上見識過曲折的青石板路。我經過紙廠河鎮是在晴天，鎮街上的青石板上有一條很深的車轍印。你想，這麼堅硬的青石板上印著那麼深的車轍，該是多少年代多少

車輪碾過的功勞啊。過去只有獨輪車，獨輪車的車輪外邊包著一層鐵皮，那一定是幾十年上百年千千萬萬獨輪車碾壓的結果吧。我看見，車轍印深的地方，能放得下一隻側偏著的腳丫子。

後來，我到了荊州和沙市，看見荊州和沙市的老街上也鋪有青石板，不過，不管是石子灘還是夢溪鎮，不管是荊州古城還是沙市，過去的青石板路，而今都換成了平坦的水泥路，大多數水泥路上還加鋪了瀝青，那路走起來舒服多了，摩托車飛馳在柏油路上，幾乎沒有摩擦聲，汽車在柏油馬路上行駛，旋起的再也不是灰塵。

社會進步了，物質條件改善了，生活水平提高了。桑塔納、寶馬、奔馳[1]代替了獨輪車，紅蜻蜓牌的高跟鞋和耐吉牌休閒鞋替代了木屐和靴殼子……也不知是為什麼，偶爾的，我還會想起老家小鎮上的青石板路，想起青石板路上深深的車轍，想起那一陣陣清脆的咔咔聲、含糊的橐橐聲。毫無疑問，那也是一種文明。在水泥馬路和柏油路還沒鋪來的時候，它應該給那時人們的生活帶來許多便利。

我不能想像出一百年之後我們的街道是什麼樣子，我能夠感受到的是，一百年前，我們故鄉的青石板街道的確是一條文明之路。

二〇一二年三月廿九日

二〇一二年六月十五日修改

[1] 「奔馳」即為台灣的「賓士」。

二、扳桶扳出滿桶金

1

現在的年輕人，很少有人認得「扳桶」了吧？在我們小時候，它可是收割稻子時最主要的脫粒工具。這種工具高約零點八米，長約一點八米，寬約一點五米，像一隻長方形的船，船的四角安著把手，底部也像船那樣，兩頭翹起一些，「船」底安兩根木杠，像兩根軌道，「軌道」之間大約相距零點五米，便於在泥水裏拖行。另外，在扳桶內側的中部和前部，還安著四隻鐵環，以便插帷幔用。

我這樣介紹，你是不是還有些摸頭不知腦呢？這個扳桶，一定還不能在你的腦海裏形成完整的印象吧？你別急，我繼續向你描述，就會在你的腦海裏勾畫出一個清晰的輪廓。

進入秋天了，田野裏一片金黃，收割稻子的季節到了。生產隊長一聲吆喝：「割穀去了——」於是，各家各戶的婦女手拿鐮刀跑出家門，她們在頭上包一塊花毛巾。秋風吹動著她們花褂子的衣襟，有人拿根深顏色的布帶子往腰裏一纏，不讓風把衣襟吹得飄起來。男人呢，搭了梯子，到山牆上取下扳桶，放到堰塘裏洗了洗——過年時，火塘裏的煙氣早就把扳桶熏成深褐色。但是不要緊，只要在水田裏拖幾天，表面上的那層煙垢就會褪去，扳桶就會重新煥發出亮堂堂的黃色。

要說呢，扳桶也不重，尤其是在山牆上掛了一年，更是沒多少分量，但是它不好搬，你扛在肩上吧，你的肩沒那麼寬；背在背上吧，它比你的人還長點兒，如果你把扳桶頂在頭上，又沒法看清前面的路，它有零點八米高呢，而且，你頂在頭上，還會晃來晃去的，最好的辦法是兩個人抬，很像海邊的漁民抬著漁船下海去打魚。只不過，漁民的船長而窄，農民的扳桶呢，短而寬。還有，如果你把金色的田野比做豐收的海洋的話，那麼，農民用扳桶在田野裏收穫稻穀，也跟漁民在海裏捕魚很相似。

還有更相似的呢！

兩個農民把扳桶放到田塍上，早先下田的婦女已經在田角割下一片稻子。男社員把扳桶推下田，用竹篙子穿上布帷子，把布帷子插在扳桶內側的鐵環上，遠遠望去，還真像大海上的船帆。而且，在一望無際的金色的海洋裏，這裏一隻小船，那裏一片白帆，真算得上一道靚麗的風景呢！

2

你一定很納悶——就這樣一隻船，怎樣脫稻粒呀？別急，和扳桶配套的還有一塊楠竹做成的扳齒，它傾斜著放在扳桶的後邊，像橫放著的竹齒窗戶，十幾塊厚竹片穿在木頭框子裏，扳齒的下端固定在扳桶底部，上面靠著扳桶的後沿。男社員把婦女割倒的稻子摟來，兩手握成一把，用力一揚，把稻穗朝竹齒上扳去，手裏的稻穗束呢，不停地變換著方位，要不了幾下，金黃的稻粒就被扳下來，掉到扳桶裏去了。於是，在金黃的田野裏，你總能聽到噗噗的扳穀的聲音。你站在扳桶前邊，只能看見白色的帷子上邊揚起的稻穗束，白色和金黃色構成田野裏的近景，遠處有綿延的青山，那當然是遠景嘍。

現在你該知道那塊布帷子的作用了吧，它是用來擋稻粒的，當男社員把一束稻穗使勁地朝竹齒上扳下去再揚起來時，稻粒兒就會向上飛，布幃子便把飛出去的稻粒兒擋回來。

婦女們面前的稻子被不停地放倒，扳桶裏的稻粒兒在不斷地增加，它們在竹齒前形成一座小山丘，那座小山丘金燦燦的，映得收割稻穀的農民喜滋滋的。小山丘向竹齒的前方延伸而去。當小山丘高得影響了扳谷時，就有社員跑到布帷子後邊，把穀粒往布帷子那邊扒。有社員專門挑著籮筐，把扳桶裏的稻穀往生產隊的稻場上挑。稻穀在那裏被曬乾，揚去秕殼和碎葉，就能裝進糧倉了。

3

小時候，大人們去收割稻穀，我們就跟到田裏去拾稻穗。只要你不貪玩，多的時候，一天下來能撿到四五斤穀子，少的時候也不下兩三斤。我們男孩，一般都比女孩撿得少，男孩們撿一會，總要想法玩一會，如果找到一個水不很深的堰塘，恰巧堰塘裏又有魚，我們這天撿稻子就只能裝裝樣子罷了，哪個男孩玩起水來，還想著去拾稻穗呢？

但是，當太陽漸漸偏西的時候，割稻子的女社員要收工了，扳穀的男社員也要收工了，如果我們的籃子裏還空空如也，怎麼好回家去向父母交代呢？不，我們有的是辦法，一是悄悄地去摟一抱割倒的稻穗，一抱抱到堰坎下，三把兩爪地把稻穀搓了，籃子裏也便有了大半籃稻穀，大半籃稻穀，就可以交差了，因為你是男孩，比女孩少點，不礙事。

問題是，並不是總能摟得到稻穗的，那些扳穀的人，總是跟在婦女們身後，婦女割倒一片，男社員就扳下一片。等到一塊稻田快割完時，幾乎所有的稻穗都被男社員摟去扳掉了。當然，這也難不倒我們。你瞧，我們幾個，假裝彎著腰，一邊撿著掉在田裏的稻穗，一邊快速往前走。我們走到扳桶跟前，趁扳谷的社員轉身去摟稻穗時，我們把裝稻穗的竹筐放到扳桶裏，在扳桶前邊，飛快地把稻穀往竹筐裏扒，三五下就能扒到兩三斤，嘿嘿，這一天，就能交差啦！

不過我告訴你，也不是每個小孩都有這樣的好運氣的，假如你正在扳桶裏扒穀時，被生產隊長碰見了，你就成了小偷，那是挺沒面子的事情。隊長不但會沒收了你的竹筐，還要把你抓到生產隊的稻場上去做苦工，隊長那天要是不高興，開會時，要點你父母的名，嚴重時還扣父母的工分。

唉，說起來慚愧，我就當過一次這樣的小偷，好在那次出醜，不是在自己的生產隊。

那一天，我們幾個男孩在一起瘋玩了半天，眼看著到中午，人家要休息了，我們也得回家去吃飯，可是我的竹筐裏還是空的。我按照老套路，慢慢地向一隻扳桶靠近。我已經把竹筐放到扳桶裏去了，而且扒了兩捧稻穀，忽然，我耳邊響起一聲斷喝：「幹什麼？」我抬起頭來一看，隔壁生產隊的隊長正拿眼睛瞪著我呢？

「我……我……我……」我「我」了半天，能「我」出個什麼來呢，人家人贓俱獲，你抵賴都沒用。我只好低著頭，臉漲得通紅。那個隊長我是認識的，我有個親戚，就住在他們家隔壁，過年時，我到親戚家去拜年，時常碰面的，我們還打過招呼。可是現在，我當了小偷，我還有什麼臉面對他？只好眼睜睜地看著他從我手裏奪過竹筐，把稻穀倒在扳桶裏，然後，他還要把我拉到他們隊裏去。我怕去了挨批鬥，使勁地往後縮，大聲地哭，好不容易才掙脫。

做了那一回小偷，我覺得好沒臉，好幾年沒再到我的親戚家去，後來去了，也不敢正眼看他們的生產隊長，那是怎樣的一種羞愧呀！

正是收穫的季節，生產隊裏收割稻穀，並不因為我當了小偷被抓而不繼續收割，我們撿稻穗的，也不因為當小偷被抓了而不再去撿稻穗，我們不再去出了醜的方向，稻穗還繼續撿，玩水還繼續玩，偷稻穀還繼續偷，只是比從前更謹慎了些，當然，也稍微比以前勤快了些，能不當小偷時，就儘量不當小偷唄。

4

還是豔陽高照的秋天，還是一早上，生產隊長就大嗓門地招呼大家下田去，於是，田野裏，這裏那裏又撐出一隻隻「小帆船」，這裏那裏，又響起噗噗的扳穀聲。日子久了，原先黑不溜秋的扳桶還原成亮閃閃的黃色，那潔白的布帷子呢，被稻粒兒弄髒了，被泥水染成泥巴色，但是，噗噗的扳穀聲依舊不絕於耳。偶爾有白鷺翩翩地飛來，落在稻田裏，在已經收割過稻子的地方撩動細長的腿，脖子一伸一縮，是在尋找稻田裏的蟲子吧。一會兒，它們在稻田上空盤旋，金黃的稻田上空，天藍得像用水洗過一樣，白得耀眼的鷺鷥在藍天的背景下飛翔，是一幅絕美的風景畫。不僅像我這樣有些小資情調的小知識份子看了會產生些詩意，就是那些農民，扳穀扳累了，偶爾抬頭，看見潔淨的藍天上翩飛的幾隻白鷺，也會扯起嗓子吼幾聲：「喲呵呵——喲呵呵——」那個「喲」字，照例是吼的陰平聲。

5

過不了幾年，扳桶變成了脫粒桶，那是在裝楠竹齒的地方，裝上了脫粒的滾筒，滾筒中間有根軸，裝在扳桶的兩邊，扳桶兩邊有齒輪，齒輪連著扳桶後邊的踏板，人們踩動踏板，踏板帶動齒輪，齒輪帶動滾筒，滾筒便飛快地旋轉起來。脫粒的人抱一束稻穗，往滾筒上一按，飛快轉動的滾筒就把稻粒兒脫下來了，因為滾筒上裝著彎成銳角的粗鐵絲，它們錯落地分佈在滾筒上，那樣脫粒，比起人們揚起稻穗往竹齒上扳，效率要高得多，齒輪有節奏轉動的聲音，還像是音樂的演奏。這種脫粒滾筒剛剛出現的時候，人們很是稀奇，在這之前，誰會想到，脫稻粒還會那麼輕鬆呢？

如果你真以為這種脫粒滾筒就是最先進的設備，那可就大錯特錯了，才不呢，不久，咱們那裏便有了電動脫粒機，它的原理跟腳踏脫粒滾筒差不多，只不過腳踏脫粒滾筒的動力是人的腳，而電動脫粒機靠的是電力，再之後就是現在的聯合收割機了。收割機下到田裏，連割帶脫粒，帶吹去灰塵，揚去秕殼，全是自動一體化，有的機器甚至連稻草都給粉碎後，撒到田裏當肥料了。

這個過程，前後也不過三十來年。我不禁感歎道，這農業現代化的進程是多麼的神速啊。也不知道過些年後，我們收穫稻穀會是一種什麼方式，你根本就想像不出來。

不過不管怎樣，我還是很留念扳桶扳穀的日子：在金色的稻田裏，一隻隻扳桶像一條條小船，小船在金色的大海裏揚起白色的帆，劈波斬浪，扳桶裏像是堆著一堆碎金子，藍色的天幕下，白鷺翩翩地飛翔，時而飛到金色的稻田裏，時而飛上蔥綠的樹梢，那真的是一幅絕美的風景畫啊，叫你怎麼能忘懷！

二〇一一年十月三十一日

二〇一二年五月三十一日修改

三、老水車和它的親密夥伴

水車和魚劃子
（呂學銘提供）

1

提起老水車，我感到多麼親切啊！

我記得，上個世紀六七十年代，我們家鄉幾乎一直靠水車來抗旱。遇到一連許多日子不下雨，山旮旯裏的稻田，早就裂得像龜板嘍。因為田小，白天裏，社員們都顧著大田去了，到了晚上，生產隊長一聲吆喝，從大山坳裏到小山旮旯，一連五六部水車，被幾十雙赤腳踏得呼呼地轉動，很像是東方紅拖拉機的轟鳴。你聽，中間的那部水車上，還有一位男高音歌唱家，在激情洋溢地數著水車的轉數呢：「一個那個呀一喲呵呵——」拖腔的尾音由高到低，綿長到細細的絲絲兒，似乎斷了，又被數轉數的人接了起來，「一個喲二耶嘿呢——」

數水車轉數的人，真算得上個歌唱家，他中氣十足，聲音高亢而嘹亮，在數轉數時，他還得跟著大家的節律，蹬著水車的踏拐。人們踏著水車，把水從低窪的堰塘裏提上來，高處山旮旯裏的稻田渴得張大了嘴巴等水救命呢，要是少了點力量，那水就到不了上游，山旮旯裏的稻子就只能一命嗚呼了。

不一會，轉數數到九十九了，高亢的聲音忽然變得激越起來：「我滿了一百呀，喲呵呵——」那個「喲」字，唱出的是陰平聲，此聲一出，水車上的人全都跟著喲呵呵地叫起來，所有的水車全都瘋狂似的高速運轉起來，車葉戽起的水花揚起一米多高，然後漸漸地低下去。這時，水車上的人有一半被換下來休息，剛才在休息的人爬上車架，於是，水車又由慢到快，直至高速地旋轉起來。

2

每當明月高掛，幾部水車在一起夜戰時，社員們飛快地踏動車拐，車梁中間便飛起一陣陣清亮的水花，映著明月，從車槽裏奔瀉出來的水花，仿佛是些碎銀子。有時候我想，要真是些銀

子，咱們這些人就不用這麼辛苦了。不，如果不這麼辛苦，即使有了銀子，到哪裡去換白花花的大米飯呢？

許多年過去了，當我們那裏已經用電動水泵抽水的時候，那些曾經為糧食的豐收建立過豐功偉績的水車們就只能束之高閣了。過年的時候，坐在火塘邊上烤火，我偶爾抬起頭來，看見擱在牆上的水槽，曾經油光閃亮的車槽，現在全都變得黑糊糊的，夜深了，老鼠在車槽裏歡快地奔跑，那噠啦噠啦的聲音，很像是電影裏敲響的戰鼓。

對了，我忽然記起，當年在生產隊裏車水，有時候幾撥人馬集中在一個地方車水，也有人打鑼敲鼓，那鑼鏜鏜鏜的，那鼓咚咚咚的，直把人的心都敲出胸口了。為了跟老天爺爭糧食，人們不得不拼起命了踏動車拐，他們是在用汗水向老天爺換糧食，是在拿生命向老天爺換糧食呢。那時候，誰會想到如今的電力抽水如此之簡單，如此之輕鬆——把水泵往水裏一放，電閘輕輕一合，清亮的水便嘩啦啦地流到稻田裏去了，哪裡用得著一個生產隊幾十號人打夜工呢？

儘管如此，老水車還是有它的誘人之處的。比如夏天裏下過大雨，堰塘裏的魚都隨著漫溢的水流，跑到流水蕩裏去了。雨一停，我們便架起水車，把流水蕩裏的水車乾。哎喲，你是沒見著蕩裏的水快被車乾時，魚在蕩底的那種歡快勁兒的，它們激起的水花和泥漿，常常濺起一尺多高，那都是些美味呀，你見到它們在蕩底撒歡，就能立刻預聞到飯桌上誘人的魚香，那樣的情景無論怎樣，你一輩子都忘不了！

3

水車的命運如此，其他農具的命運又如何呢？那些原始的犁呀，耙呀，耖呀，還有石滾呀等等，除了送一些進農業博物館，不就沒地方待了嗎？

當年在農村，我試著用犁耕過田，牛在前面拉著犁，你得在後面扶著犁把。看上去挺輕鬆的，還像是很自在。你錯了！那是一件不太容易幹好的農活，你得兩眼目視前方，用左手牽著牛繩，右手扶著犁把兒，時不時地，你還得看著點腳下。你的犁頭不能挖得太深，太深了，牛拉不動，還會把犁弓拉斷；你也不能把犁頭插得太淺，太淺了，犁頭會拱出地面，你就會在田裏留下一條巨大的「魚梁」。

小時候，當我看著父親把犁放在田頭，套了牛，左手抖動韁繩，牛鞭一揚，「喲呵呵——」田裏立刻翻起一路路筆直的新泥，黑色的泥土被犁頭拱開，翻過來的泥巴在陽光下亮閃閃的，很像一幅藝術的傑作。每當這時，我心裏就癢癢的，手心裏也癢癢的，我會叫住父親：「讓我來試一試吧。」

父親喝住牛，交給我犁把和牛繩，他交代我：眼睛看著前方，手扶穩點，腳踏實地往前走。

我哪裡管得了那許多，嘿，玩的就是個味嘛！我才從父親手裏接過犁把和牛繩，馬上揚起鞭子：「呵起——」一聲，牛拽著犁，匆匆地向前奔去。哎喲，壞了壞了，我一得意，扶犁的手

便失去了平穩，犁頭一下子拱出地面，跟著牛，大步流星地向前跑。我連忙「哦——哦——」地吆喝牛，可是，牛已經知道不是父親在扶犁，它像是欺生似的，頭也不回，拉著犁，歡快地向前跑。要不是父親大吼幾聲，還不知道出現什麼險情呢。

犁田是這樣，用耖來平整田地就更不容易了。耕過的水田裏，總有些凹凸不平，生產隊長就得安排有能力的農民去趕耖。一根檀木做成的耖杆上裝著十多根耖齒，把耖往田裏凸起的地方一插，耖就把高處的泥土趕往低處。這樣的農活既要有力氣，又得有技術，所以我連試都沒試過一下。

父親是把趕耖的高手，他總能把握住耖的平衡，一塊田，要不了幾耖，高處多出的泥土就被父親趕到低窪的地方去了。你站在田塍上一看，整塊田平得像一面鏡子。田地趕平了，那些原本在水坑裏棲身的魚，只好扁著身子，在渾濁的「鏡面」上掙扎。

一提起魚，我就又有說不完的話。當田裏的泥土還沒有趕平時，父親的身後，渾濁的水從耖的兩邊向耖後圍來，有些鯽魚在耖趕來時沒來得及遊開，便翻著肚皮，在渾濁的浪頭上翹動。這會兒，我飛快地跑過去，伸手一抓，將魚抓住，裝進魚簍。當然也有鯰魚和鱔魚啦。父親趕耖時，身上會掛著個布兜，一天下來，父親的布兜裏總是裝得鼓鼓囊囊的，不用說，咱們一家人，晚上準會打牙祭。那滾沸的像牛奶一樣的魚湯，一定會讓我們胃口大開。

4

我不會耕田，也不會趕耖，不過我會耙田。

耙田用的耙，像去掉一點一撇的橫放著的「亚」字，長長的兩橫上前七後八裝著十五根耙齒。你把軛頭套在牛肩上，左腳在前，右腳在後，站在耙上，一手牽著牛繩，一手抓住栓在耙檔頭的草繩，就可以吆喝牛幹活了。牛拽著耙，翻過一道道溝壟，一會兒把你送上山巔，一會兒讓你跌入低谷，你站在耙上，像一艘戰艦的艦長，指揮戰艦劈波斬浪。當你覺得悠閒時，你的眼前會不斷地變換著風景，它們是田塍上嫩綠的野草，是不遠處小河兩岸的垂柳，還有墨綠色的遠山。有小鳥飛過頭頂，它們歡叫著，不時朝田裏俯衝下來，是在啄泥巴上亂爬的螻蛄吧。也許，這樣的風景看久了，你的視力會疲倦，可是不要緊，我有的是辦法。我會用唱歌來打發寂寞，還會從兜裏拿出一本書，田裏平整時，我站在耙上，能看上好幾頁呢；如果田裏顛簸得厲害，我也能抽工摸夫看上三五行，那諸葛亮的神機妙算和孫悟空的七十二變化，還有宋江在潯陽樓上題寫的反詩，我差不多都是在那個時期看的，有一回，我正聚精會神地看書，一不小心，掉到耙空裏，險些別斷了腿。

我讀過王冕在沙地上寫字畫畫的故事，也讀過李密在牛背上讀書的故事，可是，有誰寫過站在耙田的耙上看書的故事呢？沒有吧？那麼，我開了個先河。

有誰知道我站在耙上看書的秘密呢？也沒有。大家不知道，那個時候，是不許年輕人看《三國演義》和《西遊記》之類的書的，這些書，在那時候是毒草，是封資修黑貨，平常人躲避都來不及呢，哪敢看？其實，我也不是個天不怕地不怕的魔王，只是因為我站在耙上，誰也管不著，他們哪裡知道，我耙田的時候還會看這些老掉牙的小說呢？

也有我猝不及防的時候，因為看書太專注，哪會想到有大隊幹部路過田邊？忽然聽得一聲斷喝：「雨之，你是不是又在看毒草？」嗨，我心裏的那個慌喲！我連忙把書藏到腋下，回答他們說：「沒有呀，我正在學習毛主席著作。」

大隊幹部說：「我不信，你把毛主席著作拿來我看看！」

「好，」我應答著，「等我耙完這塊田就來。」嘿，我來他個不攏岸，他們也不會到田中間來逼我，如果他們真的來逼，我就開著戰艦，朝他們衝去，衝他們一身水，看他們誰敢靠近！

5

我知道，水車呀，耖啊，耙啊，這些原始的農具都被收到歷史的記憶中去了，那麼由它們引發的那些快樂，也當然要跟著銷聲匿跡，有時我想想，覺得怪可惜的。不過，也只是偶爾。歷史在前進，社會在進步，電動水泵代替了古老的水車，拖拉機牽引的鐵犁鐵耙代替了原始的耖和犁，我想，無論哪個農民都不會歎息的，他們因此有了空餘的時間去打牌，去打工，甚至去旅遊，誰還在乎那些過時的農具呢，如果它們不是帶給我少年時代的歡樂，我大約也會慢慢地忘記它們吧？

哦，老水車和它的親密夥伴，再見啦！

二〇一一年十月廿七日

二〇一二年五月三十一日修改

四、「擂聲」隆隆米飯香

1

聽，我們家堂屋裏，「擂聲」又隆隆地響起來：「呼隆隆——呼隆隆——」擂聲不絕於耳。我們家又推擂子了，馬上有新米吃嘍！

要碾米了。一大早，父親叫我把堂屋裏的東西全都搬走，再把屋子打掃得乾乾淨淨，包括牆的每個角落。然後，我和父親把擂〈音「累」〉子抬到屋當中。父親從糧倉裏撮來稻穀，倒在擂子上面的漏斗裏，我們就開始用推磨的磨拐去推擂子。

這是一件原始的碾米工具，它跟石磨的結構相似，有著相似的原理。不同的是，石磨是用石頭做成的，擂子是用木頭和竹片做成的。它有個底座，一個上座。底座和上座都跟石磨相似，上下座的磨合面裝著齒和凹槽，只不過石磨的齒是在石頭上鑿出來的，擂子的齒是用木塊夾著竹片做成的。整個擂子大約一米多點兒高，直徑約七分米。直上直下的，像個圓柱體，底座下安著三隻腳，上座中間安一個擂掌，擂掌向兩邊伸出，很像人伸出的兩隻巴掌，兩隻巴掌上都鑿有一個洞，是插磨拐的爪子用的。這個擂掌橫穿上座的腰，中間也鑿了個洞，以便下座中央立起來的軸插到洞裏，使擂子在旋轉時圍繞著擂心轉。擂子的下座中心填了土，擂子轉動時就平穩多了。

推磨的磨拐像個丁字架，丁字那一橫的中間繫了繩子，吊在房檁上；丁字一豎的那一端安一根軸，把軸插在擂掌的孔裏，擂子就能推動了。

要開始擂稻穀了，父親把稻穀倒在擂子的漏斗裏，我們把磨拐插進擂掌，推起擂子，擂子立刻發出轟隆隆的聲音。

2

我們擂穀，常常選在雨天，雨天在家裏推擂子，夏天裡，擂子的轟隆聲跟天上的雷聲相呼應，你要是不注意聽，真分不清哪是天上的雷聲，哪是屋裏的擂聲。

擂子被不停地推動，擂子漏斗裏的穀子不停地漏到擂齒縫裏，上下擂齒像兩排巨大的牙床，把擂齒縫裏的穀粒不停地擠壓，碾軋。擂齒呈輻射狀向周圍散開，穀粒在擂齒縫裏被不停地碾軋翻動，翻著翻著，那層脆殼就被磨破，等到被擠出擂齒，落到地上，已經米是米，殼是殼了。

用擂子磨穀
（呂學銘提供）

米和殼的散落像一幅優美的圖畫。隨著我們推動擂巴掌，擂齒裏被擠出來的米和殼，全都從擂子的縫裏，呈拋物線撒落下來，像如今接近尾聲的噴泉。金黃的穀殼和銀白的米粒混雜在一起，使得撒落的穀殼和米粒顯出淺黃色。我們用力大一點，這淺黃色的噴泉就灑得開一點，我們推得慢一點，這淺黃色噴泉的喇叭就收得小一點。漸漸的，擂子下面便堆起一座座連綿的小山，推的時間長了，我們還得拿撮箕把堆在擂子周圍的米和殼扒開一些。

推了一會兒擂子，父親停下來，蹲下身子，從淺黃色的小山包上抓起一把米和殼，看看還有沒有沒被軋破的穀子，或者看看穀子是不是被軋成碎米。如果穀殼還有沒被軋破的，說明擂齒的槽深了；如果許多穀子都被軋碎了，說明擂齒的槽淺了些。一般情況下，沒被軋破的穀子是不太多的，因為擂子不斷地推，竹片的擂齒總會磨損一些，只有擂齒磨損得厲害了，擂齒縫變小，才會把穀子軋碎。穀子還沒被軋破不要緊，下一道工序——放到碾子裏去碾一下，也會把沒被磨破的穀子碾破。遇到沒被軋破的穀子一多，父親知道，要鏨擂子了。

我們把擂子漏斗裏的穀子挖出來，把擂子的上座卸下來，掃清擂子下座上的穀粒。父親拿一把木鏨子，順著擂齒的槽，把下座上擂齒的槽鏨得深一些。那個木鏨子，上頭厚，下邊薄，比擂齒的槽稍窄些。父親從擂子的中心開始，一條槽一條槽地鏨。有時候鏨完了下座，還得鏨上座，不過，通常父親只鏨下座，擂子下座凹槽的深淺，能決定擂子擂出來的穀子的質量。

剛才還雷聲隆隆的，怎麼突然沒了聲響呢？不，並不是沒有聲響，而是連續的雷聲變成了有節奏的梆梆聲。你聽：「梆梆，梆梆梆梆；梆梆，梆梆梆梆。」停歇一會，梆梆聲又響起來。當梆梆聲停歇的時候，你到跟前去看，那是父親在觀察剛才鏨過的擂齒，他要看看哪些地方還不平。你瞧，他低著頭，眯細著眼，仔細地察看著擂子的下座，看到哪裡有點兒不平，他就拿鏨子到哪個地方去鏨幾下。等到把擂齒的槽都鏨得合乎要求，我和父親又把擂子的上座加上去，往漏斗裏倒上穀子，於是，轟隆隆的雷聲便又接連不斷地響起來。

3

我這裏再為你介紹家裏另外幾樣裝卸稻穀的工具。一件是籮筐，籮筐底部的四隻角是方形的，用扁平的竹篾編成；籮筐的主體部分全是用三毫米粗細的篾線編的。這些篾線鋒利的邊沿被刮平了，被刮平的竹篾一層一層編織起來，中間粗，到了收口的地方，再收緊一些，於是，籮筐們都成了大肚漢。

再一件工具是撮箕，這些撮箕也是竹篾編成的，分斗撮箕和斛撮箕。舊時量穀子，十斗為一石〈讀「擔」，去聲〉，一斛呢，我們那裏是二斗半，可見斛撮箕的容量是斗撮箕的兩倍半。不過書上說，五斗為一斛，我們老家跟書上說的有些出入。

穀子播好了，下一道工序是拿風車，把播破的米粒和粗殼分開。這種風車，現在在一般的小型打米廠還能看見，它有個很大的漏斗，漏斗口朝天，漏斗的右下方是一個巨大的肚子，肚子裏裝著風車的葉片，葉片呈輻射狀集中到中間的一根軸上，軸的中心有一根鐵棍，這根鐵棍的兩頭固定在風車的兩邊，風米的人打開漏斗底下的閘門，搖動著搖把，米粒從下邊的第一個漏斗裏漏下，碎米和穀殼從第二個漏斗漏下，每個漏斗下放一隻籮筐。我們把車出來的糙米放到一邊，拿去用碾子碾了，就可以煮飯了。那些碎米，要拿去餵豬，糧食緊缺時，我們還會用簸箕簸去穀殼，煮成碎米粥，或者乾脆把碎米磨成粉子，用來打糊塗吃，比如說做南瓜糊塗，拿碎米磨成的麵做，就比拿米飯做成的糊塗更好吃。

風車還有一個大口子，這個口子在風車的尾巴上，粗殼和米糠就從這個口子裏吹出來。

那時，我們家每個季度要播一次穀，每次能播三百多斤稻穀。然後，我們把播好的稻穀送到碾坊去碾，在碾坊碾好了，再用風車車一下。

三百多斤稻穀，一般得大半天才能播完，再花上大半天時間送到碾坊去碾，這樣，我們從穀倉裏撮出穀子，到把乾乾淨淨的大米裝到米罐子，差不多要花去一天半工夫。哪像現在，三百多斤稻穀送到打米廠，到挑出白花花的大米，不到半個鐘頭。到後來，差不多每個生產隊都有了電動打米機，你什麼時候挑稻穀去，打米廠的老闆把電閘一合，嗚嗚嗚——只一會兒，你就能挑著米回家做飯了。

我不由感歎道：這現代化的進程是不是太快了點啊？我記得，咱們用柴油機打米還沒幾天呢，怎麼就用起電動機打米了？會不會有一天，只要你把稻穀儲存在倉庫裏，什麼時候你想吃東西了，按一下按鈕，到出口的地方，你想要的食品，就會按照你的需要，做出成品來？

4

我已經很多年沒回老家了，不知道我們家的擂子被丟到哪裡去了，多半是當柴燒了吧。如果還放在哪個角落裏的話，它應該被送到農耕博物館去的。將來的少年和青年們看了擂子，一定不清楚是什麼東西，那麼，我這篇文章，就相當於給擂子立了個傳，它見證了農耕時代人們把穀子變成白米的過程。

你別以為它算不上文明。我看過柴油打米機的軸，柴油打米機的軸上就有好幾條齒，這幾條齒從放穀子的漏斗那兒呈輻射狀散開，軸的外面是設計得很精緻的篩子。打米機的軸被機械動力拉著飛快地旋轉，一邊轉，一邊把磨碎的糠篩出來，從另一個斗裏，便流出白花花的大米。我在想，如果沒有古人的擂子和風車，咱們現代的機械師能不能那麼順利地發明出打米機來呢？

用擂子脫掉稻穀的殼，那擂子的聲音，真的很有些像雷聲；用柴油機帶動打米機，柴油機的突突聲，能把人的耳膜震得麻木；只有用電動機打米，嗡嗡的電流聲也不大。我相信，只要我們想做，我們也一定能夠把電動機的那點兒嗡嗡聲消掉，這絕不是個什麼難題。那麼，作為原始的脫殼工具——擂子，當然就只有送進農耕博物館的份兒了。擂子如果有知，它應該是感到欣慰的。

二〇一一年十一月廿四日
二〇一二年六月十一日修改

五、銀項圈和涎兜子

（一）銀項圈

1

喜歡看古典電視劇的人，一定熟悉古代罪犯戴在脖子上的枷鎖吧，年代久遠一點的是木枷，近些的是鐵枷，你一定沒見過哪個罪犯脖子上戴過銀做的枷鎖吧？可是在過去，農村人家養小孩，總給小孩脖子上戴個銀項圈，其用意居然跟古代囚犯脖子上的枷鎖相似，是想把這孩子「鎖」住，不讓他「跑」了。

過去農村人家養的孩子總是叫狗娃、牛娃、獾子、馬駒子……如果不給他們套個鎖，怕他們跑了呢。那時候，農村的醫療條件差，生下來的孩子，往往存活率不很高；農村人吧，又迷信，說是小孩嫌這家不富裕，想要早點脫生一走了之，才想到用鎖把孩子給套住的。但是，你又不能真的給孩子上把鎖，於是，便想出這麼個雅致的辦法，用銀子打一個項圈，套在孩子的脖子上，算是把孩子鎖在這個家裏了。

2

這個銀項圈是用純銀打造的。過去的農村，有走鄉串戶的銀匠，專門為人家打造金銀首飾。哪家有女初長成，快到出嫁年齡，家裏就要給女孩準備嫁妝了。有錢的人家用金子打，條件差點的人家用銀子打，再窮些的，也要用銅打幾樣東西，比如耳環呀，戒指呀，手鐲呀，還有打腳鏈的，非常富有的人家還打簪子和鳳冠之類。剛生小孩的人家，就打項圈。

這項圈通常用兩塊光洋打成。那時候，民間還暗中流通袁大頭，民國時期的一塊袁大頭，在上個世紀六七十年代，也值上十元人民幣呢，現在就遠遠不只這個數嘍。銀匠把兩塊袁大頭化成銀水，澆鑄成一根中間粗兩頭細的銀釺，這樣的銀釺，粗的地方約五毫米，細的地方不到二毫米。銀匠把這根銀釺繞成直徑二十釐米左右的圓圈，兩頭的細銀釺彎過來，環繞在粗銀釺上。你仔細看看，會發現纏繞在粗銀釺上的細銀釺，很像瓜蔓纏繞在竹枝上的觸鬚，一圈一圈密密地挨著，那細銀釺繞成的圈兒，還給粗銀釺留下一定的空隙，讓它有些伸縮性。

這個銀項圈能拉得開一些，也可以收得攏一些。剛出生的小孩脖子細，那就得把項圈收小些，等到孩子長大，再把項圈拉開些。

許多人家還在項圈上安兩個小鈴鐺。這鈴鐺也是用銀子澆鑄的，它的外形很像如今的自行車鈴鐺，但是比自行車鈴鐺小很多，而且，自行車鈴鐺是靠扳手扳響的，小孩項圈上的鈴鐺，只有在孩子玩耍跳躍時才發出聲音。這個鈴鐺，由兩塊合起來的鈴碗焊接而成，兩個鈴碗中間有個缺口，從缺口裏看去，裏面有個中空的小球。當小孩子玩耍跳躍時，鈴鐺在小孩脖子上不停地晃動，小圓球在鈴鐺裏面不停地滾動，項圈上的鈴鐺就發出清脆的聲響。這聲音在當媽媽的聽來，無疑是一曲仙樂，它那樣悅耳動聽，能讓你所有的浮躁一掃而盡；它又像一陣春風，把媽媽的心吹得暖暖的，柔柔的，如一湖平靜的春水。

當媽媽的正忙著呢，她一邊做著手裏的事情，一邊欣賞著如同仙樂般的銀鈴聲，不知不覺的，手裏的動作便加快了許多，她知道孩子在玩，孩子項圈上清脆的鈴聲告訴她，孩子就在她身邊。可是突然，媽媽聽不到鈴聲了。「耶——我的孩子呢，怎麼聽不到鈴聲了？」媽媽立刻丟掉手裏的活兒，找孩子去了。哦，孩子跑到一邊，也許是玩累了吧，正在打瞌睡呢！

3

除了項圈，有的人家還給孩子打手鐲和腳鈴，模式都跟項圈差不多，只是規制的大小不同罷了。

你瞧，誰家的小孩正坐在嘎椅子上樂著呢，小傢伙的腳丫子蹬在嘎椅子的踏板上，兩隻手放在嘎椅子的面板上，一會兒，他舉起胖乎乎的小手，在木板上輕輕地拍，一會兒把手揚起來，伸向

旁邊不遠處的大人，是想讓大人抱一抱呢，還是在朝大人歡呼？不管小孩是拿小手在嘎椅子上拍，還是把手伸出去不停地搖晃，孩子手上的、腳上的和項圈上的鈴鐺，都會一起發出清脆的響聲。它們像是喊出了小孩還喊不出來的話：「呵呵，我多快樂，我多快樂喲！」

這就是我們南方人家小孩脖子上戴的項圈，北方人家稱為鎖吧。現在，我們還能在描寫北方風情的小說中讀到「鐵鎖」、「銅鎖」和「銀鎖」之類的小孩名，他們是不是在小孩戴的項圈上加過一把鎖呢？在他們加鎖的位置，我們南方人家便給孩子掛上了噹噹響的小鈴鐺。南方人家也拿「金」、「銀」、「銅」給孩子命名，不過，南方人把孩子叫「鐵匠」、「銅匠」和「銀匠」罷了。為什麼把孩子叫「鐵匠」、「銅匠」、「銀匠」呢？這應該與給孩子做項圈的人的地位有關吧，在過去，給孩子們做項圈的銀匠，屬於下九流，地位極其低下，跟狗啊貓啊馬啊相似，都是容易養大的。那麼，就請銀匠給孩子打一副項圈吧，把孩子牢牢地鎖住，別讓他們跑了。

除了給孩子戴項圈，還有的人家，用紅色的絲線，在小孩手鐲上繫根小木棍。你猜猜，他們會在孩子的手鐲上繫根什麼樣的小木棍呢？嘿嘿，你不一定猜得著，告訴你吧，人家繫的是一根從花椒樹上砍下來的木棍兒，他家的孩子正長牙齒呢，孩子長牙齒的時候，總想抓點什麼東西往嘴裏塞，大人就在他手鐲上繫根花椒棍兒。孩子在嘎椅子上跳啊，蹦啊，手在嘎椅子面板上一抓，一把抓住那根小木棍，他把小木棍塞進嘴裏，嘎吱嘎吱地啃，啃得有滋有味，啃得直流涎，在孩子不停地啃咬中，他的「狗牙丁」便悄悄地長出來啦！

而今的小孩子，很少見戴銀項圈了，家長不屑於給孩子戴這些東西，嫌戴那玩意兒老土。咱們現在的孩子有的是新鮮玩意兒。要玩小鈴鐺，玩具超市裡有的是塑膠做成的小鈴鐺，鈴鐺的鈴碗和把兒，全都是五顏六色的塑膠做成的，看上去耀眼奪目。有一種手鈴，樣式倒是很像那時小孩戴的項圈，一個圓圈，直徑大約二十釐米，圓圈的內芯是不鏽鋼做成的，外面包著彩色的塑膠，跟新疆人跳舞時拿在手裏拍打的手鼓差不多，圓圈上掛著許多小鈴鐺，一搖動，發出嘩啦嘩啦的響聲。這樣的手鈴，看是好看多了，只不過，前些日子，我從電視上看到，拿來做玩具的原料，大多是醫療用品的再生產原料，還有的是裝過垃圾的廢塑膠袋，要是孩子餓了，把小鈴鐺放到嘴裏啃，說不定就把有毒物質吞進去了，那可就遠遠不如銀項圈安全嘍！所以，並不見得那些看上去土裏土氣的東西就不好呢，當然也不見得花花綠綠的東西就是好東西，現代社會很多東西，在華美的表面下，有很多有害的東西，不能不引起當爹當媽的注意喲。

（二）涎兜子

1

正長牙齒的孩子很喜歡流涎，剛換上的罩衣，眨眼的功夫就被涎水打濕了。如果一直有人抱著，大人就在小孩胸前用別針別一條手絹，孩子流涎了，拿手絹去揩一揩，就這樣，也得不停地換手絹。這可不是個辦法呀，怎麼辦？有人想出辦法來了，給孩子套個涎兜子。

涎兜子的平面，看上去像個膨脹的C字，由許多碎小的花布片拼接起來，像納鞋底一樣，用針線一針一針地縫成。這些碎花布片裏面襯著一層硬殼子，這層硬殼子，俗名叫「鞋殼子」。做涎兜子之前，當媽媽的用麵糊把舊布片一層一層糊在門板上，把糊了舊布片的門板放到太陽下去曬，布片曬乾了，揭下來，拿來當涎兜子的內芯。你再看那些碎花布片，被剪成一片片梯形的小塊，把它們一片一片排列起來，讓它們呈輻射狀，窄的那頭，集中到「C」字的內圈，寬的那頭，像陽光的光線朝外輻射開去。「C」字的兩邊鑲上紅色的或者紫色的滾邊。「C」字的起筆和落筆處，各釘一根帶子，當媽媽把涎兜子套到孩子脖子上之後，把兩根帶子一繫，銀項圈托著涎兜子，涎兜子護著銀項圈。孩子口裏不停地流出涎水，涎水落在涎兜子上，當中的那片打濕了，大人把涎兜子轉個方向，孩子的下巴就又擱到乾涎兜子上面了。

這涎兜子是用來接孩子的流涎的，可是它套在小孩的脖子上，當你看古代電視劇的時候，你便馬上聯想到，這涎兜子多麼像古代罪犯項上的枷鎖，只不過，古代罪犯戴的枷鎖是木做的或者鐵做的，小孩子戴的涎兜子是用碎花布拼接起來的；古代罪犯戴枷鎖是為了限制罪犯的人身自由，小孩子戴上涎兜子是為了不讓涎水打濕衣服。

即使戴上涎兜子，當孩子不停地流涎時，一天下來，也得給孩子換兩三個涎兜子，逢上下雨天，那麼厚的涎兜子不容易乾，就得用烘籃把涎兜子烘乾，所以不少人家，便給孩子做了許多涎兜子。於是，涎兜子就得變換花樣。你總不能全是些碎布片拼成的吧，你總不能全鑲紅色的紫色的邊吧，媽媽們就想出用整塊布做涎兜子面子，再在面子上繡些好看的花，這樣一來，本來是給小孩接涎水的布兜子，便成了一件件工藝品，還讓年輕的媽媽們爭相比花樣，比繡功，比財力，比欣賞水平。

2

你瞧，這位媽媽在涎兜子上繡的是「花開富貴」，涎兜子正中繡著兩朵鮮豔的牡丹；那位媽媽在涎兜子上繡的是「歲寒三友」，松樹是那樣地挺拔，竹葉疏密有致，菊花花瓣那樣地厚實。還有繡「鴛鴦戲水」的，是不是希望自己的兒女將來有個美滿的婚姻呢？有的媽媽繡的是「五子登科」，那是古代的科舉思想還在作怪吧，她也許希望自己的孩子今後能「狀元及第」，光宗耀祖。講究些的人家，用金絲線滾邊，那兩根繫涎兜子的帶子是紅色的流蘇。

繡花所用的絲線有很多講究，繡法呢，那可就各顯神通嘍！手巧的媽媽繡的花，深色和淺色過渡時不露痕跡，能繡出如水墨畫濡染的效果，繡功差些的，則是一塊塊顏料的堆砌。每當農閒之際，媽媽們抱上自己的孩子，到親戚家去串門，這便成了媽媽們比賽繡功的盛大節日。好多媽媽都把孩子抱到一起，在陽光下，孩子們的衣服是鮮豔的，銀項圈在陽光下閃著熠熠的光輝，

涎兜子在孩子們脖子下爭奇鬥豔。就有人在一邊評論：「喲，這是誰家的孩子，他的媽媽手好巧呀，這還繡上了山水呢，你看這小河的流水，像是能聽到嘩啦嘩啦的水聲；嘿，這裏還有一條魚，魚兒正在往上游呢，能聽到魚把水弄得潑啦啦響。」

那邊有一位更驚訝得不得了：「還有更奇的呢，你看這個涎兜子，上面繡著雲，繡著鳥，還繡出了風的效果。你看這風，把小鳥的翅膀吹得一扇一扇的，它被風吹得伸不開翅膀啦！」

可以肯定的是，這樣的一場不是比賽的比賽，常常能觸動一些年輕的媽媽，這次回去，她一定會靜下心來，認真地拜師學藝，她總不想在下次比賽中再輸給別人吧？這就讓賣針頭線腦的小販們有機會發點小財了。他們挑著裝有各色絲線的笸籮，到處去遊說：「嘿嘿，我這絲線，是才從沙市進的貨，全是一色的上等品。」

若有競爭的小販，那家小販一定說：「我的絲線，是請在漢口讀書的大學生捎來的，顏色才叫鮮豔呢！」

除了在涎兜子上繡花，不少媽媽還在孩子的罩衣上繡了花，在孩子穿的小鞋上繡了花，沒想到，一個小小的涎兜子，能引發一場女工和藝術的暗中較量……。

3

回過頭來再看看而今的小孩，他們脖子上再也沒有銀項圈和涎兜子，孩子們脖子上掛的是雪白的口罩。那口罩像天上潔白的雲彩，很乾淨，很衛生，可是美中不足的是，缺了點藝術性吧，大家都從商店買來的，全都一色的潔白，也就看不出誰家的媽媽女工的水平高些，這不能不說是些遺憾。而且，要是你買到不合格的次品，你的口罩用沒經過嚴格消毒的棉花做成，你想想，孩子戴了會怎麼樣呢？

絕不是草木皆兵，現在的東西，假冒偽劣產品太多，有時候，令我們談虎色變，所以有時候我就想，還是那種碎花布拼接的涎兜子安全啊！

二〇一二年四月十日

二〇一二年六月廿六日修改

六、一掀揚出黃金山

1

時值八月，正是收割稻穀的時候，田野裏一片歡騰，稻場上也一片歡騰。

伯父站在南風頭上，手裏拿著一把掀盤。他彎下腰，從面前小山似的穀堆上撮起一掀盤稻穀，朝左前方揚去，沉甸甸的穀粒被伯父有力的胳膊掀到空中，然後紛紛做自由落體運動，呈拋物線落下。在穀粒下落之時，南風把穀粒中的秕殼吹去，吹得偏離穀堆，然後落下，那些紛紛揚揚的稻屑，則飄飄揚揚地飄向更遠的地方，越細碎的稻屑飛得越遠，那些粉塵，隨著一陣陣南風飛過田野，飛過山坳，沾附到對面山上的松針上，遠遠看去，像下了一場淡黃色的雪。

我的伯父是生產隊裏的一把好手，在上個世紀四十年代，他給人當過長工，如果沒有過硬的本領，怎麼能端得起人家的飯碗呢？伯父犁耙耖滾樣樣在行，像揚穀這樣的技術活，生產隊裏沒幾個人比得過他的，因此，這活兒，只有他和少數幾個人能做，大多數時候，幾乎成了伯父的專利。

2

伯父用的揿盤很講究，最講究的是揿盤前面的那塊揿板。那是一整塊結實的木板，木板中間，木匠用特殊的工具刨出不很顯眼的凹槽，木板前端被刨得很薄，新揿盤的前端，木板的厚度不超過三毫米，用舊了的揿盤更薄些。揿盤的木板越靠近擋板越厚，擋板那兒以榫頭和木板銜接，再在榫頭外邊釘上楠竹的倒楔；擋板中間鑿個圓孔，以便安裝揿盤把。揿盤把從擋板往後有個弧度不大的曲線，是為了揚穀的人操作方便而設計的，揿盤把穿過擋板的孔，伸到木板的中央靠後一些的地方，漸漸削薄，用鐵袢兒袢住，防止揿盤拋向空中時揿板脫落。講究點的農家，在春天裏還拿桐油油幾遍揿盤，讓它無數次插入穀堆時，不至於磨損得太快，還能保護揿盤不變形。

我的伯父就是握著這樣一把揿盤在稻場上揚穀的，有時我想，他手裏哪裡是握的揿盤，簡直就是握著一件精美的藝術品。揿盤的把兒被伯父的手掌磨得亮閃閃的，閒暇時，我曾把伯父的揿盤把當鏡子，那閃亮的地方，很像是一面哈哈鏡，把我的人影子拉得老長老長。那塊木板呢，因為被千千萬萬顆穀粒摩擦過，全都露出木頭的紋理，一絲絲，一縷縷，看得清清楚楚。

3

這時候，一望無際的田野上，這裏一群那裏一夥農民忙得正歡呢，他們用扳桶扳下金黃的稻粒，用籮筐挑到稻場裏。伯父用一把小月板把稻穀扒開，攤勻整，要不了多久，火辣辣的太陽就會把稻穀曬乾了。當然，稻場裏的稻穀要曬乾，還得做許多細緻的工作。當伯父拿小月板把堆在稻場上的穀子攤開後，伯父經常背著手，打著赤腳，在稻場上踢穀，他得把稻場上的穀子踢出一道道凹槽，以便太陽能充分照射到稻穀上。伯父幾乎每隔半個小時就去踢一次穀，上次踢出的凹槽是由西向東的，下次就由北朝南地踢，這樣不斷地變換方向，給穀粒不停地翻身，稻穀很容易曬乾。

一俟場上的稻穀曬乾，伯父便指揮手下人把稻穀收攏。他們找來大月板，把稻穀往南風頭上聚攏。這個大月板是相對於小月板說的，小月板上安有一根長把，把的一端裝了塊四五寸高、一尺七八寸長的木板，木板中間高，兩邊低，很像一把半圓形的梳子，只不過梳子有齒，而月板上裝著的是木板。大月板就大得多了，它大約長一米二，高五六分米，月板上裝著很結實的木杠子，木杠上安著很粗的鐵環，鐵環上拴著纜繩。收稻穀的時候，一個壯勞力在前邊拉纜繩，穀子多的時候，他得把纜繩背在肩上，人向前傾，使勁地往前拉。在後邊扶著月板的人還得根據月板上穀子的多少調整月板的傾斜角，等到月板上拉了一滿板穀子時，扶月板的人就輕輕地提起月板。拉不完的稻穀，你再分幾次去拉，總會拉完的。

4

不一會，稻場上的穀子就堆得像小山一樣高了，可惜的是，這時候，稻穀裏還夾雜著許多稻葉的碎屑，當然還有不少秕穀，嘿嘿，那可就要看伯父的了，伯父借著南風，能把子粒飽滿的穀粒跟秕穀分開，要不，伯父怎麼能稱得上一把好手呢？

可是稻子堆好了，並不一定能揚場，南風還沒吹過來呢，它像是故意捉弄人似的，有一搭沒一搭地吹著，無論你多著急，它就是不急，好不容易吹來一陣，又畏畏縮縮地退了回去，根本不想跟伯父合作。伯父呢，也不急。你不來，我就坐在稻場邊上吸一袋旱煙，吸一袋旱煙你不來，我再吸一袋，我就不信，你能老是那麼躲著藏著不出來，這正是揚場的天呀，不吹南風是不可能的。

知了在場外的樹上一個勁兒地叫喚：「熱……熱……熱啊，熱啊——」，再不就是「知啊——知啊——知、知、知……」，最後，「知」得沒一點聲息了。看來知了也被火辣辣的太陽曬得沒了勁兒，大約是昨兒晚上喝的一點露水，早就被太陽烤乾了吧。

伯父一邊抽著旱煙，一邊不停地朝稻場周圍的樹上看去。太陽在慢慢地西沉，再不來風，今天的稻穀就揚不完，明天又會有新的稻穀挑到稻場上來。就在伯父即將抽完第二袋旱煙的時候，伯父看見山坡上的松樹起了一陣波動，他那不容易看見的笑容終於漾開在臉上。伯父敏捷地把煙袋在稻場邊上的石滾上磕了磕，招呼一聲：「楚世大爹，風來了，準備揚穀。」

伯父的話總是那麼簡短。他的話還沒說完呢，站在一邊的楚世大爹早就抓起一把竹掃帚，拿塊灰不溜秋的毛巾裹了脖子裹了頭，還在頭上扣了頂斗笠，穩穩地站在下風頭上。

伯父站在穀堆旁邊，把掀盤插進穀堆裏，右手抓住掀盤把，左手先是插在腰裏，眼睛望著南方，吆喝一聲：「喲——喂——」這一聲「喲喂」挺講究的，「喲」字拖得老長，「喂」字呢，拖成尖細的「威」字音，那一聲「喂」，仿佛叫到了雲霄裏，叫醒了酣睡的風神，霎時，一陣悠悠的南風如姍姍來遲的仙子，終於飄到稻場上。伯父臉上起了一陣笑容。他彎下腰去，從穀堆裏撮起一掀稻穀，兩隻手先是向右後方一退，接著十分優雅地把掀盤往左前方的空中一送，眨眼間，金黃色的稻粒兒呈拋物線向空中飛去，再紛紛落到稻場上，它們按照子粒的飽滿程度，依次向南風的下風頭落下，那些稻葉的碎屑，粗點的，落在秕穀附近，細些的，便落在遠些的下風頭上，那些粉塵，則隨風飄向遠方。

就在秕穀和稻屑落下來的瞬間，楚世大爹早就把竹掃帚輕輕地橫過去，把秕穀和稻屑掠到一邊去了，呈現在伯父和楚世大爹面前的稻穀，全是清一色的黃澄澄的稻粒。如果你注意觀察，你一定能看到伯父和楚世大爹臉上浮現出來的愜意的笑容。農民們忙活了大半年，就指望著今天呢，包括過春節時擺在八仙桌上的雞鴨魚肉，包括孩子們身上的新衣服，包括姑娘婆婆笸籮裏的針頭線腦，哪一樣不得靠賣了糧食去買啊，你叫他們能不微微地笑嗎？

傍晚啦，南風只要一來，就沒個住，它一陣陣的，大一陣，小一陣，伯父手裏的掀盤便快一陣慢一陣地揚起來，落下去，再揚起來，再落下去，如果有采風的舞蹈家看見了，一定能創作出幾個絕妙的舞蹈動作，這樣的舞蹈動作，應該能拿到國際舞臺上去得金獎的。

5

田野上的「帆船」一個個撤了帷子，扳穀的聲音漸漸稀落，這時候，生產隊的稻場上漸漸地熱鬧起來。有人來幫伯父揚穀，有人在用大月板收攏稻穀，有人在拿小月板把稻穀往稻場中央趕，還有人拿了裝著石灰的木盒子，在收攏的穀堆上做記號。你不知道吧，這石灰盒子可有講究呢，它就像古代官員的印符，白色的石灰印一蓋上穀堆，就昭示你：莫動歪心思哦，這是生產隊裏的糧食，誰動，誰就是小偷。

那年月，誰敢冒天下之大不韙，去偷生產隊的穀子呢？像我們這些在扳桶裏扒穀子的小屁孩，也絕不敢在生產隊的稻場上得便宜的。夜裏，稻場上有人守夜，誰要是敢在稻場上打稻穀的

主意，就一定會受到大夥兒的批判。

田野上冷落了，稻場上的熱鬧，你想擋也擋不住，伯父的揚穀，被社員們當成藝術在欣賞。當然，那時候，他們是不知道藝術的，他們只覺得，伯父揚谷的姿勢很好看，他把掀盤插在穀堆裏，撮起一掀稻穀，兩手握住掀盤把向後一引，再往前一送，稻穀呈優美的弧線飛向空中，然後按照自由落體規律落下來，要不是稻場的喧鬧，你還能聽到谷粒下落時的窸窣聲，那是豐收的喜悅啊，那是對幸福生活的嚮往啊。你瞧，在伯父面前，已經堆起了一座金燦燦的山，那座山堆的就是金子，就是冬天的棉衣，就是孩子們過年的新衣裳，就是春節期間酒桌上豐盛的菜肴，還有什麼比這更能打動農民的心呢？

6

稻場上，南風漸漸大起來，那些後生們看見伯父揚谷的姿勢那麼優美，早就耐不住了，他們搓一搓手，從旁邊拿起一把掀盤，學著伯父的樣子，發一聲喊：「喲——喂——」穀粒被拋得老高，遺憾的是，他們揚起來的穀粒不能像伯父的那樣散開來，穀粒是穀粒，秕殼是秕殼，他們掀盤上的穀粒，幾乎是一呼隆飛上天，又一呼隆落下地。

這會兒，伯父微微一笑，從後生手裏接過掀盤，撮一掀穀子，兩手向後一引，再朝前一送，穀粒呈拋物線飛上天去，又窸窸窣窣地落下來，空中的穀粒映著晚霞，像極了一粒粒碎金，地上的穀堆接受了一抹夕陽，也變得金煌煌的。在旁邊看著的後生發一聲喊：「喲——喂——」隨著就是一陣呵呵的笑聲。是讚賞伯父揚穀的姿勢呢，還是讚美金黃的穀堆？

二〇一一年十一月二日
二〇一二年六月十一日修改

七、疑是織女下凡來

1

每年秋天，田裏的稻穀剛收進糧倉，伯媽就開始在家裏忙著織布的事情了。她先把棉花桿成棉條，再把棉條紡成棉線。伯媽把紡成的棉線纏繞在一個個紗錠上，這些紗錠中間粗，兩頭尖，很像個對稱的白色的「紅薯」。之後，伯媽用「敷線笣子」把這些紗錠繞成線圈，一束束的，跟如今商店裏賣的毛線一樣。許多線圈繞好後，伯媽就開始漿紗線了。

伯媽做了一大鍋米飯，用煮飯的米湯來漿紗線。那米湯兌了水，很稀，像兌多了水的牛奶。伯媽把紗線放到一個大木桶裏，木桶裏裝著米湯。伯媽讓紗線充分浸泡，再把浸泡好的紗線擰乾，晾曬到竹篙上。伯媽把竹篙上的紗線散開，半天下來，紗線就曬乾了。人們從曬紗線的場子邊上經過，能聞到一股好聞的香氣，是紗線泡了米湯之後，又在太陽下曬過之後的氣息，令人聯想到青春少女的芬芳，要知道，這樣土紡土織出來的棉布，穿在少女身上，會像斷魂香一般，香得你暈忽忽的。

到這一步，離織布還遠著呢，伯媽要用特殊的紡車，把漿過的紗線再轉到大紗錠上去。伯媽用來轉紗線的錠子，是一尺來長的竹筒，都是拿端直的桂竹做成的，中間沒有節巴。後來我到棉紡廠去參觀過，伯媽這會兒紡成的紗錠就很有些像紗廠的錠子了，那大小，那形狀，都很像。

2

我們小孩子家最感興趣的是伯媽下面的工序。

現在，我們屋前的稻場被打掃得乾乾淨淨。伯媽在稻場上擺了三根橫樑，每根橫樑上插著二十多根木梃子。在這之前，伯媽不是把紗線紡到尺把長的竹筒上去了嗎？現在，伯媽把紗線錠子插到橫樑的梃子上。她抽出紗錠上的線頭，一根一根地牽到放在堂屋的織機上。這些紗線的線頭穿過織機的兩張篦子，再繞到織機後邊的木軸上。

這一切都還是準備工作。只有這些工作都做好了，才是伯媽大顯身手的時候。這時候，只見伯媽手裏拿著個竹筒，她把三排紗錠上的紗線攏在一起，用手指頭一勾，讓紗線貼著手上的竹筒。她側身對著紗錠，紗錠呈半圓形擺開，伯媽

從左向右，紗錠們便在梃子上轉動，發出克啦克啦的聲音。伯媽朝左邊走，右邊的錠子便克啦克啦地響，伯媽向右邊走，左邊的錠子就克啦克啦地響。這時候，我覺得紗錠的響聲十分美妙，妙不可言。後來我進了城，看見音樂家彈竹琴，這才知道，伯媽抽動線頭帶動紗錠發出克啦克啦的響聲，就是一種美妙的琴聲，它是紗錠的竹筒與橫樑上的木梃子之間碰擊而發出的悅耳的音樂，而這場音樂會的指揮和導演就是我的伯媽。

伯媽往左邊走的時候，左邊的錠子並不是不出聲，只是聲音小一些，右邊的錠子發出的聲音大一些，這樣，大聲和小聲便形成合奏，輕柔而緩慢的喀啦聲和厚重而急促的喀啦聲互相應和，那樂聲便和諧而悅耳。每當這時，我們這些小孩便站在一邊，凝神諦聽著優美的音樂。我們如癡如醉，沉浸在美妙的音樂裏，還不知不覺地跟著伯媽兩邊跑。我們覺得，那些紗錠，簡直就是一群排列整齊訓練有素的歌女，這一排歌女扯開嗓門大聲唱過，還在喘氣呢，那一排歌女就伸長脖子引吭高歌起來。她們分三個聲部，從左至右，輪番登場，誰也不願輸給誰，誰也不想把輪到的機會拱手相送，於是，她們便認認真真地唱，輪到誰休息時，誰就屏住呼吸，輪到誰唱時，便當仁不讓，想想看，這場音樂會，讓聽眾何等愜意，何等地受用！

3

屋前稻場上的音樂會正酣時，屋裏的織布機也在緩慢地旋轉，織布機最前面的那根軸上，嚴格地按照順序排列起來的紗線不斷被卷上滾軸，到織布時，這些紗線就會逆著方向，一點點地往後退，被織成白布和花布。我後來才知道，這些被卷上去的紗線叫經線，伯媽織布時，在兩排經線中一梭一梭織進的紗線叫緯線。

通常，伯媽指揮和導演的這場音樂會要持續大半天。然後，伯媽收了工具，坐上織布機，開始織布了。伯媽的腳下有兩塊踏板，踏板跟上邊分開經線的兩張篦子相連，伯媽踩下左邊的踏板，有一張篦子就帶動一排經線扯向下方；伯媽踩一下右邊的踏板，右邊的踏板就帶動另一張篦子，把另一排經線扯向下方，與此同時，先前被左腳踏板扯下去的篦子自然提升。就這樣，左右兩邊的踏板不停地踩動，控制經線的兩塊篦子便不停地上下扯動。伯媽手裏握了織布的梭子，在篦子扯開的空間穿過來，穿過去，一根根緯線被織到經線上，同時，伯媽還抓住一塊擋板，用力地在剛才穿過緯線的地方撞兩下，使得緯線一根根緊緊地靠攏。

伯媽織布的時候，我常常在一邊諦聽，我聽見伯媽拿梭子撞擊緯線的聲音很像音樂的節拍。

伯媽織布時，屋子裏上演的，真的像一場音樂會，那是許多不同樂器演奏出來的不同聲部

的音樂。當然，伯媽踩動織布機踏板發出來的聲音並不美妙，可是，當兩塊篦子扯動經線，伯媽手裏的梭子穿過來穿過去，梭子穿行的哧溜聲和織進緯線時擋板的撞擊聲，便形成一支獨特的民樂合奏，你聽聽，那不是從織布機上奏出的音樂嗎：咯吱——哧溜——砰、砰——咯吱——哧溜——砰、砰——有腔有調，有板有眼的。

這種音樂從古時的木蘭到現代的伯媽，被許許多多家庭婦女演奏了一代又一代，演奏了千千萬萬場，演繹出無數可歌可泣的織女故事。

如果是伯媽拿自己紡的線織成的布，便既勻整又平滑，如果是些初學紡線的婦女紡的線，織成的布總有些疙瘩。對這些疙瘩，伯媽有的是辦法，她拿一把菜刀，在織好的布面上過細地刮。伯媽把刀放到布面上，一隻手握著刀把，一隻手捏著刀尖，她把菜刀在布面上輕輕地向前推去，布面上那些凸起的疙瘩就被削平了，刮過的布面拿手一摸，有很平滑的感覺。

伯媽織的布有白布，有條紋布，還有格子布。伯媽織的條紋布和格子布，條紋有深有淺，還織出許多變化，那些由深色到淺色的變化，幾乎只有丹青妙手才能渲染出來。

4

我記得，伯媽好像還會蠟染。但是我沒見過伯媽製作蠟染布，只看見過伯媽家的枕頭，婆婆和爺爺的枕頭，還有伯媽和婆婆的小圍裙，以及婆婆的頭帕。那些深藍底色土布上的蠟染，花紋挺複雜的，也很有趣，如果那些布現在還在的話，或許很值錢。

很小的時候，我就聽婆婆和隔壁左右的鄰居說，我的伯媽是個很能幹的巧媳婦。她很小就到我們家來當童養媳，在婆婆的調教下，很早就成了一位優秀的家庭主婦。她會織布，會做飯，會做衣服，會種菜，當然，還會種地。伯媽種的菜園裏，一年四季有吃不完的蔬菜，還有誘人的菜瓜和香瓜。嘿，她的園子裏還種了甜高粱，那是跟甘蔗很相似的一種高粱，專門吃杆兒的，這種杆兒，皮比甘蔗薄，很脆很甜的。伯媽園子裏種的汗菜是紅汗菜，炒出來一鍋紅湯，常常讓我們眼饞嘴饞。那種汗菜湯往米飯上一澆，米飯便變得鮮紅一片，很能增人的食慾。

但是伯媽最得意的還是她織的布，真的是遠近聞名，許多人都慕名而來，請伯媽織布，尤其是到了臘月，那些等著給孩子做了新衣服過年的女人，絡繹不絕地來到伯媽家，給伯媽說好話：「月英姐，無論如何，您得幫幫忙，一定要給我織好這匹布，要不，我的牛娃和狗娃，就沒有新衣服過年啦。」

伯媽連連點頭：「好，好，我把張大嬸這匹布織了，就給您織。」於是，伯媽屋裏織布機演奏的音樂，常常徹夜不停。有什麼辦法呢，人家的小孩要穿上新衣服過年啊，就只得辛苦伯媽了。

我忽然想起，也許，伯媽真的是天上的織女下凡吧，要不，怎麼取了個「月英」的名字呢？月英，月英，月中之花呀，月中之花，當然是桂花，常年伴著桂花的，不是織女還會是誰？於

是，每當伯媽屋裏的織布機唱個不停的時候，我就依稀看見皎潔的月夜裏，從月宮飄然飛下一位仙女，這位仙女的衣袂飄飄的，她徐徐降落在伯媽的屋頂上，忽然倏忽不見，許是進到屋裏，跟伯媽的身影疊在一起了吧。你聽，唧唧，唧唧，喀啦喀啦；唧唧，唧唧，喀啦喀啦……夜深了，伯媽還在不停地織布呢，她現在織的，也不知是哪家娃兒身上過年的新衣。

二〇一一年十一月五日

二〇一二年六月十一日修改

八、穿草鞋的草民

1

我敢肯定，能夠讀到我這篇文章的人，一定沒穿過草鞋。我還告訴你，寫這篇文章的人是穿過草鞋的。

你當然不知道草鞋是什麼樣子，那麼我問你，你穿過涼鞋嗎？那種用熟牛皮做成的由幾根襻子襻著的皮涼鞋，就有草鞋的影子，或者乾脆說，皮涼鞋抄襲了草鞋的設計圖。可是，草鞋究竟是誰設計的呢？現而今，關於侵權的案件，有關部門恪守一個條條——民不舉，官不究，既然誰也不站出來說「草鞋是我設計的」，那當然就不會有人去追究皮涼鞋的剽竊案，做皮鞋的廠家，也就可以肆無忌憚地抄襲草鞋的設計方案了，嘿，不抄白不抄！

現在讓我們來看看，草鞋到底是什麼樣子。

草鞋到底是什麼樣子呢？哦，你們當中，有人看過紅軍爬雪山過草地的電影吧，你就在電影裏見到過草鞋了，那是普通紅軍戰士穿在腳上走路爬山的，咱們的紅軍戰士腳上穿一雙，背包上還別著一雙，那是山民們用稻草編織的，講究點的加上些麻線，有的人再加進些舊布條，尤其是襻著腳趾的襻子，加上舊布條，能保護腳趾上的皮膚。

2

我不只穿過草鞋，還做過草鞋。我們那地方把做草鞋叫做「打草鞋」。為什麼叫「打草鞋」呢？我想，一定是因為在做草鞋之前，必須把稻草捶打軟乎的緣故吧。

打草鞋的第一道工序是選稻草。父親告訴我，打草鞋的稻草要選植株粗些的、長些的、柔韌性強些的。父親選出一大把稻草，用草繩紮緊，把稻草放到石頭上去使勁地捶。

父親捶草的工具有講究。我們家有個石磉磴〈音同「嗓鄧」〉，是用青色的大理石做成的，可能是從哪個大戶人家搬來的，應該是大戶人家蓋大房子放立柱的吧。這石磉磴底部是方的，上部圓而且平。初打草鞋時，父親讓我在一旁觀摩打草鞋的全過程，就是從捶稻草開始的。我看見父親拿一個木捶。這個木捶有尺把長，它應該是一截栗木或者檀木，圓的，把手那兒一頭很細，剛好一握。

父親把稻草放到石磉磴上，舉起木捶不停地捶稻草。他一邊捶，一邊不停地轉動稻草把子。你別以為這是個輕省活，才不呢！要將一把硬戳戳的稻草捶軟乎，得捶一個多小時呢。你得不停地揮動木捶，力要勻，揮動錘子的速度也要勻。我看見父親就是那樣不停地捶，不停地翻，偶爾的，他還來點韻律和節奏。比如，他捶兩下重的，再捶兩下輕的，我在旁邊聽起來，就成了「棒棒——綁綁——棒棒——綁綁——」有時候，父親會把這個韻律倒換一下，變成「綁綁——棒棒——綁綁——棒棒——」有時還捶成「綁綁綁——棒棒——綁綁綁——棒棒——」如果你沒有親自捶過打草鞋的稻草，你一定以為，那是件很快樂的事情。哼，才不呢！那活兒，你得做勻速運動，不停地捶呀，捶呀，捶得你胳膊發酸，頭發暈。

父親示範結束後，該我實踐了。我舉起木捶，捶了不到五分鐘，手就舉不起來了，那個酸喲。沒辦法，我便放慢了捶草的速度。這時，父親的罵聲立刻跟來了：「懶東西！像你這樣捶，捶到猴年馬月，才能捶好一把稻草？」於是，我不得不把手舉得高些，哎喲我的媽耶，我捶了一個多小時，等到父親來驗收，還挨了他一頓臭罵。

3

稻草捶軟乎了，父親就教我搓草繩。他教我把選出來的幾根稻草打個結，把結巴壓在屁股底下，然後把稻草分成兩股，用兩隻手去搓。草繩搓好後，父親找出草鞋耙子。這個耙子呈丁字形，丁字形的草鞋耙子的那一橫擱在長條形板凳的一頭，下面伸出兩根齒抓住板凳，丁字形的一橫上面安著六根齒，是用來栓草繩的。那一豎順著板凳的方向，拿草繩綁在板凳上，起固定作用。父親把草繩按照大約一尺二左右的長度，在草鞋耙子上繞兩個來回，便成了織草鞋的經線。

草鞋通常有四根經線，草繩的另一頭栓在父親的腰帶上。父親抽出幾根捶好的稻草，捋了捋，從草鞋的腳掌那裏開始織，那織上去的便是草鞋的緯線。父親織幾根緯線，用手指頭勾住緯線，使勁地往後拉幾下，再接著往下織。父親一邊織，一邊把經線往裏收，像一般鞋子那樣，把中間收窄。等織到腳掌那裏時，又把經線往外拉。還在腳掌那裏安上幾根耳子，以便做腳掌的鞋襻。直到織得只剩下寸把長的草繩時，父親打了住。

父親把沒織上緯線的那部分草繩彎過來，讓這幾根U字形的草繩成為草鞋的另幾根鞋襻兒。彎過來的鞋襻再穿上一根粗些的草繩，很像是給織好的漁網穿上鋼線。父親在織鞋掌時，在腳掌的兩邊各安兩根耳子，加上腳後跟那根綱線。腳後跟的綱線在一寸多高的地方一分為二，穿過腳掌兩邊的四根耳子，再把它拉到腳掌那兒織出的耳子上，一隻草鞋就這樣織成了。如果在耳子那裡加幾根舊布條，穿在腳上就不打腳。

父親打草鞋大都在雨天，晴天，他得去生產隊裏勞動，如果一連許多日子不下雨，父親就得在夜裏打草鞋了。夜深了，我家的堂屋裏，一盞煤油燈，燈火被吹得忽明忽暗，那是被牆縫裏漏進來的風吹的。燈下，弟弟在寫作業，母親在納鞋底，我和父親則在打草鞋。我們家只有一個草鞋耙子，父親織草鞋的時候，我就幫他捶稻草，因為他織完捶好的稻草，就得有新稻草遞上去，否則，他會罵我是個懶東西。所以，常常是父親不停地織草鞋，我就不停地捶稻草。

我也學著父親，變換著捶草的節奏。我捶草的節奏和花樣比父親的多多了，除了「棒棒——綁綁——棒棒——綁綁——」之外，我還加上許多花名堂。父親聽了我捶草的韻律，經常罵我耍花架子。哎喲，要是我不耍點花架子，我的手怎麼受得了呀。唉，我的手那個酸喲，好難受！可是，父親罵我，我卻不敢聲張，一聲張，父親又得罵我懶東西。他一邊罵，一邊歎息著說：「唉，我看你將來怎麼辦喲，我看你將來怎麼過日子喲！」

怎麼過日子呢？父親以為我會一直沒鞋穿，必須一直不停地織草鞋，可是，我現在穿的全都是皮鞋，有時候，我也穿旅遊鞋，休閒鞋，不過，好的旅遊鞋、休閒鞋，除了皮子的成分，是絕不會加稻草的。

4

父親打草鞋，母親就在燈下做布鞋，現在稱為千層底。這千層底的布鞋用布做鞋面，鞋底是一層一層的舊布墊起來的，那些舊布，用糨糊黏在一起，曬乾，用剪刀剪成底子，再在鞋底外面包上新布，在鞋底邊上滾上花邊。用糨糊黏起來的舊布很硬，還得在這樣的鞋底上納索子，一針一線，密密的。有時候，母親還在鞋底上納些花樣。不過，這樣的花樣，只有把新鞋子放在那兒看的時候，才能看出來，一旦穿上腳，再好看的花樣都成了泥巴色。

鞋底呢，大多數鞋子都差不多的，只有鞋面，那就五花八門了。那時候最時興的是燈心絨，也興平絨，差點的是直貢呢，再差些的便是有什麼布，就拿什麼布做鞋面。

在上一輩的老人裏，布鞋做得最好的是我的姑姑——父親的妹妹。她住在湖南的夢溪鎮上，有一段時間，她靠做布鞋為生，大約每五天就能做好一雙鞋。我姑姑做的布鞋，鞋底和鞋面跟普通婦女做的差不多，只不過，她做的鞋的鞋邊，用刀切的毛邊，很整齊，很好看。姑姑常常根據不同人的腳，做出最適合人家穿的鞋，所以，姑姑做的鞋，從來沒有積壓的，往往這雙才開始納鞋底，人家就把定金付了，鞋子剛一綃好，就被人家拿走了。

你猜猜，我姑姑做的千層底布鞋能賣多少錢？開始姑姑每雙賣五元，後來因為供不應求，賣到八元，最多時賣到十元，還打搶呢。而那時候的普通工薪階層，一個月也就三十多塊錢，一個月的工資，只能買姑姑做的五雙布鞋。

5

上個世紀七十年代初，中國的市面上開始出現涼鞋，是塑膠的，一雙塑膠涼鞋也得三塊多錢。我記得，第一次，我在石子灘街上百貨商店裏看到一雙黑色的塑膠涼鞋，我就跟惦念心愛的女孩一樣，許多個晚上，我夜不能寐，輾轉反側，可是我沒有錢買。

我看到鎮上拿國家工資的人穿上塑膠涼鞋，腳上穿一雙白底灰花的尼龍襪，羨慕得不得了。我非常想得到那樣一雙塑膠涼鞋。我用一個夏天的時間攢錢。我挖麥冬賣錢，捉「苦媳婦子（一種能入藥的昆蟲）」賣錢，捉烏龜賣錢。好不容易攢了二塊八毛錢。在一個烈日炎炎的中午，我走了上十里山路，跑到石子灘街上，一看，商店櫥窗裏的那雙黑色塑膠涼鞋要三塊一毛五。那會兒，我好沮喪！我趴在玻璃櫃檯上，眼珠子不錯位地看著那雙塑膠涼鞋，眼淚不由自主地湧出來。

回去之後，我繼續想辦法籌錢，我甚至悄悄地把母親用來換鹽和煤油的雞蛋都偷出幾個賣了。等我好不容易湊足三塊二毛錢，再跑到石子灘街上——你猜怎麼著——那雙黑色的塑膠涼鞋已經被別人買走了，現在櫃檯裏擺了一雙咖啡色的涼鞋，這雙咖啡色的涼鞋，標價是三塊五。那一刻，我覺得天在旋，地在轉。天啦，我想涼鞋都快想瘋了，可是，我好不容易湊足了錢，卻落得這麼個結局！

6

我是什麼時候才穿上塑膠涼鞋的呢？已經記不得了，只有第一次對塑膠涼鞋的渴望，像烙印一般，深深地烙在我心裏。

當然，現在的夏天，我穿的是皮子很軟的皮涼鞋，牌子呢，還是「意爾康」、「紅蜻蜓」，還有「蜘蛛王」……不過，在穿塑膠涼鞋之前，我除了穿草鞋，還穿過花草鞋。花草鞋其實已經不能叫草鞋了，那是喜歡我的農村女孩為我用花布做成的鞋子，鞋襻的樣式有些像草鞋，但是，做鞋襻子的是用舊布糊成的「殼子」，「殼子」上蒙了白布，還鏽上花。那樣的花草鞋其實很不實在，起碼下雨天不能穿，有泥巴的路上不能踩，晴天穿上，沾了灰，很難看，只能穿著走走親戚。如果真的是你訂了親的媳婦子做的，你走丈母娘時，不管天晴下雨，你都得穿上它，因為那是愛情的見證，你要是不穿，人家姑娘會以為你不喜歡她了呢。

二〇一二年四月十三日

二〇一二年六月廿六七日修改

九、月下舂米聲

1

月色如水，家家戶戶的燈火漸次熄滅了，只有我們家碓〈音同「隊」〉房裏還一燈如豆。如豆的微弱燈光下，伯父光著脊背，把兩隻胳膊靠在碓架上，左腳踏在地上，右腳踩在碓杆上。他的身子往下一墜，腳下的碓杆被壓到凹槽裏，那一頭，安著碓杵的碓杆高高地翹起來，伯父腿肚上的肌肉瞬間暴起老高。

就在這時，伯父左手握著根竹竿，往碓窩裏一戳——那是伯父在給穀米打抄呢——碓窩裏的米被弄撒了一些，那不要緊，待會，伯父會拿掃帚，把弄撒的穀米掃到臼窩裏去的，現在，伯父得抓緊時間，把臼窩裏的糙米舂熟。你瞧，伯父的左腳在地上輕輕一點，身子向上一聳，只聽得「噗」地一聲，剛剛翹起來的碓杆呈自由落體狀態，落在碓臼裏。就在碓杵落在碓窩的那一刻，碓房的地面被震動了，像夏天暴雨時的雷聲，一陣雷滾來，我的腳板也能感受到地面的輕微震動。

這才是最原始的脫殼和碾米的方法呢，時光倒流到上世紀五六十年代，在我們家房屋的東南角，時常呈現出一幅幅生動的月下舂米圖。這幅圖畫裏，有一副碓架，一個石臼，一根碓杆，還有一根給米打抄的長竹竿，竹竿的一端開了裂，當然，這幅圖畫的主角是我的伯父，伯父所用的，就是最原始的舂米工具——石碓。

2

用石碓舂米，是個力氣活，力氣小的人，哭都哭不來。本來，古人發明石碓，是一種聰明和智慧的體現，他們借助杠杆的原理，想為繁重的體力活省點力氣呢。沒想到，古人的石碓借助杠杆，反而要用更多的力氣，這就使我不得不懷疑起古人的智慧來。

你瞧，這碓杆的軸，居然安在碓杆的後三分之一處，舂米的人得憑藉三分之一的後半截碓杆，翹起碓杆的前三分之二，談何容易啊！

別忙，我告訴你，我的伯父有的是力氣，我親眼看見伯父憑那三分之一的

石碓鋼篩和擂子（呂學銘提供）

後碓杆，翹起又長又重的前碓杆。伯父先把胳膊肘往碓架上一趴，然後，屁股一個勁兒地往下墜，連胳膊都有一多半懸在了半空裏。我看見伯父腿肚上的肌肉突起老高，然後，他用力地把右腳向下一蹬，嘿，碓杆被伯父翹起來了！讓我立刻聯想到即將跟人開戰的螳螂，那高高昂起的頭，神似了眼前被伯父翹起來的碓杆。你看，伯父的身子往起一聳，碓杆的尾部便翹了起來，碓杆的前部呢，就仿佛碓臼裏裝滿了磁鐵，急急忙忙地，一眨眼，鑽進碓窩的穀米裡去了。碓杵鑽進碓窩時，發出噗的一聲響，穀米緊緊擁抱著碓杵，那聲音磁磁的，像親密戀人的吻。

我是好久以後才明白，為什麼碓杆的軸要安在它的三分之一處，因為用石臼舂米，借的就是碓杵自由落體所產生的衝擊力。要是根據省力的原理，把軸安在碓杆的二分之一處，力自然是省多了，可是，碓杵往下落的力量不夠，那臼窩裏的糙米該怎樣被舂成熟米呢？

我觀察過石碓舂米的全過程，那根碓杵，少說也該有百把斤吧，如果不借助杠杆的原理，你拿兩隻手去搬動碓杵，就算你有很大的力氣，可是，一分鐘裏，你能搬動幾次呢？五次六次，了不起了吧，還累得你氣喘吁吁的，可是用碓杆舂米，看上去很累，已經比用手搬動碓杵輕鬆多了。

3

我依稀記得，當年，我們家的碓房在正屋的東南角，跟茅房和柴房在一起。有一天晚上，我聽到那裏不斷地傳出噗噗聲，很好奇，便跑過去，於是，我便看見伯父舂碓的那幅剪影。月光從屋後的樹林裏照過來，灑在柴房和碓房裏，斑斑點點的，像開了滿屋或明或暗的花。碓房旁邊的山牆上，半腰的牆縫裏插著一把篾刀，篾刀上放著一盞油燈，悠悠的風把燈苗兒吹得一忽一忽的，油燈的光，比起樹林裏漏過來的月光，要昏暗許多。月光把樹林照得斑斑駁駁的，從樹梢頭上照過來的月光灑落在檐溝裏，像落了一溝的水銀。

月亮把水銀到處灑，也把一部分灑在了伯父的身上，伯父的肩頭也像是抹上了一層水銀，連他的頭上，胸脯和腳背上，也滿是濕潤潤的水銀。

4

有一次，我走到伯父跟前，跟他說：「伯伯，我要舂米。」

伯父回過頭來看了我一眼，無聲地笑笑，立即把胳膊肘往碓架上一趴，右腿用力一蹬，「喀噠——噗——」碓杆的尾巴先落在碓架後面的坑裏，接著，那前三分之二碓杆上的碓杵快速地落下碓窩。緊接著，伯父又把胳膊往碓架上一趴，右腿用力一蹬，碓窩那兒又發出「喀噠——噗——」的響聲。

見伯父不理我，我有些生氣，便很不客氣地跑過去，抓住伯父的腿，使勁地往下拉，一邊拉，一邊嚷道：「我要舂米，我要舂米！」

伯父扭頭看看我，從碓架上下來，搖搖頭，走到一邊去擦汗。

我趕緊跑過去，伸手去抓碓架，可是，夠不著；我把右腳踏上碓杆的尾巴，想把碓杵翹起來，嘿嘿，碓杆子就像是生了根似的，紋絲不動。我把雙腳踏上去，在碓杆的尾巴上一個勁兒地跳啊，蹦啊，那碓杆就像是被使了定根法似的，比搖根樹樁子還難。我就那樣，在碓杆的尾巴上上竄下跳，想把碓杆翹起來。嗨，怎麼可能呢？跳著，跳著，突然，我不跳了，嘴巴一撇，哇地一聲哭起來。

伯父朝我一揮手：「去，去，去，找婆婆要粑粑吃去。」我一邊哭，一邊去找婆婆，這時，我聽見身後又傳來噗噗的舂米聲，伯父又躬起身子去踩碓杆的尾巴了，他的身影被定格在淡淡的月色裏，頭上、肩上和腳背上，都塗了一抹閃亮的水銀。

5

我不知道，後來我們家的那副石碓被丟到哪裡去了，因為沒過多久，我們家有了擂子，鄰居家蓋起一座碾坊，我們就不再用笨重的石碓來舂米了。再後來，大隊裏有了打米機，用柴油機帶動的，拿搖把一搖，柴油機突突地吼起來，百把斤稻穀，不到十分鐘就打出熟米來，誰還去在乎那石碓呢？但是在碾坊和打米機出現之前，我們家一直是靠石碓舂米的，那噗噗的舂米聲一定是一響就是大半夜吧，碓房裏便接連奏出單調卻又古樸雄渾的音樂，你聽：「喀噠——噗——喀噠——噗——喀噠——噗——」古樸的音樂搖落了滿竹林碎銀。

二〇一一年十一月廿八日

二〇一二年六月十二日修改

十、風靡一世的「三轉加一響」

1

上個世紀七〇年代，年輕人結婚，如果能買齊手錶、縫紉機和自行車這三大件，他們的家庭會被看成是最幸福的家庭。你瞧，戴在腕上的手錶亮閃閃的，晃得你眼花撩亂；想做件新衣服嗎？踩動縫紉機的踏板，「咔咔咔咔咔……」一件衣服很快就做好了；不過最實惠的還是那輛自行車。剛剛舉行過婚禮的新郎官，穿著新衣服，後架上帶著新娘子，在暮春的風裏，那輛嶄新的自行車飛馳在筆直的水渠堤上，自行車飛馳時撩起來的風吹動新娘子的衣衫，淺綠碎花的衣衫飄起來，露出裏面的大紅內衣，就像是鮮紅的花苞剛從綠葉中鑽出來似的，把田裏勞動的人們眼睛都看直！

那時候，最吃香的手錶牌子是「上海」、「鑽石」和「寶石花」。這些名牌不容易買到，得憑計畫，託關係。我戴的第一塊上海手錶「寶石花」，就是託我在縣人民醫院工作的嬸嬸買的。那時候的手錶，還根據發條的轉數來分檔次，我記得，我戴的第一塊手錶是十七轉。

縫紉機的牌子呢，最著名的是「蜜蜂」和「蝴蝶」。

自行車牌子，排在第一的是上海生產的「永久」，第二名是上海生產的「鳳凰」。不過這要看新婚夫婦是男的當家，還是女的當家，如果是女的當家，則買「鳳凰」，「鳳凰」牌的輕便自行車，樣式好看，騎起來輕便，哧溜一聲，向前飛出多遠。除了上海的自行車，天津的「飛鴿」和「紅旗」牌自行車也是名牌。

2

我的第一輛自行車是「飛鴿」牌。我心裏一直想買一輛「永久」牌自行車，可是，弄不到計畫票。能弄到一輛「飛鴿」，也費了好大的勁，那還是我提幹之後，工會照顧領導幹部，才分給我一張自行車計畫票。

大學畢業後，我分到一家國營軍工企業。那家軍工企業，是七〇年代初建起來的軍工廠，廠子離最近的集鎮五六公里，出門買點東西很不方便。當然，廠裏到最近的集鎮有班車，可是那趟班車一天只開四趟，早上和晚上接送上下班職工，白天只開兩趟，你如果趕不上這幾趟車，就得步行六公里回廠。如果你買了一大包東西，走這六公里路，把你走出一身汗不說，那腿，怕是三天內都酸酸的，軟得不行。要是有一輛自行車呢，那你就想什麼時候上街就什麼時候上街，想什麼時候回來就什麼時候回來。要是在回家的路上順便捎上一位漂亮的女孩，讓漂亮女孩身上的香水氣息熏一熏，那才是件樂事呢！

3

上個世紀七〇年代，一輛自行車，比而今的一輛轎車還稀罕，沒有一定的身份，是弄不到自行車的。你要是在鄉村的大道上看見一輛自行車，那人的身份一定是公社書記，再不就是區裏的通訊員，最起碼也是哪家商店的經理。哦，郵電所的郵遞員有一輛自行車，車身是他們郵政部門獨有的郵電綠。

我們家裏沒有當公社書記的親戚。不，我有個堂叔，在湖南的一個公社當書記，可是，只在我五六歲的時候到過一次我們家，以後就再也沒來過。我的伯父有個遠房的舅老倌，當著我們公社的書記，也很少到他們家來，因為沒有適合騎自行車的路，就是來，伯父的舅老倌也不騎自行車。

第一次騎自行車到我們家來的是姑父。姑父在湖南一家糧店當主任，那一年，糧店為他配備了一輛自行車，是一輛「永久」牌，黑色的烤漆，閃著熠熠的光。那是我們那個屋場甚至整個生產隊騎來的第一輛自行車。一看見自行車，我們就像看見了新娘子似的，怎麼趕也趕不走，死皮賴臉地纏著姑父，要他教我們騎自行車。

我們家門前的稻場長和寬都只有十幾米，我就請姑父在這巴掌大的稻場上教我騎自行車。我

是個不大會把握平衡的人，一騎上去，就被摔下來，再騎上去，還是被摔下來，摔得鼻青臉腫，我還往車上爬。

我的姑父，比我大不了二十歲，是位年輕的國家幹部。我能感覺到，他騎著那輛自行車到我們家來，也是很有自豪感的。他知道，要不是他騎來這輛自行車，我們家永遠也沒有人騎著自行車來做客。我姑父還心腸好，我們要學車，他就耐心地教。我們在屋前的稻場上騎得不過癮，就把自行車推到隊屋門前的大稻場上去。我們生產隊的稻場有四十多米寬，六十多米長，不像在我們家的稻場上，老是轉急彎。於是，我推著姑父的自行車，在我們隊屋門前的稻場上一陣狂奔，稻場上傳出一陣又一陣歡呼聲。

4

後來我到大隊小學去教書，再後來當校長，要經常到公社去開會，有時候，還要到區裏去開會。我們學校到公社有十多公里路。那時候，汽車很少，一天兩三趟，趕不上汽車，這二十多里路，我就得走過去，要走兩三個小時呢。

我們那個小學歸一個水庫管理處管，水庫管理處有兩輛自行車，一輛是書記的專車，還有一輛公車。那輛公車由管理處一位姓劉的會計管著，因為劉會計要經常到銀行去對帳。那時候，管理處沒有設辦公室主任，也沒有專職秘書，劉會計就兼任了管理處秘書，我們有事想騎管理處的自行車，就得跟劉會計說好話。大多數時候，劉會計都會開恩，讓我騎出自行車。可是，如果劉會計自己有出行計畫，我就是磨破嘴皮子，他也不會把自行車放給我。

上個世紀七〇年代，有幾位小學校長買得起自行車呢？而且不是你買不買得起的問題，是你買不買得到的問題，你根本就弄不到計畫票。所以，當我騎著向劉會計說好話借出來的自行車出現在公社的會場上時，總能引起一些人的豔羨。

5

其實，上個世紀七〇年代的三大件之外，有人還加了個附件——收音機，跟三大件構成「三轉加一響」——自行車、縫紉機和手錶都是轉的啦，惟獨收音機是響的。

說到收音機，又得提起上海的「春雷」牌，在收音機牌子中，「春雷」牌是最受消費者歡迎的，價格不像自行車、縫紉機和手錶那樣貴，那「三轉」，每一樣都得一兩百塊錢才能買到，而收音機，只要你不買大的，不買最好的，四五十塊錢就能到手，還有二三十塊一台的呢。而且，它不要計畫票，因為它不像自行車縫紉機和手錶那麼實惠，平常居家過日子的人，除了自行車縫紉機和手錶三大件，是不大在意買不買收音機的，只有像我這樣的人，很看重精神生活，才想著

去買收音機。

我雖然也很想買一輛自行車，但是，平時我並沒有太多出門的機會，那麼買不買自行車，在我來說，還沒到迫在眉睫的地步，當我的手裏有了幾個錢的時候，我想做的第一件事，就是去買一台收音機。那時候我們當民辦老師的，一個月只有五塊錢的津貼，可是一台收音機，得三四十塊錢，那就得花掉我大半年的津貼。可是，我總不能不在學校吃飯吧，總不能不去公社開會吧，總不能不買牙膏肥皂吧，於是這三四十塊錢，我差不多得攢一年。

當我攢夠錢剛要去買收音機的時候，我的表弟生病，舅舅向我借錢給表弟去治病，我硬是咬緊牙關沒借給他，搞得舅舅恨了我好多年。以至後來我父親去世，我們家造孽得要命的時候，舅舅也不肯向我們伸出援助之手，我知道，舅舅是真的生氣了。可是，他怎麼知道，我是多麼希望買一台收音機啊！

我是一個求上進的青年，可是那時候，農村民辦小學沒什麼書看，更沒有什麼娛樂活動，拉二胡吧，還得靠自學，想要汲取營養，只能寄希望於收音機。

6

我終於買到一台我夢寐以求的收音機，它是一台「春雷」牌的，上二號電池，差不多有現在的《現代漢語詞典》大，比《現代漢語詞典》稍窄些。當然，牌子不同，收音機的大小和價格也不同，我買的「春雷」收音機屬於袖珍型的。它的背面是硬塑膠，正面是鍍鉻的金屬皮，鏤著密密麻麻的小洞眼，平放在桌上，像一塊磚頭。這塊磚頭外面還包著一個皮盒子。這是一個真皮的盒子，黑顏色，牛皮做的，對收音機起保護作用。皮盒子還配著背帶，你可以背在身上，很玩味，很神氣。

那一天，天下著雨，我跑了十多里山路，到湖南的復興場供銷社去買回收音機。我去買收音機的時候，復興場供銷社只剩下一台「春雷」，它的音質和音色都不怎麼好。可是我買收音機心切，管他三七二十一——買吧，一下決心，就買了。

收音機買到手，雨住了。我把雨傘收起來，把收音機的皮帶掛在彎起來的傘把上，我開著收音機，一路搖搖晃晃著走回家去，沿途的人都向我投來羨慕的目光。

到家時，全生產隊的社員都在我們那座山坳裏插秧，我想，那些插秧的社員一定會感到奇怪——還不到晚上響廣播的時候，哪裏來的音樂呀。

吃過晚飯，我要到學校去。我故意繞道，從正插著秧的田邊經過。插秧的人群裏，有我喜歡的一個女孩，我把收音機音量開到最大。當我經過插秧的田邊時，收音機裏正播送著笛子獨奏曲——《揚鞭催馬運糧忙》，那得兒得兒的馬蹄聲，能合著插秧人的節奏。呵呵，許多社員都抬起頭來看我，他們現在才明白，剛才那優美的音樂，是從我身上的收音機裏傳出來的。

一會兒，雨又下起來了。我撐著雨傘，把收音機斜挎在肩上，走過田邊時，我有意往田裏看，我要看看我喜歡的那個女孩有什麼反應。嘿，我看見了，那女孩偷偷地朝我身上的收音機看了又看，我還知道，這會兒，她的耳朵也在傾聽著我收音機裏播出來的美妙音樂。

7

差不多過了十年，我才結婚。十年後，我的經濟條件並沒有多大的改觀，還不能置辦新的三大件——八十年代中期，三大件已經變成冰箱、彩電和洗衣機。我呢，到九〇年代初才買到一台彩電，剛結婚時，我是根本不敢奢望買齊新的三大件的。

在買彩電之前，我買過一台黑白電視機，沒多久，我用那台黑白電視機換了一台收錄機。我擁有收錄機的時候，人家早就把收錄機玩膩了，我因為沒錢買，才在人家玩膩之後，跟在人家後邊盡點餘興。

我的彩電也不是自己買的，是我妹妹送給我的，當時我妹妹在南方打工，知道我想彩電快想瘋，就把她打工攢了一年多的錢全都取出來，給我買了一台彩電，二十寸的，花了二千二百元。而那時，有錢的人家，已經開始置辦新的三大件：電腦、空調和摩托車了。

沒錢的人，總是趕不上趟，現在的人們早就追求起房子、車子和票子了，這是最新的三大件，可是我卻還在騎自行車。當然，我已經有了房子，也不是買不起車子，可是我眷念著綠色環保的生活，仍舊對自行車情有獨鍾。

現在我騎的這輛自行車不是「永久」牌，不是「鳳凰」牌，也不是「飛鴿」牌，它是個雜牌子，但它是一輛輕便車，是一位親戚送給我女兒的，可是女兒在外地讀書，等她成家時，一定會買輛汽車，那麼這輛雜牌自行車差不多就歸我永久享用了。

這不，我經常騎著這輛自行車到城裏去。我上班的地方離城五公里，不大方便，有了這輛車，我來去自由，二十分鐘，眨眼就到了。上街買了東西，騎上它，哧溜一聲，眨眼之間已到家，車前的簍子裏放著買到的蔬菜，車的後座上綁著裝糧食的口袋，有時候綁的是油壺和酒壺。

我們家從來沒買過縫紉機。手錶呢，我戴過一些年，但是自從有了手機，我就再也不戴手錶了。我估計，這輩子，我自己是不會買汽車的，因為我不會開，連摩托車都不敢騎。我會繼續騎著我那輛雜牌子的輕便自行車，現在騎的這輛車如果騎不動了，我會去換一輛新的。我想，如果我再換自行車的話，我還是會去買「永久」和「鳳凰」的吧。對，就去買「鳳凰」，它的名字聽起來吉利，又輕便。再說，男人騎著「鳳凰」，是典型的鳳配凰呢，豈不是件很開心的事情？

二〇一二年四月廿二日

二〇一二年六月廿九日修改

十一、鑼鼓聲聲鬧新年

1

我們做小孩時，農村裏過年，熱鬧得不得了，有打蓮花落（音同烙）的，有打三棒鼓的，有拍漁鼓筒的，有唱說鼓子的，當然還有玩獅子、舞龍燈的。我們常常跟著玩獅子和舞龍燈的隊伍，一跟跟好遠。我們等主人家放了鞭炮之後揀那些還沒炸的鞭炮放著玩，還故意把鞭炮丟到玩獅子和舞龍燈的人的腿空裏，把他們嚇一跳。

大年初一，一般人家都是不出門的，除了一個屋場的親戚鄰居間拜拜年，剩下的時間，我們就跟著那些隊伍玩。

2

你瞧，山坳裏走來一個十四五歲的少年，他穿著新衣服，挎著個緊膊袋子，那是緊挨著胳膊，用來裝錢或者其他東西的口袋；腰裏呢，用一根細麻繩，栓著根竹棍，是用來打狗的棍子。少年左手拿著蓮花落，是用紅布繫在一起的兩塊楠竹片，聯結兩塊楠竹片的紅布一兩寸長，少年把纏著紅布的楠竹片挎在左手拇指上，他顛動手掌，用握著的那塊楠竹片去碰勾在大拇指上的楠竹片，於是，從少年的手掌那兒，立刻傳出竹板呱嗒呱嗒的響聲。少年的右手握著一根有鋸齒的長竹片，當他左手的竹片呱嗒呱嗒敲響時，便用右手長竹片的鋸齒在左手竹板的頂部用力地刮，很像是音樂演奏時敲響的節奏，你仔細聽，能聽出這樣的韻律：「呱嗒呱嗒——呲、呲——呱嗒呱嗒——呲、呲——」

這會兒，少年開口唱起來：「叫聲老闆把年拜，老闆新年大發財。門口栽棵搖錢樹，堂屋裏面搭高臺。高臺之上繡金匾，皇恩浩蕩重人才……」這幾句念白，說得主人家心花怒放。遇上老闆是個有錢的人家，老闆就會讓少年繼續唱，如果老闆家裏並不富有，老闆就趕快讓自家的小孩，拿著幾分錢的鎳幣，朝少年一伸：「給——」給的什麼呢，是「打發」。人家大年初一到你家拜年，給你送了那麼多恭賀，你得慰勞慰勞他呀。有錢的人家，讓少年一唱唱好久，給的「打發」自然就多些，有的人家給一角錢，有的人家給兩角錢，還有給五角錢的呢。不過，一般人家就給一兩分錢，給一分的都有。許多少年利用過年的機會給人送恭賀拜年，能攢到十幾塊錢。要知道，那時候農村的經濟條件並不好，一家人辛辛苦苦勞動一年，才分得四五十塊錢呢，少年一個正月能攢到十幾塊錢，抵得上一個正勞力幹一年。於是，許多嘴上功夫好的，過年時便紛紛跑出去掙點送恭賀的錢。

3

你看，這家屋門口來了兩個打三棒鼓的孩子，一個孩子大些，一個孩子小些。大些的孩子左手拎著一面鼓，右手提著一個鼓架。鼓是一面小鼓，有臉盆那麼大，鼓架是三根竹棍兒做成的，中間用麻繩繫著，呈螺旋形散開後，三根竹棍拿紅布條連接起來，那面鼓，就放在架開的竹棍兒上。

三棒鼓架在人家的門口了，大些的孩子一手扶著鼓架，另一隻手捏著鼓錘。他先在鼓邊上敲打幾下，後在鼓面上擂幾下，旁邊小個兒的孩子便敲響一面小銅鑼，兩個人敲的調子是：「咚咚鏘，咚咚鏘，咚咚鏘——鏘令鏘令鏘令鏘令，鏘——咚咚鏘——」

這時候，敲鼓的孩子可就唱開了，那照例是一番送恭賀拜年的吉祥話：「鼓兒敲得（那個）咚咚響，堂上的老闆（啊）聽我講，一送恭賀（呢）二拜年，三給您（那）們送吉祥。開門（耶）見山山有喜（喲），報子的喜帖（呀）高高掛起，令郎中了狀元郎（喲），祖祖輩輩（呀）幸福長！」

這些鼓詞，本來都是七字句，唱起來有板有眼，加上唱鼓詞的孩子在這些吉祥話中加上些襯字，使得這些鼓詞隨著鼓和鑼的敲打，變得更富有韻律。

打三棒鼓的孩子出門前做過充分準備，他們要在臘月二十左右就開始訓練，他們得寫詞、背詞，兩個人還要練配合。遇到有喜事的人家，會讓他們唱整本的書，像《穆桂英掛帥》、《楊六郎招親》、《三打祝家莊》等等，想要唱全本的書，那他們起碼得準備兩三個月。一般情況下，打三棒鼓的孩子唱到十來句，老闆就會給「打發」，於是，這台三棒鼓的短劇就么了台。

4

唱說鼓子，最少得三個人，一般是四個人，一個人唱，一個人拉琴，一個人吹嗩吶，還有一個人則拿著一面小銅鑼。拿小銅鑼的人實際上是管收「打發」錢的。唱說鼓子的人一定要先喊「老闆拜年」，然後走進人家的家裏。首先，小銅鑼敲響，緊接著二胡拉響了，那個唱歌的人等拉二胡的拉完過門，便咿咿呀呀地唱起來。過門的尾音是顫音。我們這些跟在「說鼓子」後邊看熱鬧的孩子都能用嘴巴給伴奏了，那便是：「拉拉拉拉拉——那那那那那——哪~~~~」這三個音，「拉」字唱得最高，「那」字低下來，唱到「哪~~~~」便是很低的下滑顫音，還帶著拖腔。

「走進輝煌的金玉堂，啊啊——」

二胡拉過門：「拉拉拉拉拉——那那那那那——哪~~~~」嗩吶跟著一聲：「哪~~~~」

「東家的廳堂喜洋洋，啊啊——」

二胡又奏過門：「拉拉拉拉拉——那那那那那——哪~~~~」嗩吶跟著一聲：「哪~~~~」

「堂前五子題黃榜，啊啊——」

二胡拉過門：「拉拉拉拉拉——那那那那那——哪~~~~」嗩吶依舊跟一聲：「哪~~~~」

「庭中飛來金鳳凰——」四個人一起合唱，「庭中飛來呀金鳳凰啊啊啊——」接下來，四個人再一連唱出幾個「啊」字，那「啊」字的腔調，跟二胡奏過門的腔調一樣，先是高音，再是中音，最後是低而弱的下滑顫音，嗩吶緊跟著湊熱鬧，嗩吶的聲音蓋過了二胡和四個人的合唱：「拉拉拉拉拉——那那那那那——哪~~~~」

我們這些看熱鬧的孩子，最喜歡跟著唱說鼓子的藝人跑，我們覺得，只有唱說鼓子的人表演的才是藝術。首先，他們有樂器：二胡和嗩吶；其次，他們有獨唱，有合唱，還有和聲，加上二胡和嗩吶的伴奏，其間還夾著梆梆的鑼聲。

唱說鼓子算得上高雅的藝術了，所以，給唱說鼓子的人「打發」也不一樣。如果給打三棒鼓的小孩五分錢，給唱說鼓子的人就得兩毛；給打三棒鼓的小孩一毛錢，你起碼得給唱說鼓子的人五毛錢。

拍漁鼓筒的老楊（呂學銘提供）

5

唱說鼓子的藝人剛走，拍漁鼓筒的人就來了。

拍漁鼓筒，又叫拍道琴，有的地方叫拍楠管，也是說唱藝術的一種形式，它是藝人一個人獨立表演的。那漁鼓筒用兩尺來長的楠竹筒做成，把中間的竹節挖去，在楠竹筒外面刷上黑色的或者棕紅色的油漆，再在竹筒的一頭蒙上蛇皮——這才做好漁鼓筒的主要道具。除了這根竹筒，還得準備一隻銅鈸，銅鈸用一根一尺多長的紅布條繫著。拍漁鼓筒的人把那根漁鼓筒抱在左邊的懷裏，左手攥著繫銅鈸的紅布條，他把紅布條在手上纏一圈，捏緊銅鈸，伸出手掌，托著漁鼓筒，右手拿一根上了油漆的筷子。拍漁鼓筒

的人用右手的三根手指頭去拍楠竹筒上的蛇皮，漁鼓筒便發出一陣悅耳的蓬蓬聲。拍漁鼓筒的人拍幾下漁鼓筒，用筷子敲幾下左手攥著的銅鈸的邊沿，銅鈸發出一陣陣顫音。

這會兒，拍漁鼓筒的人開始唱起來：「我走進一座喜盈門勒，呃呃——呃呃——」漁鼓詞唱得有板有眼，唱完「呃呃——呃呃——」藝人拍幾下漁鼓筒，敲幾下銅鈸，再接著唱，「堂屋裏放著個聚寶盆哪，啊啊——」拍兩下漁鼓筒，再唱，「去年蓋起了黃金屋啊，他今年好成個天仙配呀——」這個「呀」字，拍漁鼓筒的人要拖很長的音，他一邊拖長音地哼，一邊啪啪啪地拍響漁鼓筒，敲響銅鈸：「梆梆梆，梆梆梆，梆梆梆梆梆梆——梆梆梆，梆梆梆，梆梆梆梆梆梆梆——」我後來想，有的拍漁鼓筒的人為什麼要一遍一遍地反覆拍響漁鼓筒呢，他一定是在想詞吧。因為拍漁鼓筒的人是「見子打子」，他看見堂屋裏坐著個新媳婦，就去撩人家的新媳婦，說人家的新媳婦怎麼怎麼漂亮賢慧；堂屋裏坐著個學生娃，他就去讚揚人家的學生娃，說人家的學生娃怎麼怎麼聰明，將來一定能一舉成名，光宗耀祖；他看見堂屋裏坐著個鬚髮銀白的老人，便又讚揚老人的高壽，說老人壽比南山不老松，四世同堂好福氣……

拍漁鼓筒的人為什麼要這樣讚揚人家屋裏的人呢，我知道，他是想把人家哄得高興了，好多給他幾毛錢的「打發」。

這些讚揚的話，大多數時候都能收到預期的效果，可是，有時候也會招來反感，因為，有的家裏，婆婆和媳婦本來不和氣，你讚揚人家的媳婦，把媳婦誇得天花亂墜，媳婦心裏是高興了，當婆婆的心裏卻不是個滋味，這時候，婆婆就會朝拍漁鼓筒的人摔出一個五分的硬幣，生氣地說：「走開些，別在這裏嚼舌根子了好不好，沒人說你是啞巴！」你看晦氣不晦氣？

我有個小學同學，叫鄭賢能，能說會道的，一到過春節，就抱著根漁鼓筒去走鄉串戶，弄幾個零錢花花。我讀了大學，在外面工作，鄭賢能每次到我家去，拍了漁鼓筒，還要問我的情況，我要是在家，他總得多拍一會兒，說些道喜的話，末了，母親給了「打發」，他便收起家什，坐到火塘邊上來，跟我敘舊。

「個你姐的——」這是鄭賢能的開場白。「個你姐的」，是我們那裏的口語，不是很好聽的話，相當於「他媽的」。鄭賢能把手伸向火塘裏向著火，說：「那時候讀書，我就知道，雨之是個有出息的人。果不其然，現在你讀了大學，在外面工作，比我們這些玩土坷拉的人強上幾百倍。」鄭賢能接過我遞過去的煙，從火塘裏揀一根還沒燒完的枯樹根點上，吸幾口，又說，「伢看極小。你小時候就比我們精明些，一考試，總是考到我們前頭，你也比我們刻苦些，下雪凍淩，你還天天去上學，哪像我們，天一冷，就偎在家裏，懶得去上學，這真是小來栽根常青樹，長大做得棟樑材……」說著說著，鄭賢能又進入拍漁鼓筒的意境裏，他說的話，便帶有韻文的意味。

當然，我們會留鄭賢能喝酒。後來我想，鄭賢能也許是特意安排快到吃飯的時候，才到我們家來拍漁鼓筒的，平時大家都忙，各自忙著各自的生計，得不到聚的機會，如果不是他喜歡拍漁鼓筒，我們還找不到喝酒的機會呢。

鄭賢能喝了酒，道一聲「叨擾」，又抱起漁鼓筒拍起來，這會兒是叫多謝的話：「我多謝雨之喝了酒呃呃——好多話堵在了喉嚨口呃呃——那時候要是也吃點苦呃呃——呃呃——我也要到長安大街上去走一走！」他一邊拖長音地哼，一邊啪啪啪啪地拍響漁鼓筒，敲響銅鈸：「梆梆梆，梆梆梆，梆梆梆梆梆梆梆——梆梆梆，梆梆梆，梆梆梆梆梆梆梆——」之後，收了漁鼓筒，雙手一合，「多謝了！」還唱了起來，「多謝你的美酒多謝你的煙，多謝你的好茶飯，多謝你的好心意，祝你今年高升遷！」這時候，鄭賢能把漁鼓筒、銅鈸和筷子一起拍響，接著戛然而止，「老同學，多謝多謝！」

6

按照今天的說法，以上這些藝術形式，都屬於曲藝，又稱為說唱藝術，它們只能是過春節時的點綴，真正熱鬧的還是玩獅子，舞龍燈，它們是我們中華民族喜聞樂見的娛樂形式，至今仍然活躍在春節和其他重大慶典場合。按今天的說法，可以歸到雜技的類別去。

除了玩獅子，舞龍燈，在農村過春節，你還能看見划採蓮船的，扭秧歌的，打腰鼓的，有的地方還踩高蹺，這些娛樂形式，也還能在各種喜慶場合看到，只有打蓮花落的，打三棒鼓的，唱說鼓子的，拍道琴的，而今的鄉村已經漸漸絕跡。

吹大喇叭的民間藝人（呂學銘提供）

過去人們唱說鼓子，拍道琴，主要是為了掙幾個零錢花，而今，人民生活水平提高了，誰還稀罕那幾個毛角子呢。再說，現在差不多每家每戶都有電視機，電視裏有春節聯歡晚會，還有互聯網，一上ＱＱ，就可以跟萬里之外的親戚朋友聊天，因此，欣賞說鼓子和漁鼓筒的人便變得寥寥無幾。演員不多了，觀眾少了，而今的農村，你還能指望有多少人會給你帶來俏皮的撩撥公爹和媳婦的笑話？於是這些過去為廣大農民所喜聞樂見的藝術形式，也就自然而然地要銷聲匿跡嘍！

二〇一二年四月廿一日

二〇一二年六月廿七日修改

十二、跑江湖的民間藝人

（一）補瓷盆的夢想

父親在世時，我記得最牢的一句話就是：「等我老了，就挑個擔子，走鄉串戶，去補瓷盆子和瓷碗。」父親說這句話時，臨時住在我們家的表舅正在向他演示怎樣補瓷盆子。

表舅在瓷盆子破了的洞口放一坨錫，再把這坨錫放到鐵砧上，用小錘子不停地敲打，敲平了，再在瓷碗裏面和外面抹上一層牙膏樣的軟瓷——裝瓷的錫皮袋子也像一個小牙膏袋。表舅的工具袋裏裝了許多這樣的小牙膏袋子，從袋子外面的包裝，我們能知道袋子裏面所裝的軟瓷顏色。表舅用來演示的盆子是黃顏色的，他往盆子的破洞那兒抹的軟瓷也是黃色的。軟瓷抹上幾分鐘，跟空氣發生了氧化反應，漸漸變硬，表面上閃著光，跟瓷盆完好部分的顏色很接近。

表舅演示完畢，父親親自補了一個臉盆的破洞，跟表舅補的差不多。那一刻，父親高興得像個小孩似的，以至於手舞足蹈：「嘿，這麼簡單，一支煙的工夫還不到，五角錢就掙到手了！」你別小看這五毛錢，那會兒的五毛，抵現在的五塊錢都不止。

表舅告訴父親：「這件事你不能張揚，再就是，這些軟瓷，要到大地方去買，連縣城裏都買不到。」

父親說：「買一回就多買點，一天時間，只要能補十個瓷碗，就比種田強上十倍。」父親一邊說，一邊搓著手，令我想到「摩拳擦掌」的成語。可惜，那時候，父親必須在生產隊裏出工，不能去走鄉串戶補瓷盆；更可惜的是，父親沒等到補瓷盆的機會，就離開了人世。父親想靠補瓷盆賺錢養老，便成了他的一個永遠的夢。

現而今，家庭主婦們常用塑膠盆，瓷盆已經很少用，即使父親健在，我估計，他的生意也興隆不起來。

（二）補鍋佬

我常常想，那時候，父親為什麼沒想到去補鍋呢？可能是補鍋的技術含量太高了吧，那種用生鐵做成的鍋，要是補得不好，或者給人家敲破了，便真是弄巧成拙了。還有呢，就補鍋佬那副擔子，怕父親也是挑不動的。

你瞧，補鍋佬的擔子，兩頭的木箱很高，如果把那副架子一起算上，至少也該有五尺高吧。補鍋佬挑起擔子，總不能讓擔子巴著地吧，如果你想讓擔子離地面一尺高，那麼補鍋佬的擔子，

總高度就該有六尺了。即使身材高大的補鍋佬，也很少高出六尺的，於是，補鍋佬的祖師爺便發明了兩頭高高翹起的彎扁擔，扁擔挑在箱架的五分之一處，加上翹起來的高度，於是，我們看到補鍋佬挑的擔子在肩膀以下就只有兩尺多了。這樣的一副擔子，這樣的一根扁擔，你以為是誰都能挑起來的嗎？哼，想得美！

補鍋佬除了擔子和扁擔很特別外，他手裏搖著的幾張鐵片也有些特別。我在想，這補鍋佬的祖先是不是北方人呢？因為北方人說快板書時用的「簡板」就是鐵片做的，一敲起來，「當裏個當，當裏個當！」一聲音鏗鏘，如鐵騎出征，刀槍劍戟一起嗑響。補鍋佬走鄉串戶時吆不吆喝，我已經記不起來了，可是我清楚地記得，補鍋佬走鄉串戶時，是一定要敲響他手裏的「簡板」的。那副兩頭高高挑起的奇怪的擔子才出現在對面的山腳下，補鍋佬就高高地揚起他手裏的鐵片兒，鐵片兒立刻發出一陣叮叮噹噹的聲音。

補鍋佬敲響鐵片兒跟北方說快板書嗑響「簡板」不一樣，北方人說快板書是把「簡板」夾在大拇指和食指的「火口」那兒，用食指以下的四根手指頭哐啷哐啷地連續不停地敲，說快板的人，右手還捏著根鼓錘，可是補鍋佬敲鐵片兒時只用一隻右手，他的左手必須扶住那根高高翹起的彎扁擔。補鍋佬敲鐵片兒時，大幅度地甩動右手，他先把右胳膊往後引一下，再把手臂高高地甩起來，等到握著鐵片的右手甩到頭頂，他的手猛地一搖，鐵片便發出嘩啷的一陣響。這一陣嘩啷的響聲在寂靜的山坳裏傳得很遠。誰家有鍋破了，就派人跑到屋外，朝田野上行走的補鍋佬喊一聲：「喂——補鍋佬，我這裏要補鍋嘍！」

補鍋佬應一聲：「呃，來嘍——」

補鍋佬來了，來到屋門口。他有專用的工具，先在破損的鍋那裏鑽幾個小洞，在洞裏襻上鐵絲，還在鍋裏面不停地敲打，把裏面敲平，再往襻了鐵絲的縫隙裏灌進一些易熔的金屬末。他在金屬末那兒加熱，把那裏燒紅，再捶一捶，敲一敲，等到家庭主婦往鍋裏放一瓢水試過，不漏水，補鍋佬才接過工錢。他收好工具，挑起那副奇怪的擔子，右手揚起鐵片，向後一引，再向前一甩，甩過頭頂，鐵片發出一陣嘩啷嘩啷的聲音，又去尋第二家生意了。

現在，鄉下還有沒有補鍋佬走鄉串戶地招攬生意呢？如果這樣的手藝人都絕了跡，那農民的鍋破了，是不是就得丟掉？不過即使是農民，現在也在用鋁鍋和鋁盆，還用不銹鋼的鍋，他們大概也不屑於去補那口不大值錢的鐵鍋了吧。農民補不補鍋我不是很憐惜，我只覺得，挑著那副高高翹起的擔子，搖響那幾塊鐵片兒，在鄉下，真算得上一道獨特的風景。

(三) 待召師傅

「待召師傅」是我們鄉下對理髮師傅的俗稱，「待召」，是時刻等待召喚的意思吧。

小時候，我們常常看見山間的田塍上走著一老一少兩個人，少年挑著擔子，走在前面。那

擔子很有些像補鍋佬的，不過，待召師傅的擔子一頭大，一頭小；大的那頭有很高的架子，架子裏安著幾個格子，裏面是裝理髮工具的，包括圍裙、毛巾和剃頭刀，還有剪子。小的那頭也有架子，架子的最底層是個火爐，火爐上坐一把銅壺，再往上是一個銅臉盆，火爐旁邊安著一個很小的風箱。

待召師傅好像也有個什麼響器的，扣在師傅的大拇指和食指上。師徒倆走在鄉間的田野上，師傅揚起右手，舉過頭頂，把大拇指和食指合攏又張開，合攏又張開，手上的響器便發出呱呱的響聲。那響器是銅做的，有時候，師傅扣動響器，有時候，只讓響器發生摩擦，於是，響器在他的手上發出「剛——剛——」的聲音。一聽到這聲音，我們就知道，待召師傅來了，有要剃頭的，趕緊站到屋門口，朝山間的田塍上喊：「呃——待召師傅，我要剃頭——」。

待召師傅停住腳，看清是哪個屋場在喊他，便轉了方向，吩咐徒弟把剃頭挑子挑到人家的屋門口。等待召師傅走近來，我們才看見，待召師傅原來連板凳都帶著呢。他們帶著兩條板凳，一條小條凳，一條折疊凳。師徒倆把挑子往人家屋門口的稻場上一放，徒弟打開火爐的門，拉起風箱，火爐裏立刻飄出紅色的火苗來，不一會，銅壺裏的水就開始唱歌冒氣了。

在徒弟打開爐門時，師傅已經把條凳放好，請剃頭的人坐在條凳上。他從箱子裏拿出一條圍裙，扯起兩隻角，往空中一甩，再用力往下一撣，那條圍裙在空中發出很響的一聲「噗——」一片刻，圍裙已經圍在人家的脖子上了。

那時候沒有推剪，更沒有電吹風，待召師傅都是用手剪子剪頭髮的。你瞧他，左手握著一把木梳子，右手的大拇指和食指夾著一把剪子。他們的剪子跟普通的剪子不一樣，剪柄上有兩個環，剛好伸進去大拇指和食指。待召師傅用梳子一遍一遍地梳理著人家的頭髮，右手的大拇指和食指捏著剪子，立刻，你就能聽到「咔嚓咔嚓、嚓嚓嚓，咔嚓咔嚓、嚓嚓嚓」的聲音。為什麼會是「咔嚓咔嚓、嚓嚓嚓」呢？那「咔嚓咔嚓」的聲音是剪刀剪頭髮時發出來的，那「嚓嚓嚓」是待召師傅為了把剪子上的頭髮弄乾淨有意剪的三下空剪，這便產生了美妙的韻律。

待召師傅剃頭時，我們小孩子都圍攏來看。我們看待召師傅剃頭，其實不是真的要看他剃頭，是想看他做按摩，待召師傅做按摩是很有意思的，那得等他給人家剃完頭，刮完臉，把圍在人家身上的圍裙也拿下來之後。這時，待召師傅請人家坐好，先在人家肩頭拍兩下，即使只拍這兩下，也是有節奏的：「啪、噗噗啪——啪、噗噗啪——」在你肩頭拍兩下之後，馬上把兩隻手轉移到人家的後頸窩，他用兩個大拇指在人家後頸窩那兒使勁兒揉，左三下，右三下，再左三下，右三下，揉完幾圈，把手轉到人家頭頂。待召師傅先把兩手一合，用兩隻手掌的橈側扣擊人家的腦門心，懂點醫學的都知道，那地方叫百會，扣起來，令人有一種醍醐灌頂的感覺。扣過頭頂，待召師傅把手指轉移到人家的耳廓，他先捏一捏人家的耳垂，再捏捏人家的耳輪，又把手移到人家的面部，輪刮人的眼眶，按揉人的睛明穴，攢竹穴，最後，兩隻手放在人家臉上，捧著人家的頭，使勁地往上一提，再一提，嘿，如果是你在剃頭，你身上的骨架，都像是被他提散了。

可是等他放下你的身子，喲，你會覺得，你的身體有一種說不出來的舒爽。

我聽大人們講，評價待召師傅的手藝，一是看他用剪子，再就是看他做按摩了。那些水貨師傅，看上去也在做按摩，但是他們做的按摩讓人痛苦，只有優秀的待召師傅，能把人的一身疲憊都做掉。

朋友，你可千萬別把我們鄉間待召師傅的按摩，等同於而今城裏髮廊女郎的按摩，髮廊女郎的按摩，常常帶著濃厚的曖昧意味，而我們鄉下的待召師傅的按摩，才真正是健身的。不過，像鄉下待召師傅的按摩，如果沒有老師傅的傳授，那些新潮的年輕師傅，是絕對拿不出像樣的手藝來的！

（四）磨剪子來搶菜刀

很久沒聽到「磨剪子來——搶菜刀——」的吆喝聲了，那天在我們小區，猛可裏聽到這樣的一聲吆喝，感到分外親切。

小時候在鄉下，我們經常聽到「磨剪子來——搶菜刀——」的吆喝聲。一聽到這樣的吆喝聲，我們就跑到門口去，於是，我們看見那邊的大路上走來一個穿一身灰不拉嘰衣服的人。那人在腰裏胡亂纏一根黑腰帶，灰色棉襖也許是掉了幾粒扣子吧，胸口那兒總是敞著的。他戴一頂狗皮帽子，狗皮帽子的帽耳一邊耷拉著，一邊巴著帽子，耷拉的帽耳高高地吊在額頭上，隨著那人一走一顛，那帽耳也一抖一顛的。

那人的肩頭背著一條板凳，板凳的一頭安裝著磨刀石，一頭放著個小水桶，偶爾，那人的腳在地上顛了一下，水桶裏的水便濺出幾點來。

聽聽，那人又吆喝開了：「磨剪子來——搶菜刀——」像唱歌一般，很富有韻律。

我們家隔壁的伯媽喊開了：「那位磨剪子的師傅，我這裏有幾把剪刀，請你幫忙磨一下！」

「好勒，就來了。」

磨剪子的師傅很快就來到伯媽家。他在伯媽家門前放下板凳，把伯媽遞過來的剪子看了看，馬上放到磨刀石上去磨，磨刀石上立刻發出「嚓——哧——嚓——哧——」的聲音，那「嚓」是把剪子往前推時，剪子在磨刀石上發出的聲音，那「哧」，是剪子從磨刀石上收回來時發出來的聲音。

我們小孩子並不稀罕師傅磨剪子，我們感興趣的是他搶菜刀。師傅搶菜刀有專門的工具，那是一個丁字型的鑿子樣的東西，我們奇怪的是，那東西怎麼那麼厲害，居然能在菜刀上戳起一層一層的鐵皮，被戳過鐵皮的地方，閃耀著亮晃晃的白光。師傅把菜刀的兩面都戳過了，又把菜刀放到磨刀石上去磨，「嚓——哧——嚓——哧——嚓——哧——嚓——哧——」不一會，就把菜

刀磨快了。

伯媽問：「您是不是把刀磨快了喲？」

搶菜刀的師傅也不搭言，一聲不響地從頭上拔下一根頭髮，放到刀口上一吹：「呼——」就見那根頭髮斷成了兩截。

伯媽說：「好好好，我信了，來，錢。」

師傅接了錢，向四周一看，是在看還有沒有別人要搶菜刀呢，還是對伯媽的讚揚躊躇滿志呢？只見師傅把板凳往肩上一甩，伸手正了正狗皮帽子，扯開喉嚨吆喝一聲：「磨剪子來——搶菜刀——」一邊吆喝，一邊大踏步地向前走去。

（五）鄉間魔術師

在我十二三歲時，我的表哥拜一位鄉間魔術師為師，學習變魔術。那位魔術師姓周，外號「周扒皮」。周扒皮三十多歲，矮墩墩的個頭，有些肥胖，他帶著妻子和女兒，一起在鄉間賣藝。我表哥迷上了玩魔術，非要跟著周扒皮學魔術不可。我舅舅不同意表哥學魔術，表哥就纏著我父親和母親，讓我父母給他做主，父親是個好心人，就在我們家，給表哥行了拜師禮。在行拜師禮的那天下午，我提著一面小鑼，在我們生產隊上上下下到處敲，一邊敲，一邊喊：

演皮影戲的老藝人（呂學銘提供）

「呃——大家都聽著，今天晚上，在我們家屋前，有一場精彩的魔術表演，到時候來看哪，不看白不看，看了還想看，一定要來看啊——」

到了晚上，我們在屋前的稻場上搭了個臺子，用夜壺點起兩盞煤油燈，兩盞煤油燈把我們屋前照得亮如白晝。

七點多鍾，天黑了，我再次敲響那面小銅鑼：「喂，魔術表演就要開始啦，大家快來看啊——」鑼聲停了，只見周扒皮穿上一件寬大的白色紡綢衣，來到稻場中央。沒想到，看上去身材那麼笨拙的周扒皮，居然連翻了幾個跟頭，還是前空翻和後空翻，翻過幾個跟頭，周扒皮在場子當中站定，抱一抱拳，拱一拱手：「呃——各位父老鄉親，勞慰（有勞、謝謝的意思）啦，我這裏不求大家幫錢場，只求各位幫個人場。今天是我收徒弟的大喜日子，我先給大家露兩手。」

周扒皮抱著拳轉了一圈，站在場子中間，把兩隻手一攤：「各位看好啦，你們看我的手——」周扒皮把手掌伸向觀眾，手掌上空空的；又把手翻過來，把手背伸向觀眾，手背上也空空的，「什麼都沒有吧，要不要檢查？」

居然有個半大的小夥子走上前去，看了看他的手掌，又看了看他的手背：「哦，什麼也沒有。」

「好的，什麼都沒有，是不是？」周扒皮又問一遍，於是，他把右手向旁邊的堰塘伸去，做了個用手掌舀水的動作，連忙喊，「呃，看著了啊，看著了啊，請看我的手……」周扒皮像是故意把捧著的手打開一道縫，從打開的手掌縫裏立刻流出一股水來，「請看看，請瞧瞧，呃，剛才從堰塘裏舀來的水，在流了啊。」

所有的人都看得目瞪口呆，尤其是我表哥，本來就神往玩魔術，現在看到師傅憑空變出水來，不知道有多崇拜師傅。這時，人群中有人起哄：「再變，再變！」

周扒皮問：「再變什麼呢？」

有人看見稻場邊上有一叢花，就說：「變幾朵花吧。」

「好，好，我變幾朵花給你們看。」周扒皮一邊說，一邊神秘兮兮地把手伸向稻場邊上的花叢，「來來來，變——」只見周扒皮兩腳在地下一頓，喝一聲「來了！」就見他先把兩隻手向下一蒙，然後張開來，一束鮮豔的花就像是剛從他手掌上開放似的，先是露出鮮紅的花骨朵，接著長出綠色的葉子，再接著，長出幾根細長的莖。周扒皮抖動著手中的花，向圍觀的人群伸去：「看看看，是不是稻場邊上長的花，有沒有香氣？」

有沒有香氣呢？肯定是有的嘛，那花骨朵上，彷佛還沾著些小水珠。在場的觀眾看了，沒有不咋舌的。

周扒皮又問：「還想我變點什麼？」

眾人正在交頭接耳。

周扒皮故弄玄虛，說：「我曉得，你們當中，有人悄悄地把主人家的雞蛋揣到身上了。」

觀眾中發出一片唏噓聲，接著互相朝對方的身上看。

周扒皮在場子上轉圈兒，他把觀眾向外推，一邊推，一邊說：「現在，我要把你們摸走的雞蛋給主人找回來。各位，各位，請往後站一站。」就在他把觀眾往外推的時候，他的手忽然朝站在面前的一個小夥子胳肢窩裏一掏，緊接著「哦」一聲：「哦——看看看，這是什麼東西？」

大家朝周扒皮手裏一看，是個雞蛋，又一下子驚訝地叫起來。

見大家驚訝，周扒皮接連在觀眾身上掏出幾個雞蛋來，被掏出雞蛋的觀眾連連辯白：「我可沒拿人家的雞蛋，我可沒拿人家的雞蛋。」

這天晚上，我家門前的魔術表演持續了大半個小時，周扒皮把我們隊裏沒見過世面的農民使勁兒忽悠了一陣。不用說，我的表哥就此跟定了周扒皮。有了表哥的加盟，他們的節目越表演越離奇，有一次，他們師徒二人居然表演了一個「大變活人」的節目，不過，那是很久以後的事，我還是聽別人說的，並沒有親眼看見周扒皮變出個活人來。

除了以上這幾類藝人，跑江湖的還有篾匠、貨郎擔、玩猴把戲的，算命的，看八卦的等等。那時節，鄉下總有民間藝人，隔幾天，就能聽到一陣吆喝聲，再隔幾天，又能聽到一陣吆喝聲。我們最喜歡的，要數玩猴把戲的和挑貨郎擔子的。玩猴把戲的來了，我們能看到小猴怎樣裝扮成人模樣，在那裏跳上跳下；貨郎擔子來了，我們就能向母親哼來幾分錢，買幾顆水果糖。母親不給錢的時候，我們還可以把家裏存放的烏龜殼團魚殼偷偷地拿出來換糖。

這些民間藝人，有的早就銷聲匿跡，還有些，雖然偶爾能見到，可是見到的頻率已經很低了，誰知道哪一天，這些民間藝人都會不見蹤影了呢？而今，工業化程度提高了，人們的物質生活和文化生活也發生了很大的變化，這些民間藝人的徹底消失，也只是遲早的問題啦！

二〇一二年五月十一日

二〇一二年六月三十日修改

十三、麵糊糊、搖窩和嘎椅子

1

時間上溯二三十年，你就能看見我所說的麵糊糊和嘎椅子了，麵糊糊是給奶水不足的嬰兒吃的，嘎（讀陰平聲）椅子是給會坐了卻還不能好好坐的小小孩坐的，而今，這些東西，除了山區和邊遠農村的孩子還在享用之外，怕是早就絕跡了吧。

我就是吃麵糊糊長大的，我媽生我後，奶水不足，婆婆和媽只好給我打麵糊糊吃。她們把大米淘洗乾淨後曬乾，用磨子磨成細米粉，用罐子裝好備用。打麵糊糊時，先用冷水把米粉發好，調成稀米漿，再放到鍋裏，用鍋鏟不停地攪動。那時候，農村沒有電，也沒有液化氣灶，連煤油爐子都沒有，打麵糊糊時，如果不急，婆婆和媽就用小鐵鍋打。小鐵鍋燒的是呼火炭，那是冬天烤火時留下來的柴炭。但是用小鐵鍋打麵糊糊挺慢，你得先發火。有時候，火發起來後，火力不大，如果搖窩裏的孩子哭得不厲害，婆婆和媽就用小鐵鍋慢慢地打，遇到孩子在搖窩裏哇啦哇啦直哭，一陣緊似一陣，那婆婆就得用做飯的鍋打麵糊糊了。大鐵鍋燒的是茅草，著起來快，火大得多，三兩下就把麵糊糊打好了。然後用瓷碗裝好，放到涼水裏墩一墩，加點紅糖。媽用小銅勺一勺一勺地舀來，餵到我嘴裏……

當然，我吃麵糊糊的情景，自己肯定記不得了，我描述的這些，都是後來媽給我弟弟妹妹餵麵糊時我看見的，媽後來怎麼給弟弟妹妹餵麵糊糊，當初也一定是那樣給我餵麵糊糊的。不同的是，在媽給弟弟妹妹餵麵糊糊時，我就得幫媽的忙，比如洗鍋，燒火。調麵糊的事情我是做不來的，那得媽親自做。我吧，常常慫恿媽多放點米粉，因為如果我弟吃不完，我就可以享用了。那種白米粉打成的麵糊糊十分柔軟，放了紅糖，口感很好，我恨不得吃他一大碗呢！可是，怎麼有這樣的可能呢？要知道，那時候大人和大孩子都得吃加了野菜的飯，像給嬰兒打麵糊的米粉，是精糧呢。哪裡像如今的孩子，媽媽的奶水不夠，就吃牛奶，還非進口的不吃呢，一個月下來，得兩三千塊錢吧！

2

在說嘎椅子之前，我得先說說搖窩，這搖窩，城裏人叫搖籃，雅一點的叫它搖床。我們農村小孩子睡覺的搖窩，是用篾片編織的籃子，它呈腰子形，長約三尺，寬約兩尺，高也差不多兩尺。籃子放在搖窩架上，搖窩架子底部有兩根弧形的橫樑，架子上是兩根比搖籃還長的扶手。媽媽先在搖窩底下鋪一層稻草，再在稻草上鋪一床小棉絮，小床單、小枕頭、小被子一應俱全。平時，孩子吃飽了，媽媽就把孩子放到搖窩裏去睡，孩子哭，媽媽推動扶手，搖籃便左右搖晃起來，這樣搖啊搖，搖啊搖，媽媽一邊搖，一邊輕輕地哼著眠歌：「嗯嗯嗯……睡嗯嗯……我的乖伢兒睡嗯嗯……嗯嗯嗯……嗯嗯嗯……我的乖伢兒睡嗯嗯……」這就是農村媽媽的眠歌，它不是電影和小說裏寫的「搖啊搖，搖到外婆橋」。媽媽的「睡嗯嗯」，完全是模仿孩子的哼哼唧唧，小孩子在媽媽輕柔的哼哼唧唧聲中酣然睡去。媽媽的眠歌漸漸低下來，孩子的哼唧也漸漸低下來，搖窩搖動的頻率也就緩下來，最後，眠歌的聲音沒有了，搖窩也靜止不動……

孩子睡了，媽媽便去忙其他的事情，她要準備下一頓飯的菜，要淘米，要把地掃乾淨，還得洗衣服。可是，洗著洗著，孩子在搖窩裏哼起來了，媽媽就得暫時停下洗衣服，趕緊去搖搖窩，嘴裏又哼起「睡嗯嗯……」的眠歌。

搖籃（呂學銘提供）

我是家裏的長子，這搖搖窩的事情常常由我幫媽媽幹，媽要做的事情多呢，她把小孩子的事情忙完了，還得去摸菜園。我們那裏把種菜叫摸菜園，她得用鋤頭翻菜園地，得給菜地鬆土、除草、澆水、施肥，忙完菜園子，就得趕快回家做飯，如果小孩醒了，她就又得哄小孩，又得給小孩打麵糊糊。

3

孩子長到七八個月，能坐了，媽媽便搬來嘎椅子讓小孩坐。這種嘎椅子又叫圈椅，木板做成的，有三層，中間的那層木板安在一根能轉動的木軸上，這根木軸能旋轉一百八十度。木匠在木板上挖兩個半圓形的弧，便於小孩的腿伸出去。中間那塊木板上斜安著一根圓木棍，小孩放進嘎椅子時就騎在那根圓木棍上，這樣，不管小孩在嘎椅子裏怎樣轉動，都不會掉下去。嘎椅子的下層有一塊踏板，小孩子坐在座板上，腳丫子就放在踏板上。嘎椅子的上層是一塊圓形的木板，木板中間挖出一個圓洞，剛好放進小孩的身子，小孩的胳膊就放在上層的圓木板上。

小孩吃飽了，喝足了，媽媽把小孩放到嘎椅子裏，讓孩子看著自己做家務。媽媽一邊做家務，一邊扭頭跟小孩咿咿呀呀地說話。瞧，小孩手裏拿著個搖鈴，媽媽一逗，小孩便在嘎椅子上站起來，搖鈴隨即叮噹叮噹地響，小孩子也跟著呵呵地笑起來。

小孩子坐在嘎椅子上，玩著玩著，撒尿了，拉屎了，這時，媽媽就得把小孩子抱起來，把嘎椅子拿到堰塘邊上去洗。洗乾淨了的嘎椅子經風一吹，吹乾了，就又可以把孩子放進去了。

如今，供小孩坐的圈椅安著萬向輪，用塑膠做成，中間兜一塊布，孩子把腳踏在地上，可以前後左右滑行，優點是靈活，過去的嘎椅子呢，是固定的，不怕孩子摔倒。如今的搖窩吧，大都成了搖床，鋪木板的，不像鋪稻草那樣軟和，像那種把兩根繩子拴在窗戶上的軟床呢，看起來洋氣，卻不利於孩子的發育成長，這麼說來，還是過去的搖窩和嘎椅子更有優勢些。只有牛奶，營養應該是比米糊糊好，可是，米糊糊裏是絕對沒有什麼三聚氰胺的，誰能保證，外國的奶粉裏就絕對沒有三聚氰胺呢？

4

除了麵糊糊和嘎椅子之外，引小孩用的東西中，還有一樣東西值得一提，那就是尿片子。幾千年來，中國人引小孩，都是用舊衣服做成的尿片子包屁股，理由是，舊衣服做成的尿片子軟和，包在小孩的屁股上，不擦傷小孩的細皮嫩肉，它貼著孩子的肉，也暖和。那時候，誰家要生小孩了，前幾個月，家裏就開始拆舊衣服，把這些舊衣服拆成一片片的，剪去那些筋頭線腦，洗乾淨，拿到太陽底下猛曬，讓太陽幫著消毒，然後收好備用。一旦孩子生下來，家人就要在屋前屋後拉上許多繩子，架很多竹篙子，孩子拉屎撒尿後，得洗片子呀，洗了片子得及時晾乾呀，要不，孩子再尿了，拿什麼給他換？

遇到陰雨天，這些尿片子就得放到烘籃上去烘。這烘籃是用寬篾片編織成的，烘籃下面放著火缽，火缽裏燃著草木灰，講究些的家庭燒木炭，再後來，有了電，放在烘籃下的就是電熱取暖器了。

現在，在城裏，生小孩的人家早就不用尿片子了，他們用的是尿不濕，很乾淨，很衛生，小孩尿濕了，換上新的，很方便。可是我總覺得，用這種尿不濕引小孩，沒有引小孩的氣氛，那種大人和小孩的肌膚之親總像是少了許多。要知道，用舊衣服拆成的尿片子，上面凝聚著大人多少溫情，那是父親母親婆婆爺爺幾代人反覆摩挲過的布片呀，幾千年來，我們都是用這種布片子給嬰兒保潔保暖的。而且，用新的辦法引小孩，把一個小孩引大，要用多少塊尿不濕啊，這是不是對資源的一種浪費呢？咱們國家的人均森林佔有率已經大大低於世界發達國家。如果能夠回歸到用舊布片引小孩，僅此一項，就會保住多少森林資源！這筆帳，是不可不算算的，一算，能把你嚇一跳！

二〇一二年三月三十日

二〇一二年六月廿六日修改

十四、遠去的票證

1

今天我在家翻抽屜，翻出一本「糧油供應證」，供應證六十四開本，外殼包著紅色的塑膠皮，封面上印著「非農業平價糧油供應證」幾個金色的大字，本子下方落款為「枝江縣糧食局」。而今的青少年，很少有知道這個本子分量的，可是在上個世紀八十年代底以前，這個供應證幾乎是城鎮人口的身家性命，沒有它，你幾乎活不下去！

打開供應證，映入眼簾的是一張「糧油定量供應人口檔案」卡片，這卡片一連三張，我是戶主，放在前面，上面記載著我的姓名、性別、民族、出生年月日和工種定量變更記錄等資訊，我在一家工廠的後勤部門工作，每月糧食定量十四公斤。第二張卡片是妻子的，第三張是女兒的，妻子屬於女性家屬，每月定量十三點五公斤，女兒還小，每月供應六點五公斤，一家三口，每月能從國家糧店裏買到三十四公斤糧食。

那時候，我經常到外面去學習、開會，得拿糧油供應證去糧店換糧票。我去換糧票，還要拿著單位開的介紹信，證明我外出的天數，須兌換多少斤糧票。如果出了省，要換全國通用糧票，還得在我們的定量油裏面扣指標。

我記得，全國通用糧票一斤面額的，票面是紅色，印刷糧票的紙張很高級，略低於鈔票。有一次，我換衣服忘了掏口袋，兩斤全國通用糧票被洗衣機攪了，居然沒攪壞，只是稍稍褪了點顏色。

我的糧油供應證裏夾了一張一九七三年發行的「湖北省農村專用兌換糧票」，面額一兩，糧票的正面，左邊用三號宋體字印刷著紅色的「壹市兩」，右邊印著一台東方紅履帶式拖拉機，拖拉機正在耕田；背面印著三條使用說明：1.本票只用於農村人口兌換糧票，不在非農業人口中發行；2.本票面額為成品糧；3.本票嚴禁買賣，塗改無效，遺失不補。背面正中加印「湖北省革命委員會糧食局」公章。

2

年輕的朋友根本就沒見到過這樣的供應證，也沒見過我說的那種糧票，就更不知道這個供應證對於一個家庭的作用，上個世紀八十年代底以前，多少人為著這樣一本供應證受盡屈辱，丟盡體面，甚至傾家蕩產。因為你如果吃不上商品糧，你就招不了工，進不了城，你一輩子就只能待在農村，臉朝黃土背朝天地幹著修補地球的苦工。

一九七六年十一月，我趕上了文化大革命中推薦上大學的末班車，才跳出農門進了城。那以前，我在家鄉當民辦教師，後來當上民辦學校的校長，經常要外出開會，到區裏，到縣裏，我就得背一口袋米，到糧店去兌換「農村專用兌換糧票」，不然，會議期間，我就不能去進餐。

一九七六年十一月，我接到大學的錄取通知書。上學前，父親用一輛獨輪車，推著我名下的兩百多斤口糧，到糧店按平價買了，糧店才給我開出糧油關係轉移證，我才能到學校去報到。為著這張糧油關係的轉移證，我足足奮鬥了六年，還依附著我跳出龍（農）門的希冀。

3

除了糧票，那時節，不管城裏還是農村，都發布票，只有這布票，好像不分城裏和農村，一個省裏的，統一用一種布票，面額分五尺、二尺、一尺，五寸、二寸、一寸。你要買布，光有錢是不行的，你必須帶著布票到供銷社的匹頭門市部，你買一尺布，除了按價格收一尺布的錢，還要收你一尺布票。如果你沒有布票，有錢也買不到布。

我的姑媽嫁到湖南的夢溪鎮，姑媽的一個朋友的朋友在供銷社匹頭門市部工作，匹頭門市部規定，一匹布賣到末尾，不夠做一件衣服了，就象徵性地收點布票，或者乾脆不收，收不收，收多少，供銷社的人有權利決定，我的姑媽就經常去巴結那位朋友，請她朋友的朋友把布匹的零頭

給留著，我姑媽因此買到一些不要布票或者少要布票的布。其實家裏有孩子的，很小的小孩，做一件衣服，也只要三四尺布，這零頭布就像是專門給那小孩留著的。

4

你以為只是買布要憑票嗎？買肉，買高級商品，甚至看電影，洗澡，也憑票去消費。

我以前供職的軍工廠是一個小社會，食品店，百貨店，銀行、郵局樣樣俱全。七八十年代，買肉就得憑票，按人頭，每人每月供應兩斤肉，肉類緊缺時只供應一斤，結了婚的職工按戶頭發供應證，像我們這些單身，計畫都撥到大食堂，想自己開小灶，就得向家屬戶去要肉票。

那時候，我們一個廠，連家屬四五千人，一天只殺兩頭豬，兩三百斤肉，你就是有供應證，也得半夜三更就起床，到食品店前去排隊。想想啊，大冷的冬天，早上四五點鐘就起床去排隊，到七點左右，食品店才開始賣肉。你要是去遲了，賣著賣著，賣到你跟前，肉就賣完了，你該有多沮喪！

我就遭遇過幾次這樣的沮喪。我剛去那裏上班，還年輕，早上起不來，等我起床趕到食品店，只能站到隊伍的末尾。眼看掛在鉤子上的肉不多了，我就在心裏央求前面買肉的人：「哎喲，你們都少買點吧，少買點吧，給我留一點吧……」可是，無論我怎樣祈禱，都沒用，輪到我的前一位，肉賣完了，我吧，只能聞點肉腥氣，心裏不知道多委屈！

我們單位的洗澡票、電影票、游泳票等屬於福利性質的，人人都有，你用完了，再拿錢去買，只規定你不要天天進澡堂，天天進游泳池，可是另一種票卻常常是身份和權力的象徵，那就是憑計畫供應的自行車、手錶和傢俱等分配物資票。

我們廠有個木工車間，平時除了給車間做木模，閒下來就做傢俱分給職工，那些傢俱質量好，價格便宜，一個單位一年分不了幾件，於是便輪著分，跟單位頭頭關係好的，有時候每年都能分到。我在原來的單位分到過一輛自行車，飛鴿牌的，比市價要便宜百把塊呢，想想看，這樣的計畫票金貴不金貴？

讀到這裏，你可能要問了，那時候的人好傻啊，買個東西，憑什麼計畫？想買就去買唄。

你以為那時候的人真的傻嗎？告訴你，那時候物資匱乏，一來是人們手裏沒有錢，二來呢，拿著錢也買不到東西，哪裡像現在，只要你有錢，私人買飛機都行。我們那時候，社會生產力那麼低下，能填飽肚子就不錯了，哪能想買什麼就去買什麼呢？我們生產出來的好東西，要拿出一大部分去換外匯，輪到自己老百姓消費時，就少得可憐嘍！

你看看，這計畫票啥的，是不是個好東西呢。你都不知道，那幾年才輪到的一件計畫商品，就是這一家人的面子呀，有時候還是一種希望，一種重大事件成功的媒介，就更不用說計劃經濟時代的房票了。那時候不像現在必須買房子，那時候叫分房子。幾十平方米百多平方米的房子，

一分錢都不要，分到你名下，你就能搬進去住。所以，那個時代最吃香的票子有兩樣，一樣是糧票，一樣是房票。有了吃的和住的，這生活不就有了保障？

當然，如果你根本就不想成為城裏人，那麼你對於糧票和房票就會不屑一顧，你田裏有糧食，有樹林或者竹林子圍擁著的幾間大瓦房，你還有何求？可惜的是，在那城鄉差別巨大的時代，為了糧票和房票，多少人削尖腦殼，使盡渾身解數以至於不惜白刀子進去紅刀子出來，在各種供應證的爭奪中，該上演了多少場驚心動魄的廝殺！

哦，遠去的票證！

二〇一二年七月廿七日

二〇一二年九月一日修改

第二篇 永遠迷人的風景

精雕細刻　栩栩如生（呂學銘提供）

試問，你曾經在下雪凍淩的時候走過一座顫巍巍的獨木橋嗎？你可曾在山坳裏聽到過「嗚——嗚——唔——唔——唔——唔——」的松濤、還有竹林裏百鳥的歡唱？如果你沒有這樣的經歷，那麼，我這裏給予你的，便是一幅幅永遠忘懷不了的美妙風景。你要是不看的話，可別後悔喲！這些風景，在加速城鎮化進程的今天，已經很難有機會欣賞到嘍！

十五、顫巍巍的獨木橋

1

小時候上學去，我們要經過一座架在小河上的獨木橋。小河寬不過五米，我們那地方叫小河為「港巴」，是不是水碼頭之尾的意思呢，我沒考證過，反正，叫「港巴」的小河都很窄，有的簡直就是條小水溝。當然，小水溝大都不超過一米寬，通常是不架橋的，像我們上學必經之路上的小河，就不得不架橋了，因為它寬到四五米呢。

獨木橋沒有名字，如果必須說到它的時候，我們就叫它李家鋪子那座橋。你別嫌這名字長，它可是個專有名詞，因為整個李家大坳只有這一座橋。李家大坳的「坳」，我們那地方念作「幼」，坳裏住著百十戶人家，李家大坳北面的山岡便是湖南和湖北的省界線。我們家住在山岡的北面，屬湖北地界，可是我們家附近的湖北地界沒有小學，我們就上了湖南的李家鋪小學。

一年的春夏秋三個季節，我們都樂意去上學，尤其是春暖花開的春季，下過雨，到處的田溝裏都有嘩嘩的水聲。我們打著赤腳片，在泥巴路上吧嗒吧嗒地前行，儘管濺了一身泥水，儘管水有些涼，但是我們樂意。我們湖北兩個生產隊的孩子，大大小小一二十個，常常成群結隊地上學去，於是，在一片綠色的田野上，長長的上學隊伍便隨著田埂的蜿蜒逶迤前行。有調皮的男生把腳上的泥巴故意甩到女生身上，田埂上便起了一陣騷動。犯了錯誤的男生飛快地朝前跑，被甩了泥巴的女生則拼命地向前追，追呀，追呀，追到李家鋪子那座橋跟前，在橋的北邊，犯錯誤的男生被逮了個正著。你問他為什麼不趕快跑過河去嗎？他不敢跑呀，那是一座獨木橋，平時走在橋上都顫巍巍的，誰敢在橋上撒丫子跑？除非他不怕掉到小河裏。不用說，犯錯誤的男生受到了懲罰。

2

這是一座真正的獨木橋，用一棵很粗的木梓樹搭成。木梓樹呈不規則的C字型，被劈成兩半。剖開的木梓樹，粗的一頭一尺多寬，細的那頭不下半尺。架橋的人把剖開的兩爿木梓樹錯了個位，一爿的根部挨著另一爿的梢頭，另一爿的梢頭則挨著這一爿的根部，剖開的那一面便當了橋面。可是因為木梓樹是彎曲的，錯了位的兩爿木梓樹一爿鼓起來，另一爿低下去。發大水時，低下去的那爿木梓樹離河面不到一尺高，山洪爆發時，河水便漫過橋面。

春天裏，才下過雨，橋面上沾了很多泥巴，人走上橋面，一不小心，就可能掉到河裏。我們這些小男孩和女孩只好側著身子，走那爿低到河面去的橋，手呢，扶著鼓起來的那爿橋。我們

一步一步地挨，一步一步地挨，等到離南岸的橋頭只有一兩尺了，便飛快地轉身，往起一躍，哈哈，我們終於跳上河的南岸！

咱們不是每次都這麼順利的，調皮的大男孩總不放過施展能耐的機會，他們要是先過了橋，就會站在橋的那一頭，兩隻腳踩在橋面上，使勁地顫呀，顫呀，顫得小橋忽悠忽悠地直顛簸，嚇得走在橋中央的小男孩和女孩大聲地尖叫。

「哎喲，不要顫，不要顫！」

「媽呀，嚇死我啦！」

小男孩和女孩越是叫，調皮的男孩越是顫，直到有人奮不顧身地跑到橋的那一頭，把調皮的男孩推開，大家才一個挨著一個地過河去。

3

最要命的是冬天過橋。剛下過雪，橋面上結了冰，二十多人的隊伍過橋，慢的時候得半個小時。在這種情況下，再調皮的男孩也不敢顫橋了，他們最多在女孩們走到橋中間時故意大聲地「哎喲」一聲，有時候便模仿女生的尖叫。

你瞧，橋面上鋪著一層白亮亮的積雪，全是些雪籤子，後來我才知道，這雪籤子書名叫霰雪，俗名叫雪籽兒。這雪籤子被北風一吹，緊緊地沾在橋面上，堅硬而光滑，我們踩上去，根本站不穩。我們當中有穿木屐的，木屐上有四顆鐵齒，穿著木屐在光滑的冰面上走，很穩當。木屐踩過之後，橋面上的冰雪有些鬆動，我們再像春天裏走泥巴路過橋那樣，腳踩在低下去的那爿橋，手扶著鼓起來的那爿橋，膽戰心驚地，也終於過去了。

在風和日麗的天氣裏過橋，則完全是一種享受。橋下有淙淙的流水，兩岸有養眼的野花，野花被茂盛的青草簇擁著，炫耀著迷人的色彩；藍天如洗，偶爾飄過幾朵白雲，雲白得像一層薄棉絮，被蔚藍的天空一襯，雲彩那樣潔淨，你恨不得扯下一片來塞進嘴裏去，你會覺得是在嚼一片棉花糖呢。不時，藍天下飛過一群群小鳥，小鳥們唱著歡快的歌，一會兒掠過我們頭頂，一會兒歇在不遠處的樹上，朝我們唧唧喳喳地叫，是在跟我們對話呢，還是在嘲笑那些小心翼翼過橋的女生？

久晴不雨的日子，橋面上有些灰塵，大風吹過，揚起一陣飛塵。你別以為大風會把橋面上的灰塵吹乾淨，這一陣風吹走了一些灰塵，又有人走上橋去，帶去新的灰塵，所以，橋面上的灰塵總也沒見少了多少。

4

小橋這樣小，可是，有一種人過橋，會讓你佩服得五體投地，他們推著獨輪車，車上放三四百斤重的東西，居然能安安穩穩地把車推過橋去。我的父親就推過一車東西，走過這座獨木橋，到達橋的南面。當父親的獨輪車碾上橋北那爿只有半尺寬的橋面時，我著實為他捏了一把冷汗。可是，我的父親只是比在平路上稍稍放慢了一點速度，他目視前方，穿著草鞋的腳穩穩地落在橋面上，一步一步，踏得穩穩當當。三四百斤重的東西，再加上父親一百多斤的身子，把橋面往下壓低好幾寸。當時我為他捏了一把冷汗，要是父親的車子稍稍偏一下，那該多危險啊！

要是我一個人過橋，我還會浮想聯翩。我常常想起兩隻小羊過橋的伊索寓言——

一隻小羊蹦蹦跳跳地從小路上跑來，一邊跑，一邊「咩、咩」地唱著歌，過了前面的獨木橋就要到家了。就在它剛剛跑上獨木橋的時候，發現從獨木橋的對面也跑來一隻羊。這只羊就想，我趕快跑過去，那只羊會在那邊等我先過去。可是等到它跑到橋中央，發現另一隻羊也跑上了橋，它倆很快就相遇了，小羊說：「咩，是我先跑上橋的，你應當退回去，讓我先過橋。」另一隻羊也不示弱：「為什麼讓你先過去？我過了橋，還有好長一段路走呢，應該是你退回去，讓我先過橋。」兩隻羊就這樣爭吵起來，都要先過橋，誰也不肯讓步。

結果會怎樣呢？當然是兩隻小羊都掉到河裏去了。不過我的想像還遠不止這些，我想，如果兩隻小羊要過我們李家鋪子那座橋的話，就可以各過各的，一隻羊走鼓起來的那爿橋，另一隻羊走低下去的那爿橋，不就都能過河去了嗎？

5

後來，李家鋪子那座獨木橋修成了水泥橋，橋面一米多寬，遺憾的是，橋面稍稍有些凸起，橋兩邊沒有裝欄杆，下雪後過橋，依然有滑下橋去的危險。

有一天下了雪，一個調皮的男生從水泥橋上經過，他得意洋洋地跑上橋，忽然腳下一滑，噗的一聲摔倒在橋面上，半條腿懸出橋面，嚇得那個調皮的男生臉色蒼白地趴在橋面上，好半天不敢出聲。

不管怎樣，橋面變成水泥板之後，比起那兩爿用木梓樹搭成的橋強多了。現在，那座水泥的橋是不是裝上了欄杆呢？我已經二三十年沒去過李家鋪子了，即使橋上裝了欄杆，我心裏仍然惦念著那座用木梓樹搭成的獨木橋，那座橋上留下我童年的許多歡樂和驚歎，還有那顫巍巍的韻味。

6

寫過這篇文章不到一星期，我回了一趟老家，特意去看了看李家鋪子那座橋。出人意料的是，那座橋已經坍塌。它是從小河北邊的三分之一處斷裂的，斷裂的橋面栽到小河的淤泥裏。春天裏，小河的水位很低，我還能踩著傾斜的橋面，從橋北走到橋南，又從橋南走回橋北。

不知為什麼，那條小河也像是沒有當年寬了，河底的淤泥把河床抬高了許多。三月下旬的小河，河水是清澈的，水裏看不到魚和蝦，河底躺著些雜亂的稻草和野蒿，河面上漂浮著幾個農藥瓶。小河兩邊的田埂上長滿了荊棘和野草。曾經非常輝煌的李家鋪子早就名存實亡，它既沒有小商店，也沒有小學校。它不再是李家村的政治文化中心，也不再是湖南湖北的交通樞紐，李家鋪子早就成了個死角，所以，那座水泥橋斷了，就再也沒人去修。

再過若干年，當淤泥把河床填平的時候，人們也許只能看見栽進淤泥的兩塊互不相干的水泥板了。那時候，看見這座斷橋的人們怎麼會知道，這座橋上曾經有過我們這些小學生的許多歡樂和驚歎呢？

二〇一二年三月廿二日

二〇一二年六月十五日修改

十六、唉，那些消失的魚鱉蝦蟹喲

許久沒有這樣的體驗了，許久沒有吃到帶著柴煙飄著蔥花和新鮮辣椒香氣的魚和蝦了，哪怕是回憶，也算得上是奢侈的事情。

1

我的家鄉位於江南丘陵，過去以種水稻為主，而且大多數時候只種中稻，種早稻和晚稻則是上個世紀七〇年代後期的事情。那時候，我們家鄉種水稻，五月裏栽秧，八月下旬，稻子才籽粒飽滿。稻子成熟時，山嶺上的松樹葉子也開始發黃，那是夾在濃綠的松濤之間的，不到跟前，你很難看到那些發黃的松針，倒是滿山坳的稻子，一陣金浪趕著一陣金浪，那稻穀的清香，使得長時間餓肚子的人直流口水。啊，就要收割稻子了，就要有新米熬粥了，就要吃到香噴噴的新米啦！

可是，在望的豐收，也引不起我們太多的興趣，我們這些半大的男孩，全都被田溝裏的魚蝦給勾去了魂——那絕對是如今農村的小男孩們未曾經歷的喜悅。

八月裏，白天的太陽還那樣剛猛。想要涼快，你得找一個背陰的高坎，還要能吹到南風，你把身子往搖晃著的稻棵子裏一縮，喲，腳下涼絲絲的，田溝裏的水才沒到腳踝。這些水溝，是在稻穗剛開始揚花的時候挖成的，大都挖在田的四周，大的田再攔腰挖一條橫溝。稻穗的花快揚得差不多的時候，稻田裏就不養水了，只在田溝裏存一點兒水，我們這些男孩的秘密就藏在存了半溝水的田溝裏。你猜猜是什麼秘密？你能有什麼快樂的感覺？猜不到吧？讓我慢慢地告訴你。

2

不是叫你把身子往搖晃的稻棵子裏一縮嗎？你彎下腰去，把兩隻手放在水裏慢慢地摸索著前進，走不遠，你會感到，你的手背上腳背上，有許多魚兒在竄，它們從你下水的地方往前竄，碰上水溝另一頭的魚往這邊竄來，在會合的時候，它們用魚類特有的語言簡潔地碰了一下頭，然後驚慌地掉轉頭，慌亂中，想往回跑的魚卻徑直朝你撞來，想朝你跑來的魚則昏頭昏腦地跑到另一邊去，於是，在田溝中間，在田溝的兩端，魚們激起許多浪花，它們的鰭把水劃得潑剌剌地響。一聽到潑剌剌的水聲，你的心裏絕對像喝了蜂蜜一般地甜，因為你知道，你碰到魚群了，今天晚上，你要大飽口福啦——你別管它們怎麼竄，最終，都會被裝進你的魚簍呢。

這時候，悠悠的南風吹動稻浪，在你半裸的脊背上輕輕地撫摩，它們用香噴噴的稻穗拍你的臉，一陣接著一陣的南風緊趕著吹來，金黃的稻穗就像是窺透了你的心思似的，全都在一個勁兒地呵呵地笑：你今天有好吃的了，你今天有好吃的了！

可是，田溝裏那麼多的魚，你又沒帶魚簍，怎麼辦？沒事，只要田邊有小樹枝就行。你到田邊撅一根小樹枝，把樹葉和小枝椏捋去，在樹枝的梢頭打個結，你把這根小樹枝咬在嘴裏，就是一個挺別致的魚簍。你把捉來的魚穿在小樹枝上，樹枝從魚的鰓窩裏插進去，再從魚嘴裏穿出來，一條條魚就像這樣串在一起，你從田溝的這頭摸到那頭，沒准就摸到了一大串魚。當然，魚多的時候，你得撅來好幾根樹枝，那時候，你的嘴角，早就咧開，快要咬不住樹枝啦。

悠悠的南風還在一個勁兒地吹，金黃的稻穗還在你耳邊一個勁兒地唱著快樂的歌，田溝裏的魚還一個勁兒地在水裏亂竄，不過，它們的潑刺聲正在漸漸稀疏，只要你看看插在田溝兩邊的魚串兒，你就知道，你已經把它們的同伴收拾得差不多啦。

不知不覺地，太陽偏西了，南風在減弱，可惜那時候你沒戴手錶，你不知道你在田溝裏摸了多長時間的魚，等你站起身來，才覺得腰裏好疼。要是讓你幹農活，這麼長的時間裏不讓你伸一下懶腰，你早就嘀咕起來了，可是剛才你在摸魚，你興奮得不得了，根本就沒感到累，一想到晚上飯桌上用辣椒煎出來的魚，一想到魚碗裏飄出來的帶著柴煙飄著蔥花和新鮮辣椒的香氣，你哪裡還會抱怨啊，歡喜還來不及呢！

3

可是這一切，如今都消失了。我幾年才回一趟老家，我們老家，漫山遍野都栽上了柑橘樹，就連山坳裏的大田，也都變成柑橘園，叫我到哪裡去尋覓滿山坳的稻田去？叫我到哪裡捉魚去？不但沒有稻田，沒有田溝，就連小河都快被泥沙淤滿了。

唉，哪裡只是魚兒消失了喲，團魚（即甲魚）也少了，就連堰塘裏的團魚，早些年也被抓得快要絕跡了。烏龜更不用說。過去，稻子成熟時，烏龜們就會出來坐享其成，它們專吃倒伏在地上的稻穀。那時節，八月間，一到夜晚，我們就拖一把長把鋤頭，到山坳裏去抓烏龜。我們走在高高的田塍上，攥住長把鋤頭在田溝裏一拖，忽然，你聽到鋤頭碰上什麼硬物，噹啷的一聲響，嘿，準是只烏龜。你穿著半高統雨靴，跳到半乾的田溝裏，在鋤頭碰響硬物的地方一摸，哈哈，抓起來的，是一隻斤把重的大烏龜！

你也許覺得奇怪，烏龜怎麼這樣傻呀？可不是，幾乎所有的烏龜都這樣，在田溝裏，它總是慢騰騰地爬行，一遇到磕碰，便停住腳步，縮了頭，直等到沒了聲息，以為警報解除，才會重新行動。我們正是抓住烏龜的這些特點，只要鋤頭碰到它，它肯定停下不動，我們跳到田溝裏，一定逮它個正著。這些可憐的生物還不知道是怎麼回事呢，就被我們裝進了魚簍。

團魚就比烏龜精多了，一遇到敵情，便趕快撒丫子跑。團魚逃跑的速度非常快，它的四隻腳飛快地倒騰，眨眼間逃得無影無蹤。不過團魚也有傻啦吧嘰的時候，在逃跑途中，如果遇到一灘稀泥，便一股腦兒鑽進去，再也不管後面有沒有人追，被人們逮了個正著。

正因為團魚和烏龜的這些特性吧，人類瞭解了它們，便想盡法子捕捉，於是，在這個世界上，團魚和烏龜便漸漸稀少起來。

團魚烏龜的稀少，還因為它們營養價值高。當年我們還是孩子時，農村人本來是不屑於吃烏龜團魚的，就像俗語所說的，「狗肉上不了正席。」其實「狗肉上不了正席」也是一種誤解，現在該有多少人把吃狗肉當作幸事，有人還沒有狗肉不成席呢。可是那時候，人們偏偏把烏龜團魚當成「狗肉」，當鯽魚、鯛子都能賣四五角錢一斤時，烏龜團魚頂多才能賣到三毛四毛，尤其是團魚，很少人買。可是不久，稍微聰明點的農民也瞭解到烏龜團魚的營養價值，便有人熱衷於吃起烏龜團魚來。

我有個表舅，是個鄉村畫師，一年上頭走鄉串戶，給老人畫像，手裏有幾個小錢，他知道烏龜團魚的營養價值高，便常常到代銷店去買烏龜。後來，我也知道了這裏面的秘密，因為買烏龜的差使常常是我的，等表舅吃了烏龜，再把龜板拿到代銷店去賣，這差使還是我的。我把賣龜甲的錢減去買烏龜的錢，發現竟然有盈餘，就知道吃了烏龜賣龜甲還能賺錢。可惜那時候的農民，一年上頭，手裏都沒幾個活錢，即使有，也捨不得拿去買烏龜吃，那幾個錢的用處多著呢，要買

煤油，要買鹽，還得買針頭線腦，加上人情來往，還有個頭疼腦熱呢？那些鄉村藝人手裏是有錢的，可是他們有他們的消費觀，只有像我表舅這樣思想開通的知識份子，才可能拿錢去買烏龜團魚，來滋養自己的身體。

4

而今，農村裏幾乎要滅絕的還有鱔魚、螃蟹和蝦米，全都是因為水田改旱田的緣故。記得那時節，一到春水漲起來的時候，我們便拿個鐵絲做成的鉤子，鉤子上串條粗大的蚯蚓。我們在水田的田坎下找鱔魚洞，那些鱔魚洞大都懸浮在水面。我們把鉤子伸進水裏，然後用手指頭把洞外的水彈得咕咚咕咚響。藏在洞裏的鱔魚聽到水響，游向洞口，半路上發現美味，便一口咬住。這時，我們迅速地拖出鉤來，另一隻手的中指彎起來，鉗住鱔魚的脖子。你一鉗它的脖子，它便鬆開了咬著鉤的嘴。你得趕快把鱔魚往魚簍裏放，不然，它幾扭幾彈，便會從你的金鉤裏掙脫。

唉，螃蟹和蝦米再也不用想啦，因為田裏沒了水，田坎上便不再有螃蟹棲身的洞穴；小河乾涸了，魚和蝦都藏不住身。有點水的地方，又有人拿著電瓶捕魚器，把魚子魚孫一併撈走，我不知道，我們的子孫，將來還有沒有嘗到魚腥味的機會。

5

好不容易回一趟老家，面對漫山遍野的柑橘樹，我就會想起少年時撈魚摸蝦的快樂時光，那滑溜溜的年魚在你的腳背上哧溜而過所引起的快感，是很難複製的。我還記起有一年夏天下暴雨，滿山坳都是白茫茫的大水，把快成熟的稻穗都淹沒了。忽然，我看見一條大魚，把水中的稻穀分開一道寬闊的水路，我拿了把鐵鍬去追趕，一直追了幾百米，到底給追上了。我舉起鐵鍬朝大魚砍去，一下就把它砍昏了。不用說，那天晚上，我們家喝到了非常新鮮的魚湯……

可是如今，親愛的魚鱉蝦蟹喲，我到哪裡去追尋你們呢？啊，我的童年的歡樂，我到哪裡去追尋你們呢？

二〇一一年十月廿二日

二〇一二年六月十一日修改

十七、魂牽夢繞石子灘

（一）石子灘美好的回憶

離我們老家五公里的地方，有個小鎮叫石子灘。顧名思義，這是一個河埠頭，春夏之際，河水嘩啦嘩啦地從小鎮旁邊流過，小河上游挾裹而來的石頭子兒在這裏放慢了腳步，一到秋冬，河邊便形成大片平坦的河灘，河灘上滿是密密麻麻大大小小的石頭子兒……所以，這個地方就叫石子灘。

我很少到石子灘的河邊上去玩耍，即使在秋天和冬天也少有。小時候，我家裏很窮，我們得為生計而奔波，來到鎮上的時候，也總是賣柴火，賣紅薯，賣了這些東西，換回家裏必用的火柴煤油和做衣服的布——這些活倒是在秋天和冬天做的，可是，我們總是天不亮就起床，挑著擔子，咬著牙關，走四五公里山路，等到賣了柴火和紅薯，天，早就大亮，咱們還得趕回生產隊去上工呢，於是，我們披著霜露而來，頂著朝陽回去，每次都行色匆匆，哪裡有閒心和閒工夫到河灘上去玩呢。雖然這樣，石子灘小鎮之於我，還是留下許多美好的回憶。

（二）柴行的歌唱家

最不能忘記的是柴火交易行裏經紀們的吆喝聲。你聽聽——「又寫——張家的——柴火八十六斤——」經紀人稍停片刻，彎下腰，拿手扒了扒跟前的柴火擔子，接著吆喝道，「等級二級——單價，二塊一——」這吆喝聲，抑揚頓挫，有板有眼，時而拖著長腔，時而突然打住，真像一首古樸的歌曲。

交易行稱柴火的地方離河埠頭不遠，人們在兩棵柳樹間綁一根杠子，把一杆大秤的提梁穿在杠子上，經紀人在杠子下邊放一條板凳，他站在板凳上，把秤桿子擱在右肩上，沉重的秤砣呢，用一根細麻繩吊在秤桿上。經紀人穿一件閃著油光的舊棉襖，戴一頂狗皮帽子，狗皮帽子的帽耳張開來，隨著他低頭抬頭的動作忽悠忽悠地跳躍。經紀人的秤鉤子下面繫著一條鐵扁擔，這條鐵扁擔像半邊放大的大括弧，大括弧兩端向前延伸，彎曲成一個鉤，很像一個被拉直的「乙」字。這個「乙」字的鉤鉤上，正好放一條木的或者楠竹做成的扁擔。

天亮了，賣柴火的人從四面八方向石子灘湧來。大家湧向交易行，來到經紀人跟前，把肩上的擔子往秤鉤子下面的鐵扁擔上一放，經紀人居高臨下地看著秤，把繫著秤砣的細麻繩往後一拖，又往前趕一趕，再彎下腰，用手扒拉扒拉柴火捆兒，開始唱起剛剛稱出的柴火的斤兩和成色來：「又寫——」經紀人低下頭來問賣柴火的人，「你貴姓？」

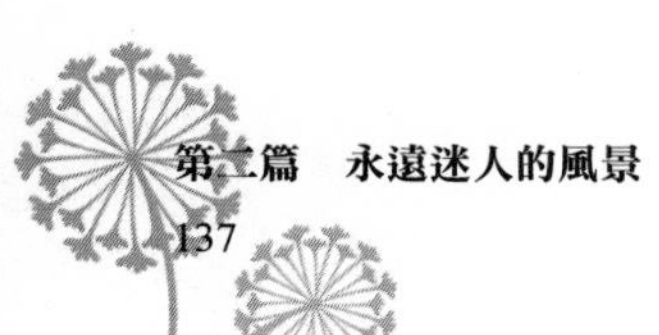

賣柴火的人回答：「胡，姓胡。」

經紀人昂起頭來，接著唱道：「胡家的，乾松枝——九十二斤；等級一級——單價，兩塊八——」。

經紀人一副沙嗓子，可是我們這些賣柴火的，卻覺得他的吆喝比歌唱家唱的還好聽，因為經他一唱，櫃檯那裏有人在寫帳，等我們卸了柴火，到櫃檯上就能領到錢；我們領了錢，就可以到旁邊的點心鋪子去買上兩個富油包子，也可以到老街的百貨商店，去買一雙想了好久的尼龍襪，或者買一對手電筒裏的電池——晚上出去看電影或者去聽書，沒有手電筒可不行，還可以到河埠頭的魚行，去買幾條活蹦亂跳的新鮮魚，這樣，我們家今天就能吃到美味的魚啦……

（三）賣魚人的歌喉

在魚行裏，你就又能聽到那如歌唱一般的吆喝了。

石子灘魚行緊挨著河埠頭，那些帶著烏棚的小漁船，在天色微明時便陸續泊在了河埠頭，漁民們挑著魚簍向河坡上走來，魚簍裏的魚在歡快地擺動著尾巴。

那魚簍子很是別致，底下像一個簸箕，簸箕周邊比真正的簸箕高，用三根提梁固定，跟挑糞的筐兒差不多，只不過挑糞的筐兒呈U字形，有缺口，而裝魚的筐兒卻是一隻高沿的簸箕，像一個大寫的O字，魚筐的面積也比糞筐大。你一定會問，用這樣的簸箕挑魚，不怕魚蹦出去嗎？不，不怕，冬天的魚沒多大的勁蹦達，要是在春天和夏天，就得用加蓋的筐兒裝魚嘍。

漁民把魚挑上河坡，批發給魚行，魚行再一斤一斤地賣給買魚的人，這時候又起了吆喝聲：「呃——賣魚啦——賣魚勒——剛起水的新鮮魚——賣魚勒——賣魚勒——鯽魚鯰魚黃鼓魚——家魚鯉魚鯛子魚，還有蝦子螃蟹郎母子魚，快來買勒——」

魚行裏賣魚，掌秤經紀人的吆喝聲是：「呃——又寫——李家的——買鯽魚兩斤——單價三毛——共計六毛零分——」經紀人停一下，對買魚的人吆喝道：「呃——籃子端起——兩斤鯽魚，是李家的啦——」經紀人抬起頭來，朝魚行外面掃一眼，接著吆喝，「呃，下一位，誰要買魚，呃，剛起水的新鮮魚，快來買勒——」吆喝聲時斷時續，有板有眼。

魚行和柴火交易行近在咫尺，賣魚經紀人的吆喝聲和柴火行經紀人的吆喝聲相應和，再加上沿街挎著竹籃賣青菜蘿蔔的、賣生薑大蒜的，這些人的叫賣聲，跟經紀人的吆喝聲組成石子灘集市的動人樂章。交易行的經紀人喊慣了，聲音抑揚頓挫，富有韻律；賣魚的經紀人許是迎著河風的緣故吧，聲音多少有些嘶啞；而賣青菜蘿蔔的呢，多是些姑娘媳婦，叫賣聲便顯得羞澀。然而她們又不得不叫，不叫的話，她今天提來的青菜蘿蔔就賣不完，所以羞澀地叫了一會，嗓門便漸漸圓潤起來，如果是年輕媳婦的叫賣，你會覺得，那聲音既清脆，又響亮，你雖然沒有聽慣音

樂，你卻以為，這就是最美妙的音樂。假若你走近前去，看見叫賣的竟然是個非常美麗的媳婦，那麼，這一整天，你都會沉浸在美妙的音樂裏，有什麼比年輕媳婦的叫賣聲更迷人呢？

（四）歸途的哼唱

還有一種愉快的吆喝不在街上，而是在鄉民們回家的途中。這些人天還沒亮就從家裏動身來趕集，現在他們卸了重擔，買了家裏人想要的東西，肩上橫著一根光扁擔，他們成群接隊地走在回家的小路上，不知不覺地便唱起來。剛開始，他們唱的是《東方紅》，還唱《公社是棵向陽花》，接著就唱革命現代京劇《沙家浜》和《紅燈記》裏的唱段，但是唱著唱著，小夥子怕是想起了誰家的小妹妹，男子漢當然想起家裏的年輕婆娘，於是，那歌詞便漸漸變得詼諧浪漫甚至於帶點兒黃色。你聽，這是位小夥子的鴨公嗓子：「東家的妹妹十七八，臉上兩朵櫻桃花，櫻桃花再香也香不夠，賽不過胸前那兩朵牡丹花。」

這下，男子漢有話可說了：「狗娃，想媳婦子了吧？大哥給你介紹一個，要不要？」

狗娃害羞地抵賴：「誰想媳婦子啦，誰想媳婦子啦？沒影兒的事。」

「想了就想了，怕什麼呀，你要是不想，就說明你身上那東西有毛病。」

狗娃的吆喝，勾起了另一個男子漢的情思，他可不管其他人說什麼，竟然自顧自地扯起嗓門唱起來：「隔壁的嫂子二十八，胸前倒扣著兩隻大喇叭。她在窗戶裏瞄一眼，叔子我心裏樂開花……」

眾人發一聲喊：「嘿嘿，平哥，想你隔壁的嫂子啦？到了晚上，你該不會去翻院牆吧？」大夥兒就這麼一邊吆喝著唱，一邊逗著樂子，回家五公里路程呢，眨眼間便到了。

……嗨，這些都是放在心裏儲存了許久的吆喝聲。而今的集貿市場，很少有這樣的吆喝聲了，賣家多，買家有自由選擇的權利。那賣貨的，自有賣貨人的邏輯：我的貨，又不是賣不出去，你不買，自有人來買。買家呢？我可不聽你吆喝，你儘管把你的東西誇得天花亂墜，要我能相信你的呀，我相信的是自己的眼睛，不相信你的吆喝。這樣的話，自然就很少有賣家再那樣抑揚頓挫地吆喝了。再者呢，賣東西的姑娘媳婦男子漢小夥子，大都騎著摩托來，駕著摩托去，誰還能像我們那些年似的，三五成群，一路吆喝，一路走回家去呢？

（五）如此鄉情

我記得，上個世紀八十年代初，有一年春節前夕，我跟著弟弟去了一趟石子灘，小鎮上到處是攢動的人頭，狹窄的街道真個被擠得水泄不通。後來我去過武漢的江漢路，也去過北京的王府

井，還去過重慶的解放碑，在那些地段，顧客的稠密度夠高的。不過我覺得，石子灘鎮早市上那一陣子人口的稠密度，真趕得上武漢的江漢路、北京的王府井和重慶的解放碑了，只不過石子灘鎮上的規模小些罷了。

我已經二十多年沒去過石子灘了，經常從它旁邊過，可總是來去匆匆。而且，石子灘鎮也早就不像三四十年前那樣熱鬧，那青石板的街道早就鋪上了水泥，那些交易行，魚行，也早就不是當年的模樣。即便如此，我還是想，如果再次回家，路過石子灘時，我一定要到街上去走一走，看一看，我要從內心深處喚起那一陣陣悅耳的吆喝聲，那些吆喝聲裏，該蘊涵著多麼濃重的鄉情！

十八、天井裏看到的美妙風景

1

你知道什麼是天井嗎？你該不會以為，誰在天上打了一口井吧？嘿嘿，我就知道，現在四十歲以下的人，尤其是城裏人，很少有知道什麼是天井的，更不用說通過天井看風景了。

我的朋友林九家，過去就有一座帶天井的房子，那是一座土磚砌成的瓦房，大大小小的房子一共十多間。房子大門外有一個高臺子，從寬闊的稻場上進屋去，要爬十來個臺階，臺階之上有個平臺，平臺的盡頭是他們家的門樓，門樓後邊才是天井。

這個天井大約兩米寬，四米長。天井的南面是門樓。這個門樓像一間不砌牆的房子——不，不對，是它的牆不砌在房子四周，而是砌在屋脊下，從側面看，砌了牆的屋子像個大寫的「个」字，如果你想像豐富點，可以認為它是一把撐開的巨傘，砌在屋脊下的那堵牆是傘柄，斜伸的屋架便是傘骨，不用說，這把傘的面上不是糊的油紙，而是蓋著深灰色的瓦片。傘頂當然不是圓的，而是兩片矩形的屋頂，從天空俯瞰，一大片灰色的瓦片中，有個黑黝黝的洞，很像一口井，又像個大漏斗。大門外的屋頂遮住門樓前的一片空地，大門內的那片屋頂遮蔽了大門到天井的一片天空。

我要告訴你的是，這兩片屋頂的矩形還各不相同，大門前那片屋頂呈長方形，大門後的屋頂卻呈梯形。我還要告訴你的是，天井之上的屋瓦，除了東面和西面呈梯形之外，北面那一片的下邊是梯形，梯形之上，則是一個橫放的長方形。我這樣說，你當然還不大明白，我還得向你介紹一下天井下面的屋子。

帶天井的老房子（呂敏學提供）

走進林九家的大門，東西兩面各一個廂房，西邊的廂房是林九住的，東邊的廂房做了廚房，繞過天井，是他們家的大廳，這個大廳足有兩間屋那麼大，中間用一座木製的屏風隔開，大廳的兩邊，一邊是林九父母住，一邊是林九的婆婆爺爺住。

2

冬天裏，林九家在屏風後放一個火塘，我們坐在火塘邊上，一邊烤火喝茶，一邊「扯懶談」。「扯懶談」是我們那裏的土話，文雅的說法叫「聊天」，俗的呢，把「聊天」叫「日白」，北方則叫「侃大山」。更多的時候，我們就在火塘邊上打牌、下象棋。有時候玩得太晚了，我們就在林九的西廂房裏滾在一起。四個愣頭青，蓋一床被子，一睡睡到大天亮。

白天，我們正打著牌呢，有人去外面上廁所，突然驚訝地叫起來：「阿呀，下雪啦！」我們丟了牌，一起跑出屏風，就見天井裏飄下密集的雪花。雪花被風吹著往天井裏灌，它們在天井之上被風趕著到處跑，遇到一陣大風，旋到天井口上的雪花，被捲得拼命地向空中飛，有的雪花，被趕出屋面，不知飄向何處。

不一會，屋頂上便成了白花花的世界。可是這些撞進天井裏來的雪花，一落到天井的水池裏，馬上變軟，慢慢融化，最多只在天井邊上撒下一層稀薄的「鹽末」，因為屋裏暖和呀，先落下的雪花早就化了。

3

冬天從天井裏看到的風景並不太迷人，迷人的風景在春天和夏天呢。

春天裏，天氣漸漸轉暖，我們不會龜縮在屏風後面烤火啦，我們把桌子搬到天井邊上來打牌，不時的，我們能看到天井上空飛舞的燕子和其他候鳥，它們成群接隊而來，在屋頂上盤旋，如果湊巧，你還能看見這些小生靈在屋面上打情罵俏呢。你瞧，外面飛來兩隻小燕子，一隻在前面飛，一隻在後面追。突然，飛在前面的那只燕子調轉方向，後面那只燕子被落下老遠。飛在前面的那只燕子，當然不會讓後面的燕子追不上，要是落得太遠，飛在前面的燕子就會停在屋脊上，朝飛在後面的燕子親昵地叫喚，又像在嘲笑後面的燕子：「怎麼樣，你飛不過我，你不行呀！」

「誰說我不行？你等著。」飛在後面的燕子趕緊搧動幾下翅膀，衝上高空，然後一個俯衝，頃刻間便飛到歇在屋脊上的燕子那兒。歇在屋脊上的燕子假裝不動，等到它的夥伴即將碰到它的時候突然崛起，再拐一個彎，有時候乾脆衝到天井裏來，在林九家大廳裏旋幾圈，等到它的夥伴飛進大廳後，它呢，又往上一竄，飛上屋面，飛到空中，一忽兒飛得沒了蹤影。等到兩隻燕子再飛回來時，它們的嘴巴早就廝咬在一起，互相啄著，親昵著，那喃喃的絮語，你便是個憨頭，也聽得八九不離十：它們倆已經親密無間啦！

你一見了翩翩飛舞的燕子，你就該知道，山上早就綠了——滿眼的蔥綠，花兒早就開了，開得錦繡般絢爛；那小河裏，游魚正迎著嘩嘩的水流向上飛去，不時發出潑辣辣的水聲。你還應該知道，農民已經把水田整成一面面巨大的鏡子，鏡子裏有藍天，有白雲，農人吆著牛，拖著犁，砸破一面面白亮亮的鏡子，掀起一片片黝黑的土地……

4

最變化多姿的要數夏天天井的風景了。剛才還是麗日藍天呢，眨眼間，從天井裏漏下來的陽光忽然消失了，透過天井，你能看見天上湧起黑沉沉的雲，一忽兒，狂風大作，狂風捲著灰塵，捲起枯葉敗草，在天井上空盤旋，一些樹葉從天井裏飄下來，落在天井水池的爛泥上之後，還會被偶爾旋進來的大風掀幾個個兒。不一會，天井裏落下幾顆豆大的雨滴，天井周圍的瓦片上立刻響起炒爆豆般的啪嗒聲，這啪嗒聲一會兒急，一會兒緩，剛緩過一陣子，密集的雨線便從天井裏擠進來，瓦片上炒爆豆的聲音早就連成一片，形成萬馬奔騰的轟響，閃電和雷聲乘虛而入，被黑雲遮得如同黑夜的天空因為閃電而變得分外明亮，雷聲突然在頭頂上炸響，天井周圍的瓦片仿佛在簌簌地抖動，腳下的地也在不停地顫抖。

這時候，天井屋瓦上的四條水槽裏奔下四條水柱，水柱剛開始比較細，呈直線下落，不一會便變得粗大，四條水柱沖到天井裏，把天井裏積澱的污垢攪起來，很快，天井裏的水位迅速上升，它們奔湧流竄，竄到井下的四個下水道，把下水道灌得咕嘟咕嘟響。

暴雨還在不停地下，除了天井的四條水槽外，垂到天井的所有檐溝都在向天井裏注水，天井的四周早就被雨水澆濕了。雨大的時候，天井的水池裏會積起大半池水……

終於，暴雨漸漸變得平和，水槽的雨水由水柱變成雨線，檐溝上的水線則由連珠變成一會兒滴下一滴，一會兒再滴下一滴。霎時，天井上方變得明亮起來，不久，陽光又從天井上射進來，你從天井裏望去，藍天如洗，一塵不染，剛剛被澆了個透心涼的小鳥得意地飛出來，在陽光下晾曬它們被淋濕的羽毛，我們這些半大的孩子，又在天井旁邊擺起棋盤，開始驚天動地的廝殺。

悠閒的時候，你再看看天井的水池，有烏龜從下水道裏爬出來曬太陽，剛才的暴雨一定嚇壞這些生靈了吧，你瞧，剛開始，它們爬到下水道口，小心翼翼地向外探著頭，左邊瞧瞧，右邊瞧瞧，覺得沒什麼危險了，才慢慢爬到天井的水池中央，這裏有太陽，陽光把它們的眼睛照得眯起來。它們看了看在天井邊上下棋的幾個半大小夥子，又看了看旁邊正在洗衣服的林九的婆婆，便放心地睡起它們的大覺來。

5

楚世大爹家天井的格局跟林九家的天井有些不同，楚世大爹家的大廳在大門裏，天井後邊則是一面雕花的木板牆，木板牆三四尺高的地方是鏤花的窗戶，窗戶的雕工很講究。進到裏面的門檻有一尺多高，一看就知道，這是過去地主家的內室。

上個世紀六七十年代，農村人的居住條件很差，像這樣有天井的大房子通常要住三四戶人家，人丁最興旺時，三四戶人家有二十幾口人，人呀，雞呀，豬呀狗呀，全都由一個大門裏進出。到開飯的時候，天井四周到處是人，雞和狗也在這時候出來湊熱鬧。一塊肉骨頭剛剛丟到地上，便有成群的雞來搶，狗看見了，箭一般地衝過來，驚得雞們咯咯咯地叫喚著飛起。

到洗衣服的時候，天井的四個方向都擺著洗衣盆，有的人用手在搓洗，有的人用棒槌在捶，遇到洗床單，兩個婦女各抓住床單的一頭，隔了天井用力地擰，用力大點時，一不小心，就把另一個人扯到天井裏去了。

我看過裝飾得十分豪華的劉家莊園的天井，那簡直稱得上一件藝術品，那些砌天井的灰磚很講究，磚與磚之間嚴絲合縫。天井最上面那一層鋪的是花崗岩，花崗岩四周的地面也鋪著青石，青石打磨得十分光滑，上面照得見人影子。天井上方是雕花的欄杆，天井的下水道裝著一尺多直徑的陶管，就連天井的屋簷下也裝著接水的槽子，槽子把接到的水引到陶管那兒，下大雨時，

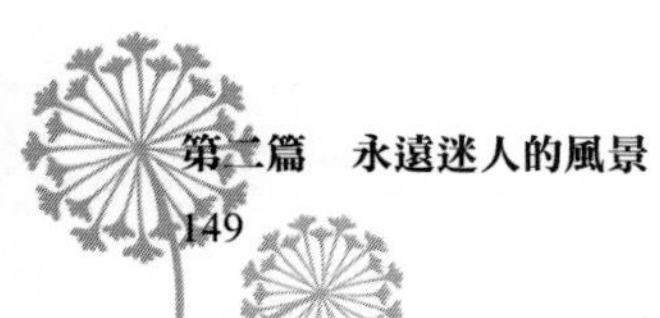

你能聽到雨水在陶管裏流動的轟轟聲，卻看不到一顆雨珠落在天井的四周。那是一座大地主的莊園，莊園裏有好些個天井，全都砌得很講究，人家的天井四周是兩層的樓房，怎麼能讓雨水嘩啦嘩啦地到處流呢？

6

更令人留念的是我們李家鋪小學的天井，它差不多有一間屋子那麼大，天井裏用灰磚砌著兩個菱形的臺子，臺子上種著兩棵芭蕉。芭蕉本屬於熱帶植物，是不是哪位在熱帶工作的老校友贈送的呢？沒人告訴我們，我們只是作些猜想。我們的余校長在一個臺子上還種了棵葡萄，葡萄牽過藤，可是沒開花，更沒掛過果。可是我們由此初識了葡萄藤，它的藤總是疙疙瘩瘩彎彎曲曲的，初生的葉子呈紅顏色。

天井的四周有兩間教室，一間辦公室，北邊是大禮堂的入口，向西則穿過一道門，到達通向大門的小禮堂。李家鋪小學是一所初級小學，只有一到四年級，天井的兩邊是三年級和四年級的教室，四年級在李家鋪小學是最高的年級了，一下課，高年級的同學就衝到天井裏，衝出小禮堂，衝到操場上去玩打仗，於是，天井便成了低年級同學的樂園。

7

可惜，現在的李家鋪小學已經成了一片橘園，林九家的、楚世大爹家的老房子也都拆了，人們翻蓋了新的四四方方的水泥磚牆的樓房，水泥磚牆的樓房外邊安裝著塑膠管的下水道，再大的雨，你也見不到雨水如柱的樣子，嗨，真像是缺了點什麼似的。沒有天井了，三四家人當然也不會聚在天井周圍吃飯、聊天、下棋、打牌了。你若要看風景，那麼，到陽臺上去吧，站在陽臺上，外面的風景會讓你一覽無餘，是不是少了些神秘呢？是不是少了些誘惑呢？更重要的，是不是少了些融洽？

閒暇時，我常常想起林九家的天井，想起林九的婆婆和母親，還想起天井西邊的西廂房，想起我們四個愣頭青擠在一張床上蓋一床被子的情景，那種融洽和親情，現在再也難得找到了。喲，那些裝載著美妙風景的天井喲！

二〇一二年三月廿七日

二〇一二年六月十五日修改

十九、陣陣松濤喲，美妙的音樂

1

記憶中，我們卷橋老家的樹一直長不大，才一丈多高的松樹，就被人砍倒，人們要做房子呀，要打傢俱呀，還要燒火做飯呀……

我們家的屋後，跨過一道山岡就是湖南地界，隔了李家大隊，是魏家大隊，我的堂兄就住在魏家，他們那裏漫山遍野都是高大的松樹，過年時，我們去魏家給大媽拜年，坐在火塘邊上烤火，耳邊聽到北風嗚嗚地吹，那松濤便一陣趕一陣的，一陣風起，萬壑松聲齊鳴，那松聲帶著嗚嗚的尾音，風停了，松林裏還有綿長的哨音，尖尖的，細細的。有小孩放爆竹，幾聲劈啪之後，山坳裏還一陣接一陣地迴響。鞭炮聲從地上傳到空中，再由空中傳到松林裏，它穿過一座座松林，在周邊的山坳裏產生迴響。這種鞭炮的迴響和松濤的迴蕩才讓人覺得有點節日的氣氛！

可惜的是，這樣美妙的聲音，我們只有過年時節到堂兄家去才能聽到，當然，平時，堂兄家有什麼事，我們也去魏家的，不過因為是去做事，便沒有多大的閒心欣賞松濤，於是我們心底，便盼望自己這裏什麼時候也響起陣陣松濤來。原以為只是一種奢望，哪想到沒過幾年，這種奢望還真成了現實。

呵呵，沒過幾年，我們這裏修了一座水庫，水庫裏蓄了水，政府要求水庫上游封山育林，於是，我們那兒的山山嶺嶺都披上綠裝。管理處主任老劉，讓大家在山上栽上杉樹。沒幾年，杉樹便成了林，待我後來上大學回家過年，北風吹來，就有了松濤——按理說應該叫杉濤，我因為聽慣了松濤，而且，卷橋庫區的山坳裏，也還保留著些松樹，我便把杉濤當成了松濤。才十幾年呢，那杉樹早就竄起上十米高，遠遠望去，一片墨綠的海洋，遇到山嵐升起來的時候，山坳裏便飄浮著乳白色的雲氣，它們一會兒遮住山頭，一會兒填平彎彎拐拐的山坳。沒有山嵐時，人家屋頂上的炊煙便嫋嫋地升起，升到山頂，遇到輕風，輕風把炊煙吹散開來，很像個丹青妙手在墨綠的山嶺旁邊點染了一坨白色的顏料，那乳白色的顏料借了水的浸潤，慢慢地暈開，山坳裏便有了一種似夢似幻的感覺。

這是一幅多麼美麗的圖畫啊！

2

當然，最有趣的還是聽松濤。現在，我們不必等到過年過節到魏家堂兄那裏去聽松濤了，我們坐在家裏，躺在被窩裏，就能聽到嗚嗚的松濤。倘若是早上，你躺在床上，還只能看見從玻璃的明瓦裏透進的一絲兒曙光，可是，百鳥的歡叫早就告訴你，新的一天來到了。你沒覺得天光大

亮，是因為高大的杉樹遮住了陽光。奇怪的是雞，它們也像是變得懶散了似的，見不到陽光，它們就不打鳴。等你覺得大亮了，爬起床，哈哈，太陽已經升上兩竿子高啦。

平常日子，早晨的風是不大的，不過，只要有一絲絲風，山坳裏總會有濤聲，它們輕輕的，柔柔的，像遙遠的村子裏有人在拉小提琴，又像是有人躲在哪個山坳裏吹口哨，小提琴聲或口哨聲一會兒大，一會兒小，一會兒有，一會兒無，一會兒悠長婉轉，一會兒斷斷續續。不一會，濤聲停了，鳥叫聲便一哄而起，它們像是憋了許久，終於憋不住，便放開歌喉，清脆的、嘹亮的、吼喊的，婉轉的，全都一股腦兒迸發出來。雞鴨狗豬也跟著湊熱鬧，雖然它們的叫聲並不中聽，但是，休息了一夜，它們蓄足了精神，有的是力氣，有的是快樂，不趁這會兒釋放出來，更待何時啊。

可是，松濤並不會甘拜下風，它們所主持的音樂會，怎麼能聽憑雞們狗們去蹦達呢？一陣風來，山坳裏的松樹和杉樹一起附和，很快便形成管弦器樂的大合奏。嗚——嗚——唔——唔——唔——唔——稍稍靜一會，鳥鳴聲趁機一哄而起，緊接著，又是一陣嗚——嗚——唔——唔——唔——唔——稍稍靜一會，雞的喔喔聲，狗的汪汪聲，一點也不示弱，根本不想叫鳥兒出風頭。但是不管怎樣，濤聲依舊是占主導的，只有在濤聲覺得要緩一口氣的時候，才會給鳥和雞、狗一點機會。而且，鳥和雞、狗是很遵守作息時間的，它們跟濤聲較過一會勁，便各自忙各自的去了，它們要覓食呀，還得看家護院哪，只有松濤，稍稍有一點兒風，便嗚嗚唔唔咿咿呀呀，唱個沒完。於是，我們在松濤的音樂聲裏喝點小酒，打點小牌，看幾頁閒書，那真是神仙過的日子啊！

3

最有趣的是在夏天時回到老家，依舊能享受松濤的美妙。早上，你背著太陽，搬個小板凳，坐在堰塘邊上，往釣魚鉤上上一條蚯蚓。你把釣魚竿往堰塘上一架，墨綠的杉林倒映在堰塘裏，浮漂在墨綠的水面上輕輕地搖晃，如果它使勁地晃幾下，你拉起來試試？準是一條一二兩重的鯽魚。一兩個小時過去，你的小桶裏就有了小半桶魚啦。現在，你收了魚竿，在堰塘邊上剖了魚，架一口小鍋，用山上撿來的乾樹枝把魚煎了，放上點新鮮辣椒，撒上點蔥花，嘿，這一頓美味，大約是過去皇宮裏的滿漢全席也比不上的。

你還可以去釣蝦。你用兩根一尺多長的鐵絲，撐起一塊蚊帳布當捕蝦的網。你在網子上放點雞內臟或者飯團之類的誘餌，再在網底下繫一塊石頭，把網子放到水裏。隔上刻把鍾，你輕輕地提起網子，網上就會趴著幾隻大蝦，運氣好時，一張網能捕到十多個蝦呢。

這些，像是跟松濤有些不搭界吧？誰說不搭界呢？如果不是山上長滿松樹和杉樹，下雨時流下來的山水裏就沒有那麼多微生物，水裏頭沒有微生物，哪能留得住魚和蝦呢？

4

小時候，我們還有一件美得不能再美的事兒，那就是上山去撿菌子。那可是非得等到松樹茂密的時候才能揀到的，如果松樹和杉樹不能形成氣候，山上是絕對撿不到菌子的。我這裏說的菌子，就是書上所說的蘑菇，在鄉下，我們俗稱為菌子。過去，我堂兄他們那裏松樹茂密的時候，我們還常常跑五六里路，到他們那裏去撿菌子呢，現在，我們這裏的杉樹成了氣候，我們就能在自己屋後的山上撿到菌子了。

天才濛濛亮，松濤像奏著的小夜曲，小鳥正有一聲沒一聲地歌唱，像是還沒睡醒似的。我們早早地起了床，挎個竹筐，手裏拿根木棍兒。借著晨光的熹微，我們進到山裏，專揀有松樹的地方，扒開草窠子，就能看見草窠裏這兒一群，那裏幾個五色的菌子，它們像一把把撐開的小陽傘，有的傘是綠色的，有的傘是黃色的，還有的傘是黑色的，當然也有白色和紅色的。許多陽傘的傘面上都有深淺不一的斑點兒。這些小陽傘有的撐開了，有的剛剛拱出地面，才能見到一個小小的亮點。咱們揀菌子，可不能撿那些小星星，那些小星星，要等到它們長大了才能去撿呢。

要不了多大一會，你就撿了大半筐菌子了。這會兒，太陽才從杉樹的梢頭探出頭來，一群撿菌子的半大的男孩女孩已經笑嘻嘻地唱著歌，一蹦一跳地從樹林子裏跑出來，母親們呢，早就在家把作料準備好了，就等著菌子下鍋啦。

我們在夏天裏撿的叫五色菌，在秋天裏撿的是香菌。香菌，又叫雁鵝菌，那是在大雁向南方飛去的時候才有的。這種香菌呈肉皮色，比五色菌細膩多了，也好吃多了。你要是不小心弄破了傘面，從斷開的橫截面上便滲出許多深紅色的液體，很像人們一不小心碰傷了肌膚滲出的血液。如果選出這種小香菌，拿香油一炸，用個小壇兒裝了，密封好壇口，在春節時期拿出來，會香了滿屋子。那時候，不用說吃香菌，即使只到罈子裏舀出一調羹泡了香菌的油，往炒熟的青菜碗裏一澆，嘿，保管你三天都不想吃肉了，那香菌的香啊，早就香到你的骨子裏去了！

5

哎喲，可惜這一切都已經一去不復返啦。這些年，我回老家去，看見那一山山的杉樹和松樹都被砍光了，取而代之的是漫山遍野的柑橘樹。車子還離老遠，你望見自家的屋後，山岡像是矮了許多，這裏一棟那裏一棟的瓦屋赤裸裸地突出在柑橘林裏，很像一隻隻拔光了羽毛的鳳凰，連雞都不如了，要多難看有多難看。

過去我們回老家，汽車行進在山坳裏，一聲喇叭，能在山谷裏產生經久不息的迴響，像是許許多多鄉親在列隊歡迎你，他們大聲地喊道：「歡迎你歸來——歡迎你歸來——」可是而今，無論你按多少次喇叭，這些喇叭聲都像是潑到地上的水，悄無聲息的，全都默默地浸到地裏，連水

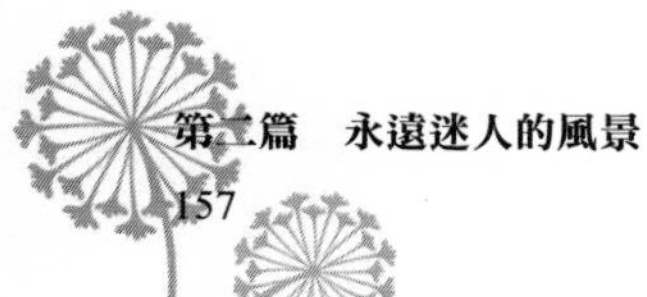

泡都不鼓起一個。

沒有了松樹和杉樹，自然就沒有了五色菌和香菌，堰塘裏也便沒有了魚鱉和蝦蟹。我不知道我的鄉親們在吃飽喝足之後，有什麼可供娛樂？聽說是有的，現在，鄉村裏到處是麻將館，無論你走到哪裡，哪裡都能聽到搓麻將的聲音。於是我想，我們那些生活在家鄉的少男少女們，一定欣賞不到松濤陣陣的美妙音樂，一定吃不到那麼新鮮的五色菌和香菌，也一定很難體會到釣魚捉蝦的快樂了。

噢，我們那美妙的陣陣松濤喲！

二〇一一年十月廿五日

二〇一二年六月十四日修改

二十、兵器堆與黑松林的故事

1

在卷橋水庫老管理處附近，有一灣黑黝黝的松樹，那些高大的松樹粗大得一個棒小夥子還摟不過來。上個世紀七十年代末，水庫管理處領導一聲令下，山上的許多松樹都被砍倒，栽上杉樹，惟有管理處附近那一灣松樹被保留下來。後來，當庫區的山上又都伐掉杉樹種上柑橘樹時，那灣松樹依舊挺立在山上，讓一陣陣如同鋼琴鳴奏出來的松濤，在庫區的水面上產生悅耳的混響。你聽：「嗚——嗚——嗚——唔——唔——唔——唔——」停歇一會，又「嗚——嗚——嗚——嗚——唔——唔——唔——唔——」起來。松濤的間歇聲裏，有雲雀清脆的哨音，有白鷺矜持的清唱，也有喜鵲和烏鴉的聒噪。

在那彎粗大的松樹邊上，有一個神秘的兵器堆，傳說兵器堆是吳三桂造反時留下的遺物。這個兵器堆高約五米，直徑二三十米。老輩人說，這兵器堆時長時縮。太平盛世，兵器堆便高高地聳起；一遇兵荒馬亂，它就塌了下去，人們都說，是一同埋在裏面的冤魂拿了兵器，趁著混水去摸魚，找仇人報仇去了——這當然只是傳說。因為這個傳說，那座山也被稱之為兵器堆。平日裏，清晨和傍晚，兵器堆一帶的山上總會升起一陣陣霧氣，這霧氣時濃時薄，霧濃時，能把兵器堆遮得看不見，霧薄時，霧氣時而在樹林裏穿行，時而像一塊巨大的帳幔圍住兵器堆，只把綠色的塚頂露出來，很像是蒙古大草原上的一座蒙古包。

2

我們那地方，過去可出過不少土匪和惡霸，可是，即使是這些土匪和惡霸，誰也沒敢去動一動兵器堆，連挖一下試試都沒有，是忌怕埋在裏面的兵器，還是憂懼被這些兵器奪去性命的冤魂？

年輕的時候，我自詡是個無神論者，可是每當我到公社開完會，在晚上七八點鐘經過兵器堆時，還是被嚇得戰戰兢兢。快要走到兵器堆時，我總要收住腳步，做一次深呼吸，拍一拍胸脯，自我鼓勵說：「我不怕鬼，我不怕兵器堆！」這樣說過之後，我昂首挺胸，大踏步地朝前走去。但是，越接近兵器堆，我的心裏越是發慌，到了兵器堆邊上，我的腿肚子還是忍不住打起顫來，我只得加快腳步，從兵器堆邊上迅速離開。當我手裏有手電筒時，我就拿著手電筒到處亂晃；沒拿手電筒時，我也會把火柴劃燃，讓火柴微弱的光，瞬間照亮兵器堆附近黢黑的松林，同時，我還要大聲地吼幾嗓子，或者是唱幾句毛主席語錄歌：「下定決心，不怕犧牲，排除萬難，去爭取勝利！」或者唱《大海航行靠舵手》。要是扯起喉嚨唱起這支《大海航行靠舵手》，我便覺得，毛主席他老人家就在我身邊，有毛主席他老人家在身邊，我還怕誰？

是的，我很快就通過兵器堆，把那片黑黝黝的松樹林子甩在了身後。但是我心裏頭總覺得，那黑黝黝的松樹林裏真的像是有人蹲在那，他們幽幽的眼裏射出一束束寒光，當我的手電筒光熄滅時，我還能感覺到背後射來的微弱的光線。於是，我立刻加快腳步緊跑一陣，等到把兵器堆遠遠地甩到身後時，我感覺得到，我的手心裏汗津津的，伸手摸摸背心，汗水已經把背後的褂子全打濕了。

當然，我們也有膽大的時候。比如說在大晴天，如果幾個半大小夥子一起結伴經過兵器堆，我們會爬到兵器堆上去，在塚頂大聲地喊叫，我們還故意折斷一根小樹枝，在兵器堆頂上挖呀挖呀，一邊挖，還一邊說：「我要挖出一把大刀！」「我要挖出一件蟒袍！」

3

那片黑松林，是我們看著它長大的。在我的童年時期，那片黑松林還是些愣頭青，但是它們一排排，一行行，一看就知道，是人們栽下的，中間夾雜著些檀樹和栗樹。靠近老管理處的山上栽著些板栗樹，後來，那些板栗樹長大了，像撐起的一把把巨傘，高大的板栗樹上掛著一綹綹刺蝟似的果兒，但是，在我們眼裏，這些刺蝟似的果兒，怎麼都比不上兵器堆周圍那些黑黝黝的松樹。那些松樹也結果，雖然不像板栗果能吃，但是，松樹林子裏能藏野兔，能歇候鳥，春天裏還會有野雞飛進來。白鷺常常飛到松樹梢頭，它們在即將落到梢頭時，會張開雪白的翅膀，在梢頭輕輕地搧幾下，然後優雅地落在梢頭，遠遠望去，像白色的蘑菇長到了樹梢。

白鷺是不大喜歡歇在板栗樹上的，大概因為板栗樹林裏沒什麼風景吧，它們闊大的葉子總是泛著黃色，樹枝是疏朗的，疏朗的樹下長著雜草，太陽大的時候，板栗樹下烤得灼熱，像一塊烙鐵；可是，松樹林裏就不一樣了，松樹濃密的枝葉交相遮蔽，樹下便形成一大片綠蔭。綠蔭裏，小鳥啊，小蟲子啊，都到這林子裏聚會來啦，他們在林子裏唱歌跳舞，很像是松樹林裏的一場快樂的舞會。在松樹腳下的灌木叢裏，五顏六色的蘑菇像捉迷藏似的，有時候故意露一露，有時候藏得嚴嚴實實，這便給了野兔們很好的藉口。你以為它躲得太久了，故意不出來的，它們卻說，在為一張嘴巴奔波呢。不用說，那些剛剛拱出地面的蘑菇，全都被野兔吃了個精光。

4

那灣黑松林本來是密密的，但是，松樹一長大，弱肉強食的傾向就突出起來。你瞧，那些茁壯的松樹張開手臂，把那些弱小同伴的陽光雨露全都接了過來，你叫那些弱者還怎麼活呀！於是乎，被奪去雨露陽光的弱者只得慢慢地退出歷史舞臺。

弱者退出歷史舞臺，墨綠的「青紗帳」可就派上大用場了。先是卷橋水庫管理處的老書記看中了這塊寶地，老了之後，就安睡在這裏，接著是親自栽下這片松樹的老主任也去陪老書記，再接著，縣水利局的頭頭腦腦們也相跟著來了。當初，他們是經常來卷橋水庫管理處檢查指導工作的，檢查完工作，當然會有工作餐，下酒的菜中，必有一樣是水庫裏剛剛撈起來的新鮮魚，飯後的果品，一定有糖炒的板栗，還有管理處後院長出的無核蜜橘，夏天裏，定會有松林裏撿到的菌子，那該是野兔們還沒來得及剿滅的吧。

我知道，松樹沒有杉樹的材質好，杉樹呢，又沒有柑橘樹的經濟價值高。我還知道，當初，管理處把大片松林毀了栽杉樹時，老主任拼命地保護兵器堆附近這片松林，是不是有預謀的呢？他老人家是不是想到有朝一日會在這裏擇一塊寶地，作為會見馬克思的府邸？感謝老主任的倔強，他這一倔，為卷橋庫區保住了一道美麗的風景。

而今，無論春夏秋冬，無論酷暑嚴寒，在兵器堆這片山林裏，當朝霞映照在卷橋水庫的水面上時，燦爛的陽光也把絲絲縷縷的金線穿透松針的縫隙，立刻把幽暗的樹林照得亮堂起來。鳥兒們睡醒了，它們在枝頭唱著歌，跳著舞，是在為這些老革命唱頌歌吧；傍晚，當夕陽從林子外面照進來，把松樹下的灌木都染成金色的時候，忙碌了一天的鷺鷥又相跟著回到林子裏來，它們依舊拍打拍打潔白的翅膀，發出一聲聲矜持的清唱，隔一會，它們輕盈地起飛，在林子上空飛舞，

盤旋，是在為林子裏的老革命做晚禱吧。

偶爾，在兵器堆那裏，還會閃爍起一朵朵磷火，是安眠在地下的先輩們起來巡夜的吧，還是特意來表彰那位老主任的呢？要不是那位老主任，這灣黑黝黝的松林早就不知去向，那麼，那個時常升起煙霾的兵器堆，豈不就裸露在一片低矮的果林裏？那樣的話，長眠在地下的魂靈們，到哪裡去欣賞到如此如詩如畫的美景呢？

5

又到傍晚了，鳥兒們陸續飛回黑松林，它們在枝頭翩翩起舞。野兔們回到窩裏，開始用柔軟的野草經營自己溫馨的家。草窠裏的蘑菇也在吸收松林裏的氤氳之氣，打算在明天早晨撐起一把把漂亮的小花傘。總之，這裏的一切都充滿著生機和活力。你瞧，辛勤奔波了一天的鳥兒們，已經撐得肚兒溜圓，它們愜意地佇立在枝頭，正準備傾聽一場盛大的音樂會呢。一陣南風吹來，撫動黑松林這張巨大的古琴，奏出一段段美妙的旋律，你聽：「嗚——嗚——嗚——嗚——唔——唔——唔——唔——」停歇一會，又「嗚——嗚——嗚——唔——唔——唔——唔——」地奏起來。松濤的間歇聲裏，有雲雀清脆的哨音，有白鷺矜持的清唱，也有喜鵲和烏鴉的聒噪，是在為松濤伴奏吧。

我常常想，要是當初不在兵器堆一帶的山上栽些松樹，要是那時節卷橋水庫把松樹換成杉樹時砍掉了這些松樹，或者把松樹換成了柑橘樹，那麼兵器堆這裏還有沒有如此美妙的音樂呢，那種在高大的樹林裏穿行所產生的渾響，怕是任何其他環境都沒法複製的吧，而若沒有兵器堆，這座松林興許就失去了它那份神秘！

二〇一一年十一月十九日
二〇一二年六月十三日修改

二十一、被摧毀的莊園

1

二〇〇四年出版的湖北省地圖冊上，公安縣西南，沿著二〇七國道，在湖北省與湖南省交界的地方有一座卷橋水庫，水庫的梢子上，標注了一個「劉家屋場」。這個「劉家屋場」離我的老家不到三百米，人民公社化時期，我們和劉家屋場屬於同一個大隊，現在是一個村。過去，他們是三隊，我們老家是二隊；現在他們是三組，我們老家是二組。別看這裏只標注了「劉家屋場」四個字，你可知道，這四個字裏，包含著多少故事，多少文化底蘊，還有多少遺憾！

「劉家屋場」是過去的說法，按現在的說法，應該叫「劉家莊園」。顧名思義，劉家莊園的主人當然姓劉，曾經是個大地主，主人姓劉，大名彙元。劉彙元廣有田產和屋宇，光那座莊園的房子就有一百多間。非常可惜的是，一九五九年，我們縣在劉家莊園以東二千多米的地方築起一座水庫大壩，按照設計，這座水庫的理論蓄水水位，最高可達劉家莊園的院牆。院牆被淹了，莊園豈能獨存，還有莊園裏住著的居民呢，總不能一年上頭去喝水吧，於是，政府動員住在這裏的十多戶居民搬遷，遷入地是同一個公社的復興大隊，還有一些則去了鄰近公社的三星大隊，那地方在王家大湖南邊，是土地肥美富庶之地。

曾經輝煌的莊園舊址

劉家莊園的居民搬走時，拆毀了莊園精美的雕樑畫棟，揭走了莊園房屋上燒製精美的瓦片，卸下了那些雕花的門窗，還運走了劉家莊園主人們引以為榮的八仙桌、寧波床和仿明式紅木太師椅，拆毀莊園的過程，整個不超過二十天。嗚呼，劉家莊園的建設，據說前前後後用了十多年，耗費幾十萬塊銀圓，竟然毀於一旦，真是意想不到的災難啊！

2

那的確是一座美麗的莊園，它是東西方建築藝術的合璧，主體部分體現了中國建築的傳統，也融合了不少西式建築的元素。莊園的建築以二層樓房為主，在我們小孩子的眼裏，那已經是十分雄偉高大的了。據說，劉彙元在修建莊園前，曾經請風水先生在虎渡河以西看了很多地方，最後才選中這裏。聽老人們說，風水先生認為，劉家莊園處在盤龍臥虎之地。這「盤龍臥虎」，我是長大後才領會它的含義的。劉家莊園座北朝南，背後是一座突兀的山岡，左手和右手各有一座山岡環抱，右手的山岡是我們屋前的廟岡山，廟岡山頭，過去有過一座廟，清代末期圮毀無存；左邊的山岡往東而去，山岡的尾巴延伸向東邊的牛浪湖。在這兩座山岡之間其實還各有一座小山岡，如果把這兩座小山岡算上，那拱衛劉家莊園的一共就有五座山。遠遠看去，劉家莊園很像是蹲踞在當中那座山頭上的一隻老虎，它虎氣十足，威風凜凜，在方圓幾十里內，論規模和氣派，都算得上首屈一指。

除了山，你再看看它周圍的水。劉家莊園門前有一口堰塘，堰塘叫月堰，月堰像一彎初七初八的新月，它的外沿向外突出，是新月的弓背，內沿朝弓背方向凹進去，劉家莊園門前的稻場也向月堰裏伸去半個圓。我懂事的時候，見到月堰的內沿種了許多柳樹，柳樹之間有桃樹、李樹和梨樹，還有兩棵枇杷樹。柳樹很高大，柳樹上有很多喜鵲窩，住在莊園裏的人們，一天到晚都能聽到喜鵲喳喳的歡叫聲。上午八九點，家庭主婦們紛紛端個木盆，木盆裏放著洗乾淨的衣服，她們順著月堰內弦的臺階拾級而下，下到水埠頭，把衣服放到跳板上，拿起棒槌梆梆地捶一陣，再放到水裏去漂幾下。棒槌聲響起，穿鰷魚被驚得不住地跳出水面。

比起劉家莊園東邊和西邊的大堰，莊園前面的月堰只能算個小兒科。劉家莊園東邊的大堰有一丈多深，面積不下五畝；西邊的堰叫劉家大堰，面積有十畝之多，夏天蓄起水來，站在堰邊上一看，簡直稱得上煙波浩淼。

光這三口堰似乎還不夠。劉家莊園前面的山坳裏有一條小溪，春夏季節，小溪裏流水潺潺，流到劉家莊園門前，變成一條小河，小河寬的地方兩三米，下暴雨之後，站在劉家莊園大門裏，就能聽到嘩啦啦的水聲。小河向東流去，一直流到牛浪湖。河裏是能藏龍的，如此看來，劉家莊園的周圍，真可謂山環水繞，虎踞龍盤！

這也還不能算。劉家莊園院牆的西邊，有一條大路由北向南，從湖北的石子灘一直延伸向湖南的復興場。大路上，一天到晚行人不斷，步行的、推車的、背包的、挑擔的都有。劉家莊園前面一百多米的地方，有一座龔界岡，這座龔界岡是湖南湖北的交界線。跨過這座龔界岡，往前行八百多米，有一座山坳，由北向南的大路順著這座山坳向南而去，湖南的客商要到湖北來，必須順著這座山坳向北來。劉家莊園的大門正對著這座山坳，當時陰陽先生看風水時，以為劉家莊園能廣納南北錢財，盡收西東盈利之意。

3

我大姐的一位同學，就住在劉家莊園裏，而且就住著莊園的正屋。那一回，大姐去同學家時帶上我，我因此有機會進到劉家莊園，一睹了劉家莊園的富麗堂皇。

劉家莊園有一正兩副三座大門，數中間的大門最氣派。我在進到劉家莊園之前，還從沒見到過樓房，現在想來，我的關於樓房的印象，應該是劉家莊園留給我的。

劉家莊園的每一座大門外都有一對蹲踞的石獅子，石獅子怒目圓睜，張開大嘴，嘴裏銜著一個圓球，它的爪子踏在座下的石墩上，很像是隨時隨地都會撲過來。一見到石獅子，我的心就收緊了，兩條腿不由自主地夾緊，我幾乎是戰戰兢兢地走進莊園大門的。

劉家莊園的大門由青色的大理石做成，大理石表面打磨得十分光滑。我走進大門時，眼角的餘光瞥見自己的身影隨同我的人一起走進大門。我知道，大門上並沒有安鏡子，可是我明明在石門框上看見了自己的身影。

進到大門裏，我看見大門內的地面同樣照得見人影子，我的腳不知道往哪裡放才好。大姐的同學見我這樣子，連忙笑著說：「你儘管走，不要緊的。」可是我還是怕滑倒在地，因為在冬天，我看見我們家門前的堰塘裏結了冰，那冰就像這樣閃亮，我跟著隔壁的哥哥走上冰面，好幾次滑倒在冰面上。現在，我站在劉家莊園大門內的地板上，小心翼翼地走了兩步，咦——我的腳下並沒有打滑。我又試探著往前走了幾步，依然是穩當的，這才放心地往前走。

劉家莊園正門的大廳很高大，大門內有一個小客廳，大約二十來個平米，小客廳裏鋪著一尺見方的青色大理石方磚。從小客廳往前走是一個天井，天井四周，除開正面寬敞的大廳，其他三面都是兩層的樓房，樓房外邊裝著精美的欄杆，欄杆後邊的門窗全都雕刻著花紋，我現在記不清

鏤花的門扇雕花的床（呂學銘提供）

都雕刻著些什麼圖案了，只覺得那些圖案很美。

劉家莊園大門內的天井很大，那個長方形水池的面積差不多有一二十平米。陽光從天井上空瀉下來，把天井四周照得十分明亮。有了這個天井，大廳裏也顯得敞亮。我已經記不清大廳裏的擺設了，只依稀記得，大廳裏像是很空曠，大概在土改的時候，劉彙元家客廳裏的那些太師椅都分給了佃農，如果劉彙元家客廳原來的擺設都在的話，那一定很氣派。

我們剛進到劉家莊園的大廳，大姐的同學就迎了出來，因此我們沒有機會進到莊園的內室。聽大姐說，劉家莊園的後院裏有花園，每個大門裏面都有，數正門後邊的花園最大。我沒法看到花園的景色，我想，應該種著許多花吧，是不是還有果樹呢？聽說，那裏是劉彙元的妹妹和女兒讀書和繡花的地方，應該一年四季花開不敗吧。

4

劉家莊園的房子全都是清一色的灰磚砌成的，莊園四周圍著院牆，院牆的下半截砌著實心牆，上半截則砌著鏤空的花牆，花牆之上蓋著灰色的瓦。

劉家莊園的磚牆不像現在砌著實心磚，它是灌的斗，用灰磚砌裏牆和外牆，在裏牆和外牆的空隙灌上泥土，據說這樣的牆能產生冬暖夏涼的效果。

劉家莊園的外牆一律抹上石灰，石灰的外牆上描著精美的花紋圖案，有人物，有鳥獸，有花卉。陽光照在牆面上，反射出耀眼的白光，站在我們家門前，就能看見劉家莊園一大片白色的牆和灰色的瓦。綠樹掩映著灰瓦白牆，加上莊園後邊山上高大樹木的映襯，於是，劉家莊園給人的印象便像是一座神仙的府邸。

站在劉家莊園門前，你不能不驚詫于它的雄偉和氣派。你根本就沒法想像，劉家莊園大門巨大的石門框是怎麼運過來的，因為從劉家莊園到最近的集鎮東嶽廟有三千多米遠，這之間沒有公路，連一條像樣的大路都沒有，像劉家莊園那樣高大的石門框，沒有載重大卡車，是無論如何都運不到這裏來的，可是，建築工人居然運來了三副石門框，還有三對石獅子，即使卷橋水庫庫區如今修建了村村通公路，我也很難想像這巨大的石門框的運輸方式。好在劉彙元有的是錢，聽說他在附近的鎮上有店鋪，在沙市和武漢也開著分號。在莊園附近，他有一千多畝良田。如果沒有雄厚的經濟實力，他怎麼能建成如此規模的莊園呢？

5

我見過劉彙元的一個妹妹，看上去，劉彙元的妹妹是一位知識女性，我見到她時，她已經五十來歲，臉上還能看出美女的神韻。我是在舅舅家見到劉彙元妹妹的，時間大概在上個世紀七十年代初，她是回老家來祭奠她的哥哥的。那是一個深秋的夜晚，劉彙元的妹妹請我舅舅為她哥哥寫一篇祭文，那一天，大約是她哥哥被人民政府槍決二十周年的忌日。解放初期，中部省份的土地改革在一九五二年完成，那麼，劉彙元的妹妹祭奠她哥哥就應該在一九七二年秋天。

聽我爺爺說，劉彙元其實算不上惡霸地主，抗日戰爭時期，他還資助過抗日遊擊隊。可是土改那陣子，我們鄉裡挑不出個像樣的惡霸，而如果不殺個惡霸，農民協會就沒法向上面交差，才選中這位房子修得最大，田產最多的劉彙元。

劉彙元的妹妹來祭奠她哥哥時，也是劉家莊園被摧毀十二年的日子。

莊園月堰的末日

卷橋水庫修成後，馬上要蓄水了，庫區範圍的百姓不得不移民，一霎時，劉家莊園整日響起刺耳的乒乓聲。解放後分得劉彙元房子的農民要把莊園拆了，運到他們的新住地去建新房子，凡是他們房屋的磚瓦、門窗和傢俱，都運走了，半個多月時間，那麼富麗堂皇的劉家莊園便成了一片廢墟，只剩下三道矗立著的石門框。

劉家莊園的房子都被拆了，剩下一片廢墟；月堰邊上的樹木也被砍倒了，沒有了樹木的月堰變得十分難看，就連堰塘裏的穿鰷魚也難逃一劫，住在劉家莊園的居民在撤走前，車乾了月堰裏的水，把穿鰷們和堰裏的大魚小魚都瓜分了。

劉家莊園成了一片廢墟，莊園後面高高的山坡便露出黃色的土壤。原來，土坎被高大的莊園遮蔽著，土坎上邊還有茂密的樹林，樹林裏生長著許多檀樹和栗樹，高大的樹上築有數不清的鳥窩，現在樹林不在了，鳥兒們也各奔東西，於是，劉家莊園便變得死氣沈沈，有人甚至在半夜裏聽到莊園廢墟上傳出鬼魂的哀叫。是不是劉彙元的魂魄故地重遊，看到這樣一幅淒慘景象，情不自禁地痛哭起來了呢？

6

我很為劉家莊園屋後的鳥兒們悲哀。當劉家莊園還完好無損時，莊園後面的林子對它們來說，是多麼美好的家園啊！每天早晚，它們都有盛大的歌會和舞會，它們的歌會和舞會，跟隔了一座山的一棵大柘樹上的鳥兒遙相呼應。那棵大樹長在現在的果園裏，據說已經生長了一百多年，它高到三四丈，樹上有十多個鳥窩，大柘樹四周林子裏的鳥兒，每到傍晚和早晨，也都飛到大柘樹上去唱歌跳舞，它們的唱和一點都不比劉家莊園屋後林子裏的鳥兒遜色。可是在我看來，劉家莊園屋後鳥兒們的叫聲更悅耳。那棵大柘樹上的鳥聲只是因為樹高，聲音才傳得遠，而劉家莊園屋後的鳥兒因為離我們家近，我們便覺得它們的叫聲更熱烈，熱烈得你在屋裏吃飯時，如果說話的聲音低了，都聽不清對方說了些什麼。

劉家莊園屋後的鳥兒還時常飛到我們家屋後的林子裏來，我們家屋後的鳥兒也經常飛到劉家莊園的林子裏去，大概劉家莊園林子裏的鳥跟附近林子裏的鳥有親緣關係吧，是不是劉家莊園的

鳥兒也會到附近林子的鳥兒家去做客，附近林子裏的鳥兒也會到劉家莊園的林子裏去做客呢？然而現在，劉家莊園被摧毀了，鳥兒們都成了流浪者，它們是不是也會為劉家莊園的毀滅而悲哀？

7

更可怕的是，隔了幾年，劉家莊園又遭到第二次毀滅——我們大隊為了建小學，發動全大隊的人去劉家莊園的廢墟上挖灰磚。劉家莊園的房子做地基時，地下埋了不少灰磚，社員們把莊園下腳的牆磚挖出來，運到一千多米外的地方修起了一座小學，就連原先還矗立著的石門框也難逃厄運，它們被推倒了，運到劉家莊園對面的小河上搭了橋。我只是不知道，那幾座石獅子哪裡去了，過去，它們是守衛劉家莊園的，現在也只好賦閒了吧，那麼說，劉家莊園的毀滅，也是石獅子們的悲哀喲。

二〇〇七年，我去黃山旅遊，去了趟安徽宏村，在宏村時我就想，倘若我們家鄉的劉家莊園保存完好的話，是不是也會成為旅遊勝地呢？而今，離卷橋水庫建成蓄水過去了將近五十年，水庫周圍的環境已經變得十分優美，如果修一條沿湖公路，或者在水庫裏開闢出一條航線，直達劉家莊園，那麼，劉家莊園的旅遊收入不知要抵過多少農民的辛勤勞作！我知道，劉家莊園的恢宏，是足以比得上安徽宏村的，可是那時節，我們當地政府的官員們哪裡會想得那麼遠，他們怎麼知道，劉家莊園也能夠成為文化遺產呢？

而今，劉家莊園的廢墟上長滿了茂密的柑橘樹，一片蔥蘢的綠色多少能慰藉一下劉家莊園的主人吧。我知道，劉彙元的兒子和女兒，現在還生活在武漢，曾經祭奠過他的妹妹如果健在，也該有八十多歲了吧。細說起來，劉彙元還跟我們家沾點兒親呢。他的妹妹把我舅舅喊哥，那麼，我的母親就應該是劉彙元的遠房妹妹。這個劉家，在公安縣東河鄉一帶，應該是一個望族，我聽說我外公家的莊園被稱作走馬轉角樓——二樓的走廊上可以跑馬，那房子肯定小不了的，但是我知道，我外公家的莊園遠沒有劉家莊園的規模和氣派，那麼劉家莊園的被摧毀，就真的算得上一件憾事了。如果時光倒流五十餘年，我相信如今的政府官員一定會有些遠見，那麼，劉家莊園或可逃避被摧毀的厄運！

二〇一二年五月四日

二〇一二年六月廿九日修改

二十二、莊園的廢墟

儘管這次回老家很匆忙，我還是抽時間，近距離地去親近了一下劉家莊園。我去的時候已經是傍晚，夕陽被雲層遮住，被遮住的雲層像一團棉絮，被一個調皮的孩子撕碎，這裏的棉絮厚些，呈灰黑色，那裏的棉絮薄些，這些棉絮便被太陽染成不均勻的金黃。

我拿著照相機，朝劉家莊園走去。過去，我們稱劉家莊園為大屋場，我在湖北省分縣地圖上看見的也是劉家屋場。劉家屋場離我們家的直線距離也就五六百米，中間的田，不過七八塊。人民公社時期，這些田都種稻子，現在，一律種上柑橘。從我們的老屋場看去，滿眼都是鬱鬱蔥蔥的柑橘樹，枝柯斜伸出來，擋在田塍上，我不得不一次又一次地彎下腰去。我還得跨過我家門前的小溪，這條小溪，在過去的歲月裏一直流水淙淙，可是現在，小溪的兩岸長滿灌木，有些地段，灌木甚至長到溪溝裏。我撥開茂密的灌木，才能看見一條蜿蜒的細流。那時節的田塍一尺多寬，現在因為種柑橘，被挖成一條細線，窄的地方連一隻腳也放不下，我只得在柑橘樹叢中穿行。

我終於走到劉家莊園的屋場邊上，站在它的西門口，西門前，三米開外便是圍擁著屋場的月堰。而今，西門早就蕩然無存，曾經蕩漾著碧波的月堰差不多被填平，過去的月堰邊上栽的是楊樹和柳樹，現在則栽上柑橘樹。在我的記憶裏，耳邊總是百鳥的歡唱，眼前是一彎初七初八的月亮，月堰裏碧波蕩漾，活潑的魚兒歡快地暢遊，水面上漾起一輪輪綠波。

是綠波嗎？不是，現在，我的眼前只有一片雜草，它們是水沁草和水蓼，應該長蘆葦的地方，居然長出一叢芭茅。我記得幾年前來「朝聖」時，月堰裏還蕩漾著綠波，一條大魚在水裏攪起一簇暗花，倏忽間衝到堰的那一邊去，可是現在，這裏怎麼長滿雜草呢？我執意在雜草中尋覓，希望找出一汪水來，即使只剩下一面鏡子也行。

我在草叢中穿行，終於找到一面鏡子，可惜的是，這面鏡子並不明亮，它隱藏在一叢水草裏，鏡子四周除了水草就是瓦礫，水是綠色的，是那種不健康的綠，水裏的微生物很稠密，水呢，大約尺把深，充其量只能算一個小水坑。夕陽的餘光裏，草叢中露出一條長方形的石頭。我知道，這條石頭，應該是過去劉家屋場的某一根門框，劉家屋場被摧毀五十餘年，這根門框曝在荒野裏，被風雨剝蝕了五十餘年，它的表面早就不再光滑。我忽然為這根門框惋惜，唉，過去劉家屋場的主人曾經接待過多少貴賓，那些貴賓跨進大門之前，都曾以門框為鏡，整理過衣冠，不幸的是，而

莊園的石門框

今的石門框，只落得斜橫在髒水坑邊，豈不是絕妙的諷刺！

更具諷刺意義的是劉家屋場的主體。過去矗立著灰瓦白牆的地方，現在只剩下一片柑橘林。當年我還在家時，劉家屋場的廢墟上種著棉花，棉花杆最高也就三四尺，於是，莊園背後的山坡顯得很高，再加上山上高達兩三丈的杉樹，於是，我才覺得劉家莊園被後面的山岡圍擁起來，形成虎踞龍盤之勢。而今，莊園廢墟上栽滿柑橘樹，二十多年前的柑橘樹，現在已經長成丈把高，密密層層的，我站在樹林邊上，踮起腳尖，也望不到莊園後面的山坡。

我忽然忍不住地問，那些高大的房屋呢？那些照得見人影子的石門框呢？那些從蹲踞著石獅子的大門裏走出來的貴賓呢，還有幾位風姿綽約的年輕女子吧，是不是都被這蓊鬱的柑橘樹掩蓋了？網路上曾經多次報導過古堡的魅影，那應該是曾經在古堡裏生活過的幽靈。此刻，我真希望從劉家大屋廢墟上的密林裏飄出一兩個幽靈，他或者是莊園主如弱柳扶風的姨太太，或者是莊園主風流倜儻的公子哥，再不就是莊園主本人，是不是還有劉家屋場看門的狗，和月堰邊上立在樹梢上喳喳叫著的喜鵲？

夕陽已經差不多沉到山尖下去了，山坳裏升起一層層薄霧，劉家屋場廢墟上的樹林裏也漂浮起一層輕紗，這些輕紗把蓊鬱的柑橘園籠罩在一層神秘的色彩裏。我知道，劉家屋場東邊的那座小樓，是一位姓駱的中年農民蓋的，中年農民的爺爺，曾經是這家莊園主人的長工，當然，如今駱老爺子早就作古，是因為他們主仆的淵源關係吧，駱老爺子曾經搬到三十裏外的王家大坪去定居，現在他們的第三代，卻又搬回來，並且把小樓建在劉家屋場的廢墟上，是不是多少有點捨不得那層親密的主仆關係呢？我聽說劉家屋場的主人是善待僕人的，所以才有脫離主仆關係六十餘年之後，還連接起這根扯不斷的絲線。

我鑽進茂密的柑橘林，想在柑橘林裏找到些殘存的瓦當，沒想到竟然是徒勞。我想，瓦當找不到，破損的灰磚總該有吧？低頭在地上找，哪裡有？樹林外，光線漸漸黯淡，由於枝葉茂密，地下的野草不多，泥土的顏色便呈現出淺褐色，一看就知道，它們很肥沃，所以當我在樹叢中穿行時，那些掛滿枝頭的橘子不斷砸我的頭，就一點都不稀罕

我選擇不同的角度，想拍幾張劉家屋場廢墟的照片，希望這些照片多少呈現出一些莊園昔日的輝煌，可是我永遠都找不到這個角度。我想，站在莊園前邊的山岡上，也許能看出莊園過去輝煌的輪廓吧，可是，等我撥開茂密的樹枝，爬上莊園前面的山岡，由於山坳裏的柑橘樹既茂密又高大，跟莊園的廢墟連成一片，展現在我眼前的只是略顯低窪的山坳，我怎麼也看不出，這片低窪的山坳裏，五十多年前，曾經矗立著一座宏偉的莊園。我滿懷期待而來，現在落得個遺憾，不但沒見著宏偉的莊園，就連莊園東邊的十多戶農舍，也全都掩映在濃密的綠蔭裏，只露出一兩隻屋角。

我還試圖尋找小河上那座用莊園石門框搭成的橋，小河上倒是有一座橋，可惜不見了當年的石門框，原來搭石門框的地方，現在修了一座水泥橋，橋寬一丈有餘，能走大卡車，山坳裏，豐

收的橘子總得拉到山岡上去，然後順著山岡上的大路，拉向遙遠的城裏。

我想尋出莊園西邊的大路，莊園西邊的大路也被荊棘堵死了。我忽發奇想，倘若過去經常往來於這條大路的遊魂飄到這裏，他們怎麼穿得過這麼茂密的荊棘呢？

我不知道，莊園主的後代是不是來這裏祭拜過，他們要是見了這片茂密的柑橘林，會有些什麼感慨？那些曾經在莊園繡樓上度過許多寂寞時光的少女，怎麼也不會想到，曾經繁花似錦的莊園，而今只剩下一片茂密的橘園。如我，見過這個大屋場的人，還能透過這片綠色，看見一座豪華的莊園，再過幾十年，生活在這裏的後人，還有誰記得起劉家屋場，還有誰記得能照見人影子的石門框和碧波蕩漾的月堰呢？

夕陽已經墜落到西山底下，整個山坳呈現出一片暗淡，那麼，就讓我這篇〈莊園的廢墟〉，作為曾經輝煌的屋場的見證吧，雖然它們多多少少有些慘澹。

二〇一二年十月廿一日

二十三、神秘的竹林

1

我們家屋後有座竹林，竹林裏長著許多竹子，是桂竹，它們是些很普通的竹子，只能剖了篾，織成畚箕、撮箕和籮筐，還可以拿它當晾衣篙。竹林裏除了竹子，還有些雜樹，比如檀樹和栗樹，還有兩棵李子樹。李樹結的是苦李子。苦李子樹長在竹林裏，被竹子遮蔽了陽光，在竹林的挾持下，幾根樹枝只得探頭探腦地伸出竹林，結出幾個歪歪癟癟的苦李子，一直掛在樹上，成了紫紅色，還沒有被貪嘴的小孩摘了去。為什麼？它苦唄！

我們家屋後的竹林呈曲尺拐形狀，伯父他們住在正屋，我們家住在偏屋，伯父家和我們家屋後都有竹林，像拱衛我們屋場的衛士，還幫我們擋了一些北風。

每到春天，竹林裏長出許多竹筍，它們拱出地面，跟竹林裏的泥巴顏色差不多，有些暗。拱出地面的地方，剛開始像是蚯蚓在地面打了個洞，之後，一些毛茸茸的東西頂著泥土，一個勁兒地往上鑽，鑽著鑽著，鑽出地面，嫩籜尖兒上還帶著細泥，籜尖上掛著一顆顆閃亮的小珍珠，好可愛。你可別小瞧它，你若兩三天不見，嘿，它噌噌噌的，幾下就竄起一尺多高，根部呢，早就長成一寸多粗。

新長出來的竹籜是褐色的，越接近地面顏色越淺，而在它的籜尖上，顏色深到帶點兒暗綠。一場春雨過後，竹林裏這裏那裏鑽出一根根竹筍，有的地方竹筍稀，有的地方竹筍密。它們見風就長，見雨就竄，粗的細的密的稀的，不幾天便把整個竹林塞滿了，等到新竹長出新葉，跟老竹子雜在一起，你只能從竹子的顏色才能分得清哪是老竹，哪是新竹。那老竹，跟老了的人一樣，失去了往日的潤澤，竹皮的顏色發黃，發灰，而新竹的皮，深綠中閃耀著熒熒的光，稱它們水靈靈，一點兒都不過分。

2

早晨，竹林裏籠著一層淡淡的霧氣，竹梢頭結滿了細密的露珠，竹林外起了一陣風，竹與竹便一陣喁喁細語，同時，一顆顆露珠吧嗒吧嗒地灑落在地上，像落下一陣春雨。小鳥兒早就跳到竹梢上，它們望著東方，理一理身上的羽毛，然後拍著翅膀，飛上天去，在竹林上空盤旋一陣，便頭也不回地飛向田野，它們要到田野上覓食去了，田野上有美味等著它們呢。

竹林裏的小鳥飛向田野，山上樹林裏的鳥兒則飛向竹林。在竹林中的雜樹上，有它們的親戚吧，抑或是它們的朋友。它們停棲在樹梢，親熱地打鬧，互相追逐，末了，立到梢頭，引吭高歌，喚來更多的同伴，於是它們結伴而飛，飛向山坳，飛向田野，山野上頓時起了一陣陣鳥的喧囂。

當太陽出來的時候，竹林裏又是另一番景象，陽光從竹林外邊斜射進來，靠近竹林邊沿的竹子被攔腰抹上一層耀眼的金輝，竹林的地上也落下些班駁的光影。這時，你才看見，竹林的地上也有絢爛的風景。有一種花，看上去很瘦弱，它的莖很細，形狀有些像竹節，只不過它不是一節一節地往上長，而是每拔一個節便折一下方向，幾折幾彎，原來只是向地面稍稍上揚的莖葉便把莖伸向竹林的空間。它的莖和葉綠得逼人的眼，開出來的花卻是耀眼的藍色，有如從蔚藍的大海舀了一瓢深藍，濺在了濃綠的莖葉間，又像是瓦藍的晴空落下幾塊碎片，它們特意落到竹林裏，在滿眼綠色中裝點出一絲兒深藍的色彩。

當太陽升上天空，竹林裏便漸漸暗下來，那是濃密的枝葉把陽光從半空劫了去，可苦了在竹林裏生活的其他生物，當它們得不到陽光時，便溜到竹林外邊，或者爬上竹梢頭。好幾次雨後天晴的日子，我在竹林邊上玩耍，猛抬頭，哎喲媽耶，竹枝上盤著一條綠色的花蛇，如果不是它朝我吐著紅色的信子，我一定會覺得奇怪，怎麼這根竹枝彎成了一根麻花？

我看見的花蛇只是一條不大的蛇，有幾次，我看見竹枝上盤著的蛇很大，剛被發現時，它顯得很慵懶。花蛇先是盤在一棵檀樹的枝椏上，發現我之後，便慢騰騰地從檀樹的枝椏上挪到竹枝上去。它的脊背呈青色，青中帶點兒綠，腹部白色。我知道，那是一條「青竹飆」。我看見它的時候，它一邊往竹枝上挪動，口裏還一邊吐著血紅的信子。

一見到青竹飆吐信子，我就嚇得腿發軟，趕緊飛快地跑開去。我一跑，青竹飆也飛快地在竹

枝上跑。這會兒，它逃跑的速度非常快，兩三秒鐘，就跑得沒了影。

竹林的邊上有一條水溝，下過雨，水溝裏的水要流好些天，雨剛住的時候，水流很大，漸漸的，水流變小變細，最後成了一絲一縷，終至於枯竭。水大的時候，水溝裏有魚，我們的竹林緊挨著一口堰塘，水溝裏的魚就是從堰塘裏遊上來的。我常常到水溝裏去摸魚。可是自從我在竹林外邊看見一條盤在竹枝上的綠蛇之後，我就不敢輕易到水溝裏去摸魚，我怕摸著摸著，有蛇從竹枝上溜下來，纏到我的脖子上，想想看，涼颼颼的，那該有多恐怖！

其實所有的生物幾乎都遵循一個原則，只要你不去驚擾它，它一般是不會主動進攻你的，蛇也不例外。實在憋不住了，我還會到水溝裏去摸魚，不過我一邊摸，一邊不斷地抬頭朝竹梢上看，時刻準備蛇往下溜的時候，趕快撒丫子逃。

3

上面描寫的，是我們家後門口的竹林。我們家後門外有一塊二三平方米的空地，因為有竹子和雜樹擋住陽光，那地方通常是陰涼的，尤其是夏天，我們常常在那塊空地上納涼。那地方放得下一張竹床，還能放幾把椅子，不放竹床時，就能放個小方桌。我們把後門打開，讓堂屋裏的風跟竹林裏的風形成對流，於是，我們坐在空地上，依然感到特別清涼。

穿過後門外的空地，走過屋檐溝上的小木橋，有一條折向西南的曲折的上坡路，路兩邊有蓬起來的竹子，像特意搭起來的涼棚，竹林邊上有幾棵灌木，灌木密密的枝椏正好形成一個月宮門，它的圓雖然不太符合圓規，但是看得出來有我們用鐮刀砍過的痕跡。

小路北邊，竹林的地勢相對而言平坦些，竹子也長得大，長得直，每年，父親都要把那裏的竹子砍了，織成畚箕、籮筐和糞筐，有時候，親戚家也來砍幾根竹子，回去織個竹籃，好用來洗菜。

小路南邊的那塊坡地很狹窄，又不成形，以長雜樹為主，也長著些稀稀拉拉的竹子，竹子不大，所以連父親平時也不把它當回事，只有我們這些小孩把那塊貧瘠的坡地分得清清楚楚，因為那地方恰巧是我們家與伯父家竹林的分界處，有幾回，為著一棵雜樹到底是誰的，我跟堂妹差點兒打起來。

過了分界線，就是伯父家的竹林。伯父家的竹林大，但是竹子長得稀，倒是雜樹多。雜樹一多，鳥窩自然多。鳥一多，每當早晨和晚上，鳥們便在林子裏快樂地歌唱。它們在枝頭唱一會，飛起來在竹林上空盤旋一陣，又停歇在枝頭唱一會，然後飛向二三百米外的劉家莊園，跟那裏的鳥兒匯合，那歌聲便變得洪亮而氣勢非凡。

有時候，我們家林子裏的鳥也飛到附近人家屋後的竹林裏去作客，它們作客歸來，便把人家竹林裏的鳥兒約過來，在我們家屋後的林子裏歌唱，歌唱一陣，再結伴飛向另一處竹林。

4

我們家竹林的週邊長著一些荊棘，比如野玫瑰呀，皂角刺呀，還有些金銀花藤之類的。這些荊棘和藤條交織著生長，在竹林週邊形成一道由植物組成的籬笆，它們幾乎密不透風，誰想從外面鑽到林子裏去，很難。家裏人也只在砍竹子或者砍樹時才鑽到屋後的林子裏去，即使去，也是從屋檐溝那兒開出一條通道。

人去得少了，野獸就能在那裏定居。我在與伯父家的竹林交界處發現幾個又大又深的洞，聽大人說，那可能是豬獾子洞，也可能是黃鼠狼或者蟒蛇的洞。從屋簷下看，那洞黑黝黝的，很怕人。通常我們只看一眼就跑開去，怕的是跑慢了，蟒蛇會從洞裏鑽出來，用尾巴把我們捲了，掠進洞裏去。我從來沒見洞裏鑽出過蟒蛇，也沒見到過什麼豬獾子、狗獾子，黃鼠狼倒是經常見到的。

我們家和伯父家的房子之間有一個偏廈子，偏廈子後面也有一小塊空地。農閒時，我就躲在偏廈子後面的空地上看書。那地方靜得很，是個讀書的好去處。由於靜，野物便常常在那裏出沒。有時候，我正專心地讀著書呢，忽然，屋檐溝對面的林子裏響起一陣輕微的窸窣聲。我合上書一看，一隻黃鼠狼不知從哪個草窠裏蹦出來，它精明得很，東張張，西望望，小心翼翼地走三步，退兩步，等到確認沒什麼危險，才哧溜一聲，眨眼便從我眼前消失。

黃鼠狼剛從眼前消失不久，靠北邊的竹林裏就傳來雞們驚慌的叫聲。雞們撲棱著翅膀，從竹林裏驚起，有的雞還從竹林的地下飛起來，竄到屋瓦上，站在屋瓦上之後，還咯咯地驚叫不停。

5

夏天和秋天，我們還在竹林裏撿菌子。我們的竹林裏只能揀到五色菌，撿不到雁鵝菌。雁鵝菌只有在松樹林裏才撿得到，可是我們的竹林裏只有雜樹。在雜樹茂密的地方，我們能撿到一種很特別的菌子，叫雞爪菌。顧名思義，雞爪菌的形狀像雞的爪子，暗紅色，爪上有很細的絨毛，它的香氣跟雁鵝菌相似，如果不小心弄斷一根爪子，從斷開的爪子那，也滲出暗紅色的像血液似的汁水，我們稱那叫雞血。拿雞爪菌跟肉絲燴了，吃起來非常香。

春天裏，竹林週邊的籬笆那兒，金銀花開得很繁盛，那香氣飄得很遠，我們便挽個竹籃，到竹林邊上去摘金銀花。我們把摘來的金銀花曬乾了，拿到代銷店去買錢，能換回我們寫字的筆和本子，有時饞得不行了，還會換回幾顆水果糖。

哦，青青的竹林，你帶給我們多少美好的回憶喲！

6

可惜的是，有一年我們回家去過春節，那麼大一片竹林忽然不見了蹤影。唉，全是柑橘惹的禍。我的弟弟為了擴大柑橘的種植面積，請人把竹林毀了。我很佩服他們的本事。有著幾十年歷史的竹林，它們的根在地下盤根錯節，把它翻挖了栽柑橘樹，可不是件容易的事，可是，他們居然把竹根清理乾淨了，高低不平的坡地也平整得成了緩坡。

竹林毀了，鳥自然就飛走了，竹林裏的蛇也該另覓了新家。只可惜那些豬獾子、狗獾子和黃鼠狼，沒有了竹林，它們到哪裡去棲身呢？柑橘園裏絕對沒有過去竹林的安靜和安全，還有金銀花，還有雞爪菌呢……另外，當我們要編個畚箕、竹籃、籮筐什麼的，到哪裡去砍竹子呀？

我還知道，我的侄兒們，也一定找不到像我那時的安靜讀書環境了，我在我們家和伯父家相連的偏廈子後邊讀過好多書喲，即使在紅色恐怖的年代，我也躲在那裏，讀完《三國演義》又讀《水滸傳》，讀完《水滸傳》又讀《紅樓夢》，如果不是那塊安靜的地方，我怕是被抓起來批鬥過好些次了。

當然，我的弟弟因為毀了竹林，擴大了柑橘的種植面積，從中受了不少益，他的兩個孩子讀大學讀研究生的學費，那座竹林應該做出過不少貢獻吧。可是，因為竹林給了我太多美好的回憶，每當回到老家，我總要到那片柑橘林裏去走一走，看一看，我還指著某處和某處對女兒說：

那地方，就是我小時候偷偷地讀《紅樓夢》的地方。女兒聽了，不無驚訝，她想像不出，長著幾棵柑橘樹的地方，怎麼能讓我「躲」得起來，並且能偷偷地讀禁書。

她當然不懂得，她永遠都不可能懂！

二〇一二年六月二十日

二〇一二年七月二日修改

二十四、彎彎的流水

（一）美妙的旋律

一進入藍天碧水間，一想到童年的快樂生活，我的喉頭就發癢，我就會情不自禁地唱起歌來：「彎彎的流水呀，藍藍的天，綠油油的草地呀，青青的山……」這是我們兒時最愛唱的一首歌，這首歌是春軒叔的女兒從遙遠的鍾祥帶來的。春軒叔的女兒一來，她那甜潤的歌聲就把我們帶到如癡如醉的夢幻之中。

嘿——告訴你，在我的家鄉，真的有一條彎彎的流水，那是一條小溪。彎彎的流水從我家屋前的廟岡山下流過，在廟岡山嘴拐了個急彎，經過劉家屋場對面的襲界岡下，流向下游的卷橋水庫。水庫裏的水綠悠悠的，映著碧藍的天空，像融了一塊碧玉在裏面。水庫周圍的山上，綠樹蔥蘢，常有白鷺輕盈地歇在樹梢頭，那景色，能讓你沉醉。於是，我們就把《彎彎的流水》歌詞給改了：「彎彎的流水呀，藍藍的天，碧綠綠的湖水呀，青青的山……」

我們只把歌詞改了五個字，可是，當我們這樣唱著的時候，我們就覺得是在歌唱我家門前的小溪，是在歌唱我們美麗的家鄉。

(二) 春軒叔來了

春軒叔是伍伯的堂弟，跟我父親是同學，解放初期當過兵，在武漢軍區空軍部隊服役，我讀小學時，還在父親的書箱裏見過春軒叔從武漢寄來的書。春軒叔退伍後，被安排到鍾祥縣去教書。每隔幾年，春軒叔就回老家一次。他回老家，在自己的親弟弟那裏只住一兩天，其他時間都住在伍伯家，因為在伍伯家隔壁還住著我們家。

春軒叔一來，我們就像過年一樣開心。我們會被伍伯邀請去陪春軒叔吃飯，我們也會請春軒叔到我們家做客，晚上，我們就到伍伯家門前的稻場上，陪春軒叔和他的孩子乘涼。

吃過晚飯，伍伯掃淨門前的稻場，往稻場上潑點水，地面上就不再起灰塵。伍伯在稻場上放一張竹床，一張木板床，還有兩把躺椅，幾把木椅子。春軒叔、嬸子和孩子們洗過澡，到稻場上去乘涼，我們也洗完澡，跑到伍伯家的稻場上來。

那時候，皓月當空，山坳裏像撒滿了白花花的碎銀子，知了在樹上不知疲倦地歌唱，夜蚊子一陣接一陣朝人們撲來，可是，夜蚊子敵不住伍伯在稻場邊上點燃的蚊煙，那是一堆曬得半乾的艾蒿。艾蒿的煙是只熏蚊子不熏人的。悠悠的南風有一陣無一陣吹來，像我們在玩老鷹抓小雞似的，它把艾蒿的煙一忽兒吹向稻場的這邊，一忽兒吹向稻場的那邊，有時候，還嫋嫋地升到半

空，然後飄散開來，那些討厭的蚊子就被艾蒿的煙吹到一邊去。這時候，我們愉快的乘涼便在艾蒿的煙霧裏拉開帷幕。

（三）「伯伯的流水」

「遠玲，給我們唱支歌吧。」我跑到遠玲身邊，央求她，「唱一支城裏學校的歌。」

遠玲是春軒叔的女兒。春軒叔有三個孩子，大的是姑娘，叫遠玲，遠處的鈴鐺，鈴聲有一陣沒一陣的，像一個音樂的夢。遠玲比我大一歲，可是我才不會喊她姐姐呢，她不就高我半個頭嗎？不就在城裏上學嗎？不就仗著她嗓門好，唱的歌好聽嗎？哼，我也會唱歌，我唱的歌比她的還多。於是我就只喊她的名字：「遠玲，遠玲，給我們唱支歌吧。」

遠玲也不拿架子，她爬到竹床上，竹床立刻響起一陣咯吱咯吱的聲音。她把裙擺拉了一下，用兩隻手拈起裙子，像蝴蝶展開的翅膀，於是，清脆而甜潤的歌聲就在伍伯的稻場上響起來：「彎彎的流水呀，藍藍的天，綠油油的草地呀，青青的山……」

遠玲一邊唱，一邊扭動著腰肢。她的腳呈丁字步站立，隨著腰肢的扭動，她那只向前邁出的腳便輕輕地打起拍子來。

遠玲起音不高，歌聲很婉轉。她唱「彎彎的流水」，乍一聽，像是唱的「萬萬的流水」，她一唱「萬萬的流水」，我就打斷她：「怎麼是『萬萬的流水』呢，難道還有『千千的流水』嗎？『萬萬的流水』是不是形容水很多呢？」

遠玲突然停止唱歌，輕聲一笑：「什麼呀，哪裡來的『萬萬的流水』？明明是『彎彎的流水』，你根本就不應該唱成『萬萬的流水』。」

「你唱的就是『萬萬的流水』嘛，你聽，『萬萬的流水呀，藍藍的天』……」我抬起頭來望著遠玲，學著她唱。

遠玲打斷我：「照你這樣唱，那就有『千千的流水』，是不是還有『百百的流水』、『十十的流水』呢，哈哈哈哈，哈哈哈哈哈……」遠玲終於忍不住笑起來。

遠玲笑，我也笑：「呵呵，『百百的流水』，『伯伯的流水』，呵呵呵呵！」停一會，我又說，「你的伯伯，是幫生產隊看水的，他天天都能看見『彎彎的流水』。」我們那裏，「百」和「伯」是同音的。於是，我們中有人唱「彎彎的流水」，有人就唱「萬萬的流水」，我呢，也學著遠玲的尖嗓子，呵呵地笑著，唱起「百百的流水」，「伯伯的流水」。其他幾個人，也跟著我唱，大家都只唱「伯伯的流水」這一句，一邊唱，一邊呵呵地笑，一霎時，稻場上響起一陣陣小孩子的歡呼和歌唱。

（四）月光下的快樂

遠玲的弟弟，一個叫遠龍，一個叫遠虎，他們小一些，就跟我的弟弟和妹妹玩，還跟伍伯家的孩子玩。伍伯家的老三叫遠林，我們讀「林」，跟「玲」一個音，當我們喊遠玲或者遠林時，很多時候，兩個人都會揚起臉來，我們便有機會捉弄他倆。我們正要喊遠林呢，卻故意看著遠玲喊；如果有只小狗正要舔遠林的手，我們就故意驚慌地對著遠玲呼叫：「哎呀遠玲，狗，狗，狗要咬你的手啦！」嚇得遠玲馬上從躺椅上坐起來，大聲地叫：「哎呀我的媽呀！」

月光下的稻場上，我們也背詩，講故事，還講我們的學校，講學校的同學和老師。那是些多麼美好的日子喲，所以，春軒叔一來，我們就有了快樂，春軒叔走了，我們便空落落的，於是，我們就在寒來暑往中期待著下一個暑假的到來，期待下一個暑假到來時，春軒叔會帶著一玲二龍和三虎，出現在我們乘涼的稻場上，我們就又會快樂好些天，我們又會唱起《彎彎的流水》：「彎彎的流水呀，藍藍的天，綠油油的草地呀，青青的山，美麗的花朵呀遍地開放，太陽的光輝呀照耀著咱。我們辛勤地勞動呀，創造了美麗的家園……」

(五) 流水蕩的情緣

我們跟彎彎的流水真的挺有緣。可不是麼，春軒叔來了，我們要請春軒叔吃飯，沒有什麼好招待的，怎麼辦？父親就去打彎彎的流水的主意。

廟岡山下，彎彎的小溪流過我們家門口。我家門前的山坳裏，小溪的落差很大，在我家門前的田頭形成一個個流水蕩。一下雨，上游田裏和堰裏的水就嘩啦啦地漫到溪水裏。小溪流大多一米多寬，到流水蕩那裏，寬到兩三米，從上游堰塘裏漫出來的魚便在流水蕩裏安下家。

流水蕩兩岸長滿荊棘和野草，荊棘和野草蓬在一起，像是給魚們搭成的遮陽篷。可是在流水蕩的水面下，流水掏空了鬆軟的溪岸，鯰魚和鱔魚在岸壁上打出好多洞，那些洞就成了鯰魚和鱔魚的家，有時候，鯽魚和鯛子魚也會去它們家做客。

父親看中一個流水蕩，他先加固上游流水蕩的堤壩，然後在看中的流水蕩堤壩上挖個口子，等到流水蕩的水流得只剩下蕩底的那點水時，我和父親就拿水桶去戽水。

如果你沒有親歷過，你絕對享受不到戽乾流水蕩時看見魚們在水底嬉鬧撲騰的快樂。蕩底的水在漸漸地低下去，水蕩上游的魚順著蕩底不多的水流拚命地往下游。一邊遊，一邊擺動著尾巴，把蕩底的水攪得嘩啦嘩啦響。這時候魚們攪起來的已經不再是水花，而是渾濁的泥漿。

呵呵，任憑魚怎麼掙扎，最後，全都集中到流水蕩像鍋底一樣的水坑裏。這時，我忽然想起那個甕中捉鱉的成語，嘿嘿，哪裡是甕中捉鱉？分明是鍋底捉魚呀！運氣好的話，我們戽乾的流水蕩能捉到半水桶魚呢！我們不但有美味招待春軒叔了，接下來的日子，我們還能改善好些日子的生活，全都得虧了彎彎的流水蕩喲！

（六）美食加美景

春軒叔來了，我們和伍伯家還要做粑粑，我們用粑粑來招待來自鍾祥的貴客。

我們把米淘了，泡幾個小時，用磨子磨成米漿，拿陶缽子裝上，發半天酵，等到裝米漿的缽子裏開始鼓起一些小泡泡時，就把粑粑拿到甑上去蒸。母親在大鍋裏放半鍋水，再在鍋裏放一個蒸籠，有時就放個篾篩子，篾篩子上鋪著乾淨的松毛，松毛上再鋪上洗淨的蚊帳布，然後拿一把銅瓢，把發好酵的米漿舀起來，放到篾篩上去，一小瓢米漿做成一個小粑粑，米漿把篾篩子上的蚊帳布壓下去，形成一個小窩窩，等蒸熟了，有點像煎熟的荷包蛋，不過，蒸熟的粑粑中間鼓起來，比煎熟的荷包蛋高許多。

米粑粑還有一種蒸法，就是把米漿平鋪到篾篩上，蒸熟後，用菜刀切成菱形的一塊塊，從切開的粑粑的橫截面，能看到一個挨著一個的小孔，這些小孔比海綿的孔大，比蜂巢的孔小多了，有一點是相同的，如果拿手指頭一壓，能壓出一個小窩窩！

哎喲，這樣的粑粑裏面加了糖，甜絲絲的，剛蒸出來的粑粑，還冒著熱氣，咬一口，那甜味，從舌尖甜到腦海深處，那股香氣，從鼻孔，一直飄到了胃底。

我們拿著發燙的粑粑跑出屋去，跑到藍天下，跑到樹底下，因為美食而興奮，因為興奮而歌唱，我們就又唱起彎彎的流水來。這時候，藍天一碧如洗，遠處的庫水倒成了白茫茫的一片。有白鷺從水庫那邊的樹梢頭飛來，落在我家門前的稻田裏，稻秧還一片蔥綠，綠色的稻田裏有白鷺在飛舞，美得你沒法說！有時候，白鷺盤旋在流水蕩上空，白鷺多的時候，它們棲息在流水蕩兩岸，你就能看見一帶白絲綢般的彎彎的流水的曲線。

（七）鍾祥彎彎的流水

許多年後，我去鍾祥看望春軒叔，再次見到美麗的彎彎的流水。鍾祥市有一處世界文化遺產——明顯陵，從顯陵腹地流出一條彎彎的九曲河，九曲河蜿蜒著流向莫愁湖。從莫愁湖朝顯陵方向看去，蔥蘢的樹木掩映著宏偉的陵園，湖面上有水鳥在飛翔，碧水青山加上翩翩飛舞的白鷺，再加上金碧輝煌的陵墓，構成一幅非常美麗的圖畫。

我們的汽車在莫愁湖畔輕輕地駛過，湖岸的綠草和鮮花跟湖裏的荷花相映成趣，我的耳邊

情不自禁地響起《彎彎的流水》的旋律，那旋律真美——美得讓你直想乘風歸去，一霎時，你就變成一隻輕盈的白鷺，在碧水藍天間輕盈地飛翔；那畫面更美，美得讓你心醉——莫愁湖邊的草地，綠得逼你的眼，正是歌詞中所唱的綠油油的草地呀！還有美麗的花朵呢，還有太陽的光輝呢，還有對美好童年生活的懷念呢！假如你是個成功的勞動者，你用勞動創造了美麗的家園，裝扮了我們偉大的祖國，那該是多麼的幸福喲！

二〇一二年八月十五日
二〇一二年九月一日修改

第三篇 夢裏處處是深情

好漢廳前的舞蹈（呂學銘提供）

我在異鄉的旅店裏，常常回到夢中的童年，回到母親溫暖的懷抱，聽母親哼著溫潤的童謠，於是旅途的疲勞就會煙消雲散；多少次，我又回到家鄉生產隊的稻場上，在月光下傾聽著山野的夢幻。多少個雨夜，我被窗外的雨聲敲醒，還以為是家鄉的雨滴在我的斗笠上，敲出美妙的音符，我的耳邊分明聽到一陣陣撩人情思的扯草歌，而給那扯草歌伴奏的，竟然是走鄉串戶的補鍋佬敲響的鐵片。這樣的夢鄉你要是不去一下的話，我敢說，你會後悔一輩子！

二十五、溫潤的童謠

（一）豌豆八果

春天來了，候鳥們飛過來了。有一種候鳥一邊飛，一邊歡快地叫：「豌豆八果，豌豆八果！」（諧音）。一聽到「豌豆八果」的叫聲，鄉間的農民便忙碌起來，大家紛紛說：「『豌豆八果』都飛來了，要播種了，要栽秧了！」

聽到「豌豆八果」的叫聲，小孩子們紛紛從屋裏跑出來，看看天空，沒見到「豌豆八果」，再鑽進樹林裏，還是沒見到「豌豆八果」，於是，他們一邊跳著叫著，一邊跑到屋前的稻場上，拍著手，反覆地唱著一首歌：「豌豆八果，栽秧插禾（這個「禾」字，這裏讀做「火」）……」。

「豌豆八果」後面的歌詞就得自由發揮了，有文雅的，有葷素搭配的，還有的則純粹是葷的，那應該是喜歡葷歌的大人教給小孩子唱的吧，小孩子並不知道歌詞的意思，覺得歌謠順口，跟著唱罷了。你聽，這群孩子正在唱：「豌豆八果，公公燒火，媳婦炒菜，炒出尿來……」這是說公公和媳婦之間，有些說不清道不白的事情。

你再聽那幾個孩子唱的歌：「豌豆八果，栽秧插禾。種瓜得瓜，種果得果。哥哥播種，嫂子摘果……」這首童謠，看上去是講生產勞動的，可實際上有多種理解，想想看，為什麼是哥哥播種呢？哥哥怎麼播種的？播的什麼種？應該有多種解讀吧。你再看嫂子摘果，有的小孩唱的則是嫂子結果，這些歌詞，很容易讓人想起男歡女愛的風情來。

下面這段歌詞就純粹是講農事了。「豌豆八果，栽秧插禾。快把田耕，快把種播。人勤地勤，人懶地惰。一份汗水，一份收穫。」

一般說來，誰家的家長活躍些，他們孩子的童謠裏就帶多了些活躍色彩；誰家的家長特別勤快、特別能種田的，他們孩子唱的童謠裏，講的農事便愈多。不過，孩子總歸是孩子，如果幾群孩子湊在一起，他們便唱了葷的再唱素的，唱了素的，再唱半葷半素的。假如旁邊有大人，大人們聽了黃色的童謠在一邊起哄，孩子們便一遍一遍地唱起葷歌謠，沒完沒了似的。

（二）蟲蟲飛

「蟲蟲飛，蟲蟲走，一走走到家門口，門口有個花姑娘，要跟蟲蟲一塊走。」

春天裏，和煦的陽光照耀著大地，陽光把小草撵出地面，把柳樹的枝和葉都塗抹上綠色，把候鳥從南方趕到北方來，把魚兒從池塘裏喚醒。一位年輕的媽媽，坐在樹陰下，懷裏抱著個小

孩，旁邊放著一張搖床，搖床旁邊還有一張嘎椅子。年輕的媽媽把孩子抱在懷裏，孩子才吃過奶，正一陣一陣咯咯地笑呢。媽媽把孩子放在腿上，讓孩子坐穩，然後，握著孩子的手，一邊笑吟吟地看著孩子，一邊把孩子的手從胸前往兩邊的斜上方張開，剛才你聽到的歌聲，就是這位媽媽唱的，她在教孩子張開翅膀，向遠處飛呢。媽媽的歌聲那樣柔和，孩子的笑聲那樣清脆，如銀鈴一般，讓你聽得如癡如醉；又如一滴滴清泉，敲碎一塊塊碧玉，發出溫潤的脆響。

那邊的樹上，有小鳥在唧唧喳喳地叫喚，像是在為媽媽的歌唱伴奏；旁邊堰塘裏的魚兒受到感染，不一會，魚兒跳出水面。不遠處，孩子的父親吆著牛，扶著犁，一聲聲地「哦起——哦起——」牛拽著犁，埋下頭，把蹄子紮進泥裏，奮力向前走去，身後翻起一波波黑色的泥浪。父親扶一會犁，扭過頭朝樹陰下的母子看兩眼，扶一會犁，又朝樹陰下的母子看兩眼，眼裏滿是溫柔，滿是期待。

聽聽，媽媽朝田裏犁田的丈夫看了一眼，又握著兒子的小手，教兒子飛了：「蟲蟲飛，蟲蟲走，一走走到家門口，門口有個花姑娘，要跟蟲蟲一塊走。」唱到這裏，媽媽停了一停，親了親孩子的額頭，接著往下唱，「姑娘姑娘等一等，要帶蟲蟲哪裡走？姑娘笑著低下頭，我家正在辦喜酒。堂上缺個狀元郎，等他揭我（的）紅蓋頭……」

呵呵，媽媽唱到這裏，你該聽懂童謠的意思了吧，你該知曉這首童謠的內涵了吧？那是母親對兒子美好前程的期待，對兒子美滿生活的憧憬啊。

（三）滴答，滴答，下雨啦

一陣春風吹過，太陽躲進了雲層，天空漸漸變得昏暗，不一會，天上飄起淅淅瀝瀝的細雨。細雨飄到柳樹下的時候，媽媽早就把寶寶的搖床和嘎椅子搬到屋裏去了，當然，也把寶寶搬到屋子裏去了。現在，媽媽抱著寶寶，站在大門外，看著屋簷上滴下來的水珠，對寶寶說：「寶貝，下雨啦。你聽，滴答，滴答，下雨啦！」

寶寶似乎聽懂了媽媽的話，在媽媽懷裏蹬蹬腿，拍拍手，像是很喜歡雨似的。媽媽便拍著他，輕輕地唱開了：「滴答，滴答，下雨啦！下雨啦！」

寶寶跟媽媽呼應似的，在媽媽懷裏再次蹬蹬腿，拍拍手。媽媽低下頭，問寶寶：「寶寶，你也喜歡春雨對不對？你也喜歡春雨，對不對？」

寶寶在媽媽懷裏呵呵地笑起來。媽媽望一眼田野，田野上，她的丈夫還在耕田呢，丈夫穿上她送去的蓑衣，在灰濛濛的雨幕中繼續吆喝著牛，只是聽不到水聲了，水聲被雨聲消融了。透過雨幕，丈夫吆喝牛的聲音，還是一聲一聲地傳到她的耳朵裏來。她知道，下雨了，田裏便不再缺水，田裏有了水，丈夫就能耕田播種，種子播下去了，他們就有了希望。於是，媽媽又拍拍寶寶，繼續唱起來：「滴答，滴答，下雨啦！下雨啦！小草說：下吧，下吧，我要發芽。梨樹說：

下吧，下吧，我要開花。秧苗說：下吧，下吧，我要長大。滴答，滴答，下雨啦！下雨啦！」

這首童謠到這裏本來就唱完了，可是，媽媽來了興致，在後面加上幾句，「寶寶說，下吧，下吧，我要長大！我要長大！」唱著唱著，媽媽低下頭去，在寶寶粉嫩的臉上吧唧地親了兩口，之後，把臉擱在寶寶的頭上，讓寶寶的臉緊緊地貼在胸前，任雨聲滴答，滴答……

（四）月亮粑，跟我走

夏天的夜晚，農家的屋門前放一張竹床，媽媽坐在竹床上，一隻手摟著寶寶，一隻手搖著芭葉扇。一輪明月高高地掛在天上，月光如輕盈的流水，傾瀉在大地上，滿山遍野全都白亮亮的。這時候，媽媽又教寶寶唱童謠了：「月亮粑，跟我走，一走走到南山口。南山裏面竹子長，砍根竹子做巴簍……」

懷裏的寶寶已經牙牙學語了，聽見媽媽唱歌，歌聲柔和而動聽，小寶寶便在媽媽懷裏啊啊地唱起來，當然，他還唱不了詞，只能哼哼著。媽媽聽了，高興得不得了，重又唱起「月亮粑」的童謠：「月亮粑，跟我走，一走走到南山口。南山裏面竹子長，砍根竹子做巴簍；巴簍巴，裝枇杷，枇杷軟，賣竹匾，竹匾高，打把刀。刀又快，好切菜。切了蘿蔔切白菜，切了腰花切豬肝；再切一堆打巴糖，每每天天過新年。」

這首童謠還有另外的版本，開頭一句「月亮粑，跟我走」是相同的，下面的歌詞就不同了，大體根據各地的情況自由發揮。我們那地方唱的是：「月亮粑，跟我走，一走走到黃京口……」

「黃京口」是我們縣裏的一個小鎮，在虎渡河的一條支流邊上，是我們老家到縣城的必經之路，從我們老家走旱路到荊州，也必須經過黃京口。到了黃京口，縣城就在望了，所以，我們的童謠裏就唱出「一走走到黃京口」。

從我們老家，到黃京口一百多里地，走到黃京口，怕是天都黑了吧，人呢，早就累得不行了。但是，到了黃京口，就能望見縣城，便給了旅行途中的人莫大的希望。你聽，咱們的童謠接下去是這樣唱的：「抬頭望見陡湖堤（這個字，我們鄉下讀作「提」），歡喜（的）眼淚嘩嘩（地）流。砍一斤肉，打一斤酒，不喝（得）大醉不歇手。」

其實，不同的人，歌詞總有不同的唱法。比如有的歌詞，唱的便是年輕人的心事。在「抬頭望見陡湖堤」後邊，歌詞變成「流下兩行歡喜（的）淚；磨一硯墨，鋪張紙，報個平安想（著）屋裏，見（著）個姑娘想起你，抱起（個）枕頭就親你……」

寶寶怎麼聽得懂這些歌詞呢？他能聽懂的，是媽媽柔和的唱腔，要不，他怎麼在媽媽懷裏大聲地叫起來呢：「吧吧吧吧……吧吧吧吧……」到底是叫的爸爸，還是叫的粑粑？誰知道，反正現在，寶寶很高興，高興得手舞足蹈。媽媽就勸他了：「小寶寶，你叫的什麼呢？你爹在家呢，他沒出門呢。哦，是想著過年了嗎？過年就有粑粑吃了，可是，過年還早呢，呵呵，到過年時，我們的寶寶，就真的會唱歌嘍。」

寶寶是不是聽懂了媽媽的話呀？你看，他在媽媽懷裏又是拍手，又是蹬腿，還咿咿呀呀地叫著，唱著，連旁邊柳樹上的知了也跟著湊熱鬧：「知了，知了，知了……」

（五）搖啊搖，搖到外婆橋

許是寶寶看月亮粑粑看累了，也許是寶寶本來就要睡覺了。媽媽抱著寶寶，從竹床上下來，把寶寶放在旁邊的搖窩裏，再在搖窩上罩一床蚊帳。媽媽一邊輕輕地搖著搖窩，一邊輕輕地哼起眠歌：「睡嗯嗯（睡覺的意思。這兩個「嗯」字的讀音很特別，第一個「嗯」讀第三聲，第二個「嗯」讀第一聲），睡嗯嗯，我的小寶寶睡嗯嗯，睡了嗯嗯好精神，快快睡了好成人。嗯嗯嗯嗯嗯嗯嗯，嗯嗯嗯嗯嗯嗯嗯（這幾個「嗯」都讀輕聲）……」

小寶寶應該聽懂了媽媽的話，剛開始時，還在哼哼著，哼著哼著，寶寶不哼了。媽媽搖搖床的頻率漸漸放慢，最後，不搖了。一霎時，門前的稻場上異常安靜，就連媽媽扇芭葉扇的頻率也漸漸變慢。稻場上安靜了，蚊蟲的嗡嗡聲卻一陣緊似一陣地響起來。田野上，夜遊的鳥猛不丁叫一聲，給寧靜的夜添上一絲兒嘈雜。因為隔得遠，夜遊鳥的叫聲，沒有驚起寶寶，可是，樹上的知了突然一陣聒噪，把寶寶驚醒了，寶寶哇地一聲哭起來。

媽媽重新搖起搖床，埋怨知了說：「壞知了，不知道我們寶寶要睡瞌睡了麼？叫叫叫，叫的什麼呀！」這會兒，媽媽換了一首童謠：「哦……搖啊搖，搖啊搖，一搖搖到外婆橋，外婆叫我好寶寶，寶寶好好睡覺覺。外婆拿出小禮物，送給乖乖（的）小寶寶。」

寶寶的哼哼聲一會兒高，一會兒低。像是在安慰寶寶似的，媽媽接著唱道：「外婆誇我（是）好寶寶，叫我好好睡覺覺。糖一包，果一包，還有餅乾還有糕，外婆送我甜粑粑，讓我吃了上學校……哦，哦，搖啊搖，搖啊搖，一搖搖到外婆橋……哦，哦哦哦……」聲音漸哼漸低，咱們的寶寶終於睡熟啦！

（六）唱不完的童謠

我們當小孩的時候，總有唱不完的童謠。我們唱春天的童謠，我們唱冬天的童謠，我們唱動物的歌，我們唱自己的生活。你聽，春天裏，抱雞母（孵小雞的大母雞）孵出小雞了，我們就唱：「小雞嘻嘻笑，『嘰嘰嘰！』小鴨嘎嘎笑，『呷呷呷！』青蛙哈哈笑，『呱呱呱！』小伢（這個『伢』字，讀『啊』的第二聲）子放聲笑，『哈哈哈！』」

幾個小朋友鬧得不開心了，媽媽就教小朋友唱講友誼的歌：「你出手，我出手，小拇指頭拉勾勾。拉勾勾，拉勾勾，咱們都是好朋友。」

小手弄齷齪（弄髒）了，媽媽就教我們唱講衛生的歌：「排好隊，向前走，幹什麼？去洗手。香肥皂，擦擦手；打盆水，衝衝手；小毛巾，揩揩手。小手洗得真乾淨，我們大家齊拍手。」

要吃水果點心了，媽媽又教我們唱起歌：「排排坐，吃果果，你一個，我一個，小明不在留一個。」

天氣晴朗了，媽媽帶著我們到田野上去，享受大自然的美麗風光，我們就又唱起來：「誰會爬？蟲會爬。蟲兒怎麼爬？六隻腳兒向前爬……」媽媽是在教我們認識大自然呢！「誰會游？魚會游。魚兒怎麼游？搖搖尾巴點點頭。誰會飛？鳥會飛。鳥兒怎麼飛？張開翅膀滿天飛。」嘿嘿，我們便一個個張開手臂，迎著春風，迎著太陽，學著鳥兒，向前飛去。我們的歡呼和鳥兒的唧喳聲，形成一組不同聲部的合唱，把一顆童心也融在了美麗的春天裏。

（七）消逝的童謠

那是我們的童年，那是我們的童謠，可惜，那些美妙的歌謠已經成為遙遠的過去。我們早就長大，不再去唱那些美妙的歌謠，我們的媽媽早就變老，她們的頭髮已經花白，牙齒開始脫落。那一年，當我的母親到我這裏來幫我帶小孩的時候，她不再唱那些我們記得爛熟的童謠。我相信，母親是記得那些童謠的，可是她為什麼不教我的女兒唱那些歌呢？是不是因為我住在城裏的緣故？

如今的孩子也有童謠吧，可是我知道，如今孩子的童謠，歌詞內容已經發生了天翻地覆的變化，唱歌的環境也發生了很大的變化。很小的時候，他們被關在四四方方的水泥樓房裏，稍大些的時候，他們被送進了幼稚園，一個老師領唱，幾十個孩子合唱，哪裡有偎依在媽媽的懷裏，聽媽媽咿咿呀呀地唱來動情動聽呢？要知道，那是一個媽媽唱給一個孩子的獨唱，那歌聲裏帶著母親的體溫，帶著母乳的香甜，帶著媽媽對孩子、對家人的期待。

你聽聽：「磨一硯墨，鋪張紙，報個平安想（著）屋裏……」是出門在外的父親想念著在家的母親，這份情，濃著呢！

你再聽：「門口有個花姑娘，要跟蟲蟲一塊走。」母親期待著自己的兒子，將來娶個好媳婦呢。這樣的期待多麼真實，多麼樸素！還有，你聽聽：「姑娘笑著低下頭，我家正在辦喜酒。

堂上缺個狀元郎，等他揭我（的）紅蓋頭……」你看，當媽媽的，不但期望自己的兒子娶個好媳婦，還期待兒子得個狀元郎。真個是，可憐天下父母心啊！期盼著兒子娶個好媳婦，還期盼兒子中狀元，哪個母親沒有這樣的期待呢？

我知道，今天的孩子也會有童謠。有一次，我到幼稚園去接女兒，聽見幼稚園的老師在教孩子們唱拍手歌：

你拍一，我拍一，常洗澡來常換衣。
你拍二，我拍二，每天都要畫畫兒。
你拍三，我拍三，不要隨地亂吐痰。
你拍四，我拍四，打死蒼蠅和蚊子。
你拍五，我拍五，消滅蟑螂和老鼠。
你拍六，我拍六，果皮紙屑不亂丟。
你拍七，我拍七，千萬別吃爛東西。
你拍八，我拍八，每天洗臉又刷牙。
你拍九，我拍九，飯前便後要洗手。
你拍十，我拍十，公共衛生要保持。

應該說，歌詞很不錯，可是，我總覺得缺了點什麼。缺了點什麼呢？是缺了點兒溫情吧，總覺得這拍手歌帶著些說教的意味。那麼一丁點大的兒童，能聽懂什麼呢？所以，每當我聽到那些說教意味較濃的童謠，我就自然而然地想起我們兒時的歌謠，我就回到藍天白雲之下，回到綠水柳陰之下，回到母親溫暖的懷抱裏，我就會變成一個幸福的大小孩！

二〇一二年五月七日

二〇一二年六月三十日修改

二十六、「魔匣」的誘惑

1

你知道，上個世紀六七十年代，農村少年所說的魔匣子是什麼嗎？告訴你，它不是父親的錢包，因為父親的錢包總是癟癟的；它不是母親的梳妝盒，母親梳妝盒裏的絲線，色彩很單調。那麼婆婆爺爺的屋裏是不是有個百寶箱呢？外婆家是不是藏有什麼寶貝？不，都不是，都不是，我們的魔匣子，是生產隊裏的倉庫！

你瞧，快過年了，生產隊長和會計已經在倉庫的廳堂裏忙活好些天了，他們在算一年下來全體社員的工分，在算每個工能分多少錢。大夥兒忙了一年，都等著這點錢去鎮上買布，買鞋襪，買帽子，還買糖果餅乾，當然還要買魚，砍肉……在我們這些少年的眼裏，生產隊的倉庫就是個魔匣子，你想要什麼，那裏面就能有什麼，包括咱們玩的陀螺面上的水彩顏料，都是從生產隊廳堂裏領回的工錢買來的，於是，我們就把生產隊的倉庫看成魔匣子。

不過，過年時分點錢算什麼，又不是秘密，要說誘惑，可不全在過年時刻，而在平時生產隊裏分糧食，分黃豆，分油，還分肉和魚呢。我們覺得，生產隊的倉庫真是個魔匣子，不然，怎麼要什麼就會有什麼呢？

2

秋天了，田野上的糧食都收到倉庫裏來了，幾個庫房都堆得滿滿的，連倉庫的大廳裏都堆了半屋子。庫房裏，窗外漏進來的陽光灑在穀堆上，穀堆上映出沉甸甸的金黃色。你來個深呼吸，吸進肺裏的，一定是穀物散發出來的濃郁氣息，那裏面有太陽的氣息，有泥土的氣息，還有汗水的氣息。

生產隊長站在隊屋旁邊的大樹下，用力地敲了幾下掛在樹上的鍾——平時，那是出工的號令，也是隊長出通知的先兆——這時，隊長拿著個鐵皮喇叭筒，高聲地喊：「喂——社員同志們都聽著，今天分糧食——」

許多人家聽到鍾聲，都跑到自家屋前側著耳朵聽，當大家聽到「分糧食」三個字時，馬上轉身鑽進屋裏，找出自家的扁擔籮筐，趕快喊了兒子姑娘和媳婦，全家傾巢而出，立刻，人們從四面八方朝生產隊屋裏湧去，臉上洋溢著掩飾不住的喜悅。人們互相招呼著：「分糧食去嘍——」「分糧食去嘍——」你會聽到從各條小路上傳來喜氣洋洋的歌聲。那歌聲五音不全，可全都異常動聽。你聽，一會兒是「東方紅，太陽升」，一會兒是「八月桂花遍地開」，再一會，是讀過中學的女孩唱的「我們坐在高高的穀堆旁邊，聽媽媽講那過去的事情……」

總之，一切都是喜慶的，一切都洋溢著幸福與快樂！

這會兒，隊屋門口已經用水車的架子架好一杆大秤。水車的車架上擱一根車杠，車杠下綁一根鐵扁擔。

有捷足先登者，他們已經跑到倉庫裏，開始往籮筐裏裝糧食了。那位社員挑著糧食，把擔子放到鐵扁擔上，裝滿糧食的擔子便在鐵扁擔上顫悠悠地搖晃起來。鐵扁擔下放著一條板凳，板凳上站著個看秤的人，看秤的人一手把著秤鉤子，一手把著繫秤砣的麻線。社員的糧食剛壓到鐵扁擔上，秤桿忽地往上一挑。掌秤的人連忙把住秤桿，一邊移動秤砣，一邊看秤桿，大聲地喊道：「伍遠松，稻穀一百二十一斤——」。

稱秤的人旁邊擺一張方桌，方桌旁邊坐著生產隊的會計，會計回應一聲：「伍遠松，稻穀一百二十一斤，寫下了——」。會計本來可以不拖長聲音的，是習慣呢，還是快樂呢？反正，會計跟稱秤的人一樣，記帳的回應裏也拖著快樂的長音。

3

我們隊的隊屋建在一座山頂上，看著從四面八方湧到隊屋來的人流，我忽然想起井岡山「朱毛會師」的場景，山的這邊，不少人向山坡上衝來，山的那邊，也有不少人向山坡上衝來。你瞧，那位站在板凳上掌秤的人像不像一位領袖？那麼多人仰望著他，那麼多雙眼睛緊盯著他。我知道，那時候，前來井岡山會師的隊伍裏，也有拿著扁擔和籮筐的，只不過那時候，跑上井岡山的挑籮筐的農民，籮筐裏空空如也，而現在，人們籮筐裏裝著的，全都是金燦燦的糧食！

最有趣的是夜裏分糧食。你猜猜，生產隊為什麼要在夜裏分糧食呢？你有些不解吧？而且人們分糧食不是在初夜，而是在下半夜。告訴你，那是咱們隊裏在私分糧食哩。私分糧食的當天晚上，山野裏看上去很平靜，實際上，在這個山坳那個山坳，一家家屋子裏，燈火亮了大半夜，人們興奮啊，睡不著啊！那時節，上面對社員吃的口糧有嚴格的控制，一般不許超過四百斤，這對一天到晚幹農活的農民來說，哪裡夠啊，於是，人們就不得不私自分點糧食了。

分糧食，多喜慶的事情啊，可是，人們卻顧慮重重，怕正分著糧食時，大隊幹部來了，公社幹部來了，私分糧食的事情，是絕不能讓別人曉得的。還有，當公社幹部大隊幹部知道你私分糧食後，會到社員家裏來查。生產隊裏的糧食常常一個月一分，平時，你家裏是沒有多少存糧的，如果有，而且很多，傻瓜都猜得出，你們隊私分糧食了。這還得了！一，生產隊長得挨批鬥；二，私分的糧食得退回去；三，第三是什麼，你知道嗎？咱們要餓肚子啦，咱們得餓著肚子去出工啦！

為了不讓私分糧食的消息走漏風聲，早幾天，生產隊裏就在做準備。誰家來親戚了，必須告訴生產隊長，你必須在生產隊規定的時間內把親戚送走。另外，你得把你家私分的糧食藏在人家不能輕易發現的地方。那一年，我們家就把私分的糧食藏在家裏的豬圈旁邊。我們的豬圈旁邊堆著一大堆乾土，那是用來墊豬圈的。我父親把一大堆乾土扒開，在地下挖一個大坑，把裝了糧食的木櫃放到坑裏，再把乾土堆到櫃子上面，等到青黃不接的時候，我們就刨開豬圈旁邊的乾土，取出藏在櫃子裏的糧食來吃。哎喲，那份神秘，那份興奮，現在想起來都覺得挺有意思。

4

除了分糧食，我們還分油，分黃豆綠豆，分芝麻，分棉花……總之，凡是生產隊產的，凡是居家必須的東西，都得從生產隊裏分。

我們分黃豆綠豆時，大都是拿的小布袋或者小籃子，小籃子是用密密的篾片編織起來的，裝黃豆和綠豆不會漏。裝芝麻就必須用布袋了，那麼細的芝麻粒，你要是用小竹籃裝，嘿，還沒等你走到家，芝麻就全漏光嘍。

分棉花時，你得帶包袱。那包袱，是一塊四四方方的布，你把包袱在地上鋪平，把分給你的棉花放在包袱上，對著角一繫，就能把包袱往肩上一搭，晃晃悠悠地回家去。

分油呢，你得用油罐子、油罎子。那比分黃豆綠豆和芝麻要麻煩得多。你得先稱你的罎子罐子的重量，然後從倉庫的大油缸裏用瓢舀出油，裝到罐子裏，再連罐子和油一起稱重量。要是罐子裏裝多了油，你還得用瓢子舀出多的油，還得除去罐子的重量。那時候，一個人一年能分到兩三斤油，人少的家庭，可得細著點用了，家裏來客人了，你總得多放點油吧，那麼，平時，你就得摳著點用。我記得，我媽用一個小罐兒裝油，每次炒菜，媽用一把調羹舀出半調羹油，在鍋上空旋一圈，用鍋鏟在鍋裏晃幾下，馬上把青菜倒進鍋裏，那哪裡有什麼油啊，盛起菜來，能看見菜湯裏漂幾點油花兒就不錯了。

5

嘿，我們生產隊的倉庫裏還放著藕和荸薺，那東西是能生吃的，像我們這些半大的小夥子看見藕和荸薺，不知道有多饞，饞得我們直流口水。有時候，我們會趁生產隊的保管員不注意，悄悄地溜到倉庫去，掰一筒藕，或者抓一把荸薺，在衣服上一揩，躲在一個角落裏，嚼得嘎吱嘎吱響，吃得有滋有味。

最誘人的莫過於分西瓜。初夏時節，生產隊裏的西瓜熟了，本來能在地裏分西瓜的，可是，生產隊長可能形成習慣，覺得生產隊裏的東西，不在倉庫裏分就不叫分東西，所以，隊長就派社員到瓜地裏摘來西瓜，先挑到隊裏的倉庫裏堆好，然後挑一個稍稍清閒些的時間，大鍾一敲，鐵皮喇叭一喊，人們便從四面八方朝生產隊倉庫裏湧來，按照人口，一戶一戶的，籮筐竹籃，全

都裝的是翠皮西瓜。不少人家的孩子等不到大人把西瓜挑回家，剛在倉庫裏過了秤，馬上抱出一個，用拳頭一捶，呼啦呼啦地吃起來，那吃相，真像從餓牢裏放出來的餓鬼。

有幾個勤快的孩子，一到分西瓜時，就跑去幫忙，他們幫忙是有念想的，隊長看他們手腳勤快，常常把摔壞的西瓜獎勵給幫忙的孩子，這些幫忙的孩子，便在自家分的西瓜之外，多吃了半個西瓜，那西瓜的香甜，是會甜到他心裏，香到他夢裏去的。

嘿嘿，我們兒時的魔匣子喲，那時候，你給了我們多少誘惑！

二〇一二年四月四日

二〇一二年六月廿六日修改

二十七、守夜人的快樂故事

1

上個世紀六七十年代，生產隊裏的財富幾乎都集中在倉庫裏，糧食不用說，就連農具呀，農藥呀，化肥呀，哪一樣不都放到倉庫裏？那時候，我們管生產隊的倉庫叫隊屋。

我們的隊屋建在一座山頭上，站在山坳裏，無論從哪個角度，都能看到隊屋的屋脊。那年代出工，一是敲鍾，二是用鐵皮喇叭喊，有一段時間是升紅旗。我們在隊屋旁邊豎一根高高的木杆，上工的時候，鮮豔的紅旗升上木杆，在晨風中呼啦啦地飄動。在近處，你能聽到旗幟呼啦啦的聲音，甚至能感受到旗幟飄動時空氣的輕微顫抖！

看，隊屋旁邊的紅旗又升起來了，社員們從各家各戶走出來，很快便消失在金黃的田野上。正是收割稻子的時節，季節不等人哪，各條山坳裏，這裏那裏，都有社員用扳桶在收稻子。褐色的扳桶，像金色海洋裏的一隻隻小船，白亮亮的布帷子，像一片片潔白的帆，扳桶四周，有一些穿紅著綠的女社員，大夥兒圍著扳桶忙得正歡呢！

田野裏，脫下來的稻穀很快被挑到隊屋來了。隊屋門前有一塊很大的稻場，從田裏挑來的稻穀倒在稻場上，有人拿小月板把堆起的稻穀扒開，先挑來的稻穀，曬一天就差不多了，可是下午收上來的稻穀只能曬得半乾，於是，到夜裏，就得有人守稻場了。誰來守稻場呢？剛開始，隊長都是派大人來守的，可是，大人們忙活了一天，累得很，再則，他們都有家有口的，有的剛結婚不久，家裏有年輕的媳婦等著呢，於是，這樣的差事就落到我們這些半大小夥子身上，我們無憂無慮，了無牽掛，嘿嘿，守一夜稻場，還記兩分工呢，我們都很樂意當守夜人。

2

下午收工前，隊長安排我們提前回家，吃了飯，洗了澡，我們肩上搭一床棉絮，晃晃悠悠地來到稻場上。稻場上，稻穀早就碼成了堆。穀堆上蓋上許多石灰匣子印，那是防備「三隻手」偷稻穀的。裝石灰的匣子呈長方形，有尺把長，四五寸寬，四五寸高，匣子底部刻著「二隊倉庫」字樣，匣子裏裝了石灰。稻場上，稻穀堆好了，是個不很規則的圓錐體。倉庫保管員拿大印在穀堆上嚓嚓嚓地蓋印，蓋上這些印，你就根本不敢動穀堆了，你要是動了，穀堆就再也復不了原，因為蓋完印，倉庫保管員已經把大印提回家去了。

倉庫門前有一張木床，床上鋪著稻草。我們把棉絮往床上一鋪，把蚊帳一支，就開始在稻場上巡視了。這是件很愜意的事情。月光照在稻場上，除了穀堆，你的腳下全是平整的場地。你趿拉著呱嗒板，在稻場上走動，腳下能感受到地上的餘熱，你的鼻孔裏能聞到稻穀和稻草散發出來的氣息。偶爾，你的呱嗒板下發出哧的一聲，那是被遺漏的穀粒被你碾碎了。你低下頭去，看見被你軋碎的那顆穀子，殼碾破了，白色的米粒被軋成碎末。

守夜的小夥子一般是兩個，另一個還沒來呢，你轉了一圈，還意猶未盡，怎麼辦？反正天還早，估計不會有膽大的賊來偷糧食，那麼，趁著夥伴沒來時，你不妨先去山坳裏的一戶人家去玩，那戶人家有一個正值豆蔻年華的少女。你來到她家的大門口，正好女孩洗了澡出來，身上還飄著香皂的氣息。那究竟是香皂的氣息，還是少女身上的氣息呢，你很難分清的，你只知道，你們的兩雙眼睛，已經黏糊在一起，那是比月亮還耀眼的光輝呀。見到你來，女孩旋即進屋，給你端來一碗涼茶——那是正宗的「一匹罐」，女孩還遞給你一把芭葉扇，那芭葉扇扇起來的涼風，混合著女孩身上飄出來的幽香，把你吹得暈忽忽的，那是怎樣的一種享受啊！

入夜，你躺在生產隊倉庫門前的稻場上，很長時間，你不能成眠，你的眼前老是晃動著那位豆蔻少女的身影，你的鼻腔裏，老是飄著那位豆蔻少女身上散發出來的幽香。如果睡去，你一定會夢見一大樹桃花，你被粉色的桃花包圍著，身上沾滿桃花的花瓣。

3

但是好夢突然被打斷，稻場上響起一陣踢踢踏踏的腳步聲。你被驚醒了，喝問一聲：「誰——是誰？」

「我，對不起，我來遲了。」哦，是守夜的夥伴來了。

除了遲來的夥伴，貓和老鼠的打鬥也常常吵擾我們。還用問嗎？老鼠肯定是來偷吃糧食的，貓呢，估計老鼠會來偷糧食，特地來這裏圍獵，便跟老鼠展開激戰，於是深夜裏，我們常常被貓和老鼠的大戰吵醒，不得已，我們要起床去驅趕這對冤家。

還有夜行的人，他們在你熟睡之際穿過隊屋門前的稻場，朝山的那邊走去。他們的腳步聲本來很輕的，輕到你以為他躡手躡腳，以為人家是來偷糧食的賊呢，等你醒來時，人家已經走到山的那邊去了。

也有故意跟你搗亂的人，以前，他們或許受了你的捉弄，知道你今天晚上守夜，他就是想整整你，讓你睡不好覺。他來時，故意重重地踩得稻場咚咚地響，等你醒來，他已遠去，但是，隔一會，他一定又重重的、踢踢踏踏地走來，讓你剛睡去，又醒來。如果你不起床，他就在稻場邊上把稻草弄得窸窸窣窣地響，你一起床，他就噗噗地跑開去，弄得很像個賊，偷了糧食，要往開跑。你守夜是有責任的呀，發現了小偷，你能不追趕嗎？等你追到跟前，他朝你嘿嘿一笑：「哼，我上次守夜時，誰叫你把我吵醒呢？」

怎麼辦？你罵他吧，人家是在故意報復你，誰叫你以前吵過人家呢？不罵吧，自己又不甘心，你的瞌睡已經逼得你連身子都站不穩了，你搖搖晃晃的，腳下像踩著一片雲，就那麼飄飄悠悠的，飄飄悠悠的，哎喲，你恨不得就這樣躺在稻場旁邊的草地上睡去，即使真的來了小偷，你也不管啦！

當然，也真有小偷光臨的時候，那樣的機會少而又少。人家要真想偷你的糧食，你也看不住，他得等你睡得死一樣沉的時候摸過來，糧食一到手，便逃之夭夭。他們留個人，空著手，從稻場上經過，那是偷糧食的人布下的迷魂陣，你沒抓住偷糧食的人，從稻場上經過的人身上又沒寫著：「我是偷糧食的人的哨兵」，你能把他怎麼的？

糧食被偷了怎麼辦？放牛娃也賠不起麻牯牛，不過，那天晚上的兩分工，你是沒有了的，說呢，是要被隊長說兩句的，下一次，隊長還得請你當守夜人。

4

要是碰上下暴雨，你這個守夜人就夠戧啦。剛才還月色如水呢，可是，一忽兒，天上起了烏

雲，北風呼啦啦地吹，你被吹醒了，趕緊拿起隊長那個鐵皮喇叭：「哎呀，不好了，下雨啦，快來搶暴啊——」

其實你不喊，人們已經向稻場跑過來了，大家穿著蓑衣，戴著斗笠，挑著籮筐，如飛一般地趕到倉庫門前來了。男的女的，老的少的都來了，大家用撮箕撮，用籮筐挑，稻場上點著幾盞馬燈，倉庫裏也點著幾盞馬燈，人們穿梭般地進出倉庫。稻穀才搶了一半，豆大的雨點啪嗒啪嗒地落下來。生產隊長發一聲喊：「別往倉庫裏搶了，快，趕快蓋稻草，快，快——」

於是，幾個男人冒雨跑出去，把稻草往穀堆上碼。狂風掀翻了一個人頭上的斗笠，把他身上的蓑衣也吹得飛起來，但是，他還是一個勁兒地往穀堆上碼稻草……碼著，碼著，稻草碼好了，雨點卻稀疏起來，不一會，月亮從雲縫裏鑽出來，稻場上像撒了一層水銀。人們站在隊屋前，長噓了一口氣：「唉，這老天爺，在故意跟我們作對喲。」

有人捶了幾下腰：「哎喲，我的腰都酸了。」更多的人在打呵欠。隊長說：「今天晚上參加搶暴的人，每人記五分工，明天早上遲一會出工吧。」

「哦——」我們這些半大的孩子一起歡呼雀躍。

隊長還叮囑我們兩個守夜的：「別睡得太死啦，小心人家混水摸魚喲。」

5

更多的時候，我們守夜人是快樂的。如果天氣好，守夜的夥伴來得早，我們就一起聽收音機。夜裏，稻場上那樣安靜，收音機裏傳來的音樂那樣柔和，柔和的音樂讓你真想手舞足蹈。時間還早呢，我們根本不能立即入睡，那麼，能幹點什麼呢？兩個人一合計，嘿，去摸瓜吧，去摘桃子吧。我們當然知道誰家的屋旁邊有桃子樹，誰家的桃子已熟了，一咬，流出鮮紅的汁水，又香又甜！我們還知道誰家的園子裏有瓜，誰家的西瓜好吃，誰家的菜瓜好吃，誰家的八方瓜好吃。我們這些守夜人並不貪吃，不過是為了尋刺激，也為了解決口渴的問題，摘幾個桃子，兩個人摸一個瓜也夠了，剩下的，得留著下一次守夜時再去摸。

天氣涼爽時，我們會再邀兩個夥伴一起守倉庫。幹嗎要四個人守啊？我們四個人一起，是要打牌呢，一打就是大半夜，即使第二天還出工，我們依然樂此不疲。無論是黑咕隆咚的冬夜，還是月色如水的夏夜，在倉庫裏守夜，快樂總是多於辛勞的。即使到了現在，我們依然還能記起那些快樂的時光！

二〇一二年四月五日

二〇一二年六月廿六日修改

二十八、稻場上的歡樂

1

看多了《地道戰》和《地雷戰》，你就看多了華北平原村口的石碾子，它們是那樣的厚重。碾子周圍，成天都圍著些大姑娘小媳婦，她們扶著碾杠子，一邊推著碾子，一邊用一把小掃帚，在碾盤上掃著破碎的玉米和高粱。不用說，小媳婦們大多帶著孩子，孩子在碾台邊上蹦來跳去，撒著歡兒；大姑娘身後呢，常常悄悄地跟著個靦腆的小夥子，姑娘和小夥子互相傳著媚眼，有時候，小夥子走近碾台，跟姑娘親昵地說幾句話，那種難捨難分的熱乎勁，看了才眼饞呢。中午和傍晚，還會有老太太或者小娃娃來喊自家的人回去吃飯，那一聲聲牛娃他媽和娘啊娘的，有長聲，有短調，像唱著悠揚的民歌……碾台旁邊，便一天到晚彌漫著歡聲笑語。

碾台旁邊的棗樹上掛著幾顆深紅的棗子，在風中瑟瑟的，可是，總落不下來；還有過冬的柿子，像是專門為碾盤掌的燈，它們怕姑娘媳婦們碾穀子回去遲了吧，於是心生善念，給姑娘媳婦照亮將黑的道路。這些棗樹和柿子樹，便在碾台的背景上形成剪影，仿佛巧手的媳婦精心絞出來的剪紙。

2

在我們南方，可沒有那麼寬闊的閑地方。我們江南丘陵，到處是水田，種水稻的農民，恨不得把門前巴掌大塊地方都挖了，即使種幾棵黃豆，到秋天，總會有收成。再加上丘陵地帶的村莊總是稀稀拉拉的這裏一戶，那裏幾戶，於是，許多人家合起來，才有一座碾坊，這樣的碾坊當然得建在幾戶人家的村口，碾坊旁邊便是打稻子的稻場。現在我要描述的，正是發生在稻場上的歡樂。

你瞧，稻場邊上有一條石滾。我們這裏的石滾兩三尺長，重四五百斤，一頭大，一頭小，每條石滾鑿出七到九條凹槽。石滾的兩頭各鑿一個方形的臼窩，每個石臼窩裏楔進一個木質的臼。石臼窩是方的，木臼窩的外形是方的，內窩則是圓的，以便石滾架上的軸插進去。石滾架是長方形的，它框住石滾，架子兩頭各安一根木軸，木軸伸到石滾兩端的木臼裏，牛拉動石滾架子，木軸便帶動石滾向前滾去。

還沒有集體化時期，每當秋天來臨，我們就把田裏的稻子收到稻場上，讓牛拉著石滾，用石滾把稻穗上的稻穀碾下來。你問為什麼不用扳桶扳穀嗎？你不知道，用扳桶扳穀，總得三四個人聯合操作，一般農家，哪來的那麼多勞動力？像這樣一邊割了稻子，一邊往稻場上挑，等到稻子

鋪滿稻場，一兩個鐘頭，就能把穀子打下來，所以，一般的人家，常常用石滾來脫粒。於是，稻場上便少不了歡樂。

3

我記得，快到割稻穀的時候，爺爺提前給乾燥的稻場潑些水，套上石滾，把稻場碾平，平得像後來的水泥地，太陽一出，稻場上照得見人影子。等太陽把稻場曬乾，伯父和父親就把捆成捆的稻穗挑到稻場上來了。這時候，成捆的稻穗用草要子紮著，我們叫它草頭。不用問，在田裏割稻子的，是我媽和伯媽，有時候，大姐也下田去幫忙。

伯父和父親把草頭挑到稻場上，爺爺解開草要子，把稻穗鋪開，等到鋪滿稻場，爺爺便把牛套到石滾上，讓牛拉著石滾轉圈兒。這是一件十分枯燥的活兒，你得老牽著牛轉啊，轉啊，轉了半天，還在屋前的場子上。那會兒，太陽曬得你的嗓子眼直冒煙，你身上的汗珠不斷線地往下掉，像一串串珍珠散了結似的，一掉進稻草上，就再也尋不著。

剛開始，小狗跟著石滾撒歡兒，它跟在石滾後面一蹦一跳的，一會兒疾，一會兒徐，有時候，它向前一蹦，兩隻前爪撲住一綹稻穗，張開嘴就咬，給人的印象是，它抓住了一個獵物。小狗使勁地撕咬，嘴裏發出「嗚嗚」的聲音，像是在對獵物發威，又像是在炫耀狩獵的勝利。

小貓慵懶地躺在屋簷下，半閉著眼睛，有一搭沒一搭地看著小狗，它當然知道，小狗是在顯擺呢。

雞們呢，早就守候在稻場四周了，它們不時跑到鋪了稻穗的場子上，飛快地啄幾嘴，看看爺爺的石滾隆隆地滾來，馬上咯咯地叫著跑到一邊去。

趕滾的活照例是爺爺的。秋日的驕陽裏，爺爺戴一頂破草帽，在背上搭一條白布長巾，汗流下來，爺爺就撩起白布長巾擦一擦。他甩動著手裏的竹鞭，竹鞭上的細麻繩啪地一聲脆響，牛怕細麻繩抽在身上，連忙撒開四蹄，昂起頭，衝衝衝地向前跑。

4

石滾在稻場上轉動，即使在厚厚的稻草上，也能發出嘣嘣嘣和咯吱咯吱的聲音，那嘣嘣聲是石滾在稻場上與稻子和稻場相撞而發出來的聲音，那咯吱聲呢，則是石滾架上的軸拉著石滾發出來的聲音。有時候，人們在石滾的木臼窩裏抹點菜油，那咯吱聲便小了許多。

有時候稻子不多，伯媽就用連枷打稻子，用連枷打稻子，只適用於小規模脫粒，大面積收割稻子時，只好用石滾碾。

剛開始，我對石滾碾稻子很不理解，心想，那麼重的石滾軋在稻子上，不把穀子軋壞嗎？後來我仔細觀察，發現每顆穀子都有一根細莖連著稻穗，稻子在稻場上被曬乾後，連著稻穀和稻穗的莖很脆，石滾一碾上去，就把莖軋斷了。

鋪在稻場上的稻子被碾過之後，爺爺把牛趕到一邊，這會兒要翻叉了。這翻叉，是用揚叉把鋪在稻場上的稻穗翻個身，因為稻穗鋪得很厚，挨著稻場的稻穗上還有許多穀粒沒打下來，所以要翻過來後，再用石滾碾。

翻叉的揚叉，形狀像一個大寫的U字，更像個大寫的Y字。Y的那一豎拖得很長，那便是揚叉的把，把的一端安個拐，那個拐，讓翻叉的人好使力。爺爺用的揚叉，都是從樹上砍下來的，一根生得端正的樹枝，在梢的半腰分個叉，爺爺把這根樹枝砍下來，把它削光溜，再放到屋簷下風乾，就是一把很好的揚叉。

爺爺用揚叉朝厚厚的稻草裏一插，左手當支點，右手往下一撬，場上的稻草就被叉了起來。爺爺用力地抖動揚叉，像畫簡譜的上滑符號那樣，逆時針轉大半個圈，揚叉的底部朝天，叉上的稻草翻個個兒，紛紛揚揚地落在稻場上。爺爺就這樣不停地把揚叉插進稻草裏，揚起來，翻個個兒，抖落稻草，很快便把滿場的稻草都翻了過來。

這會兒，鴨子們來湊熱鬧了。它們見爺爺忙，來不及管它們，便從稻場邊上的水塘裏爬上岸，啪嗒啪嗒的，很快跑進稻場裏。它們趴下身子，把那張撮瓢似的嘴往稻場上一伸，脖子輕輕地抖動幾下，然後揚起來，貪婪地吞穀子。這時，爺爺一回頭，看見偷吃稻穀的鴨子，一聲吆喝：「討債的，滾開些！」爺爺揚起揚叉，向鴨們揮去。鴨們見了，撒腿就往堰裏跑，還張開翅膀呼啦呼啦地搧，以加快奔跑的速度，那脖子呢，還高高地揚起來，向上一伸一縮的，剛才撮到嘴裏的稻穀還沒全吞下去呢。

5

爺爺翻叉的時候，牛便臥在稻場旁邊的堰塘裏，它翻過來覆過去，不讓牛虻咬它的皮膚。有時候，為了趕走牛虻，老牛甚至把整個腦袋都埋進水裏，那一刻，叮在牛身上的牛虻嗡地一聲散開，在老牛紮下去的水面上盤旋。水裏是那樣的涼爽，老牛在水裏憋了一會，把頭露出水面，鼻孔裏長長地呼出一串水珠子，那陣候，像遠處隱隱的雷聲。

爺爺翻完叉，也得坐在屋簷下稍事休息，吸一袋旱煙，然後，套了牛，再在稻場上轉起圈兒來。

稻場上的稻子碾過第二遍，就該吐草了。爺爺拿揚叉把稻草挑起來，不住地抖動，把夾在稻草中的稻粒兒吐出來，然後把稻草堆成的小堆，用揚叉翻幾下，稻草就成了捆，用草要子攔腰一繫，把稻草紮起來，就可以在稻場邊上碼草蘿了。

爺爺碼的草蘿像古代先民簡陋的茅屋，五六尺以下，一層層稻草往上堆，像堆起的一座房子，在五六尺之處，爺爺讓稻草向外伸出半尺左右，讓伸出的稻草形成屋簷，五六尺以上漸漸收縮，到草蘿的最上頭，只碼一捆稻草，從横的方向看，像一座房屋的横切面。稻草多的時候，爺爺就得在稻場邊上並排碼兩個大小一樣的草蘿，由於每個草蘿在五六尺高的地方都有突出的「屋簷」，兩座草蘿之間便形成一個很寬的夾縫，這個夾縫帶給我們這些小孩子許多歡樂。

我們在草蘿夾縫的兩頭塞幾捆稻草，夾縫裏面就變成一個溫暖的家。我們在地面鋪上稻草，外面的風吹不進來，背風那一面，光線從預留的天窗裏透進來，我們就可以在溫暖的「家」裏看小人書，過家家，做遊戲了，那種歡樂，即使後來在香港的迪士尼樂園裏也很難找到。

在那個溫暖的「家」裏，我們玩得渾身流汗，帽子自然是不必戴的，玩得起勁時，連棉襖也脫掉，等到大人喊我們吃飯喊不應，找到草蘿邊上，才聽到我們在草蘿的夾縫裏哈哈大笑。

不過有一次，我們的一個表弟在草蘿空裏可玩出了大花樣。他居然劃燃一根火柴，把草蘿點著了，大人們在三里之外的田裏幹活，當大人從三里之外看見我家的方向濃煙滾滾跑回來時，草蘿已經被燒掉一大半，好在草蘿離房屋還遠，好在還沒燒著表弟，否則，這草蘿帶給我們的，就不僅僅是歡樂了。

6

稻場上終於收拾得乾乾淨淨。傍晚時分，伯父借著一陣南風，把稻場上的穀子揚乾淨，父親和爺爺一起，用月板把稻穀歸在一起，還在穀堆上蓋上油布。

這會兒，太陽落下山去了，晚霞映在天上，給田野和房屋抹上一層金黃色。媽和伯媽搭一把手，幫婆婆把飯桌抬到稻場上，桌子周圍放幾把靠背椅，椅子背後，便是那條石滾。剛碾過穀，石滾上還沾著稻草的氣息，很誘人的。

一家人忙了一天，現在終於可以坐下來，從從容容地享受豐盛的晚餐了。飯桌中央是一大缽南瓜，那碗豇豆才從鍋裏炒出來，綠色的，很誘人；一盤煎雞蛋，自然是紅辣椒煎的，辣椒的汁把雞蛋都染紅了；婆婆把父親在田溝裏摸的魚也煎了一碗，旁邊放一缽綠豆湯；當然還有一碗醬黃瓜。

爺爺看了看稻場上堆著的穀子，又看了看揚出來的不多的秕穀，笑開了：「今年的穀粒好飽滿嘍，他婆婆，把酒壺拿出來，我們要喝幾盅。」於是，伯父和父親陪著爺爺喝酒，婆婆則站在爺爺身後，用芭葉扇給爺爺搧風，我們幾個小孩端著飯碗，在桌上拈幾筷子菜，跑到一邊去，一邊瘋趕，一邊有一搭沒一搭地吃飯。雞和鴨本來要上籠了的，見我們幾個小孩在吃飯，便跟在我們身後，因為我們碗裏的飯粒，有不少潑出來，撒到地上，盡被雞和鴨揀了便宜。

還有更熱鬧的呢，屋後的竹林裏，歸巢的鳥兒一陣陣瘋叫，它們叫一陣，在林子上空飛一陣，歇回林子片刻，又叫一陣，是在演奏豐收的交響樂吧。正是秋收的季節，鳥兒們只要飛到田野上去，就能撐得肚兒滾圓。

我們家的稻場邊上有一棵棗樹，可惜，上面的棗子，不像北方冬天的棗子那樣紅，棗樹的葉子正在簌簌地往下掉，樹上的棗子青中泛著黃。父親見我們在樹下眼饞的樣子，便放下酒杯，走到棗樹下，他兩手抱住樹幹，只一搖，棗粒兒便啪嗒啪嗒地落到地上，哈哈，我們幾個小孩一擁而上，彎下腰去撿棗子。小狗和小貓也跑來湊熱鬧，一霎時，棗樹下亂成了一團糟，這便很有了一點北方碾台旁邊傍晚的景致，那應該是同樣兩幅動人的農家的風俗畫吧，風俗畫上洋溢著不盡的歡樂！

二〇一一年十一月十日
二〇一二年六月十二日修改

二十九、撩人情思的扯草歌

我敢打賭，所有八〇後、九〇後、二〇〇〇後的年輕人，都絕不可能聽到那樣悠揚、那樣撩人情思的扯草歌了，那種情景，只能在大集體的生產隊勞動中才可能出現。可是現在的農業生產，幾乎全是機械化、化學化，再等些年，或許就都智能化了。那麼，還是讓我把這些美好的風情記錄下來吧。假如誰有這個遠見，按照我寫的文字，把它製作成ＭＴＶ，說不定，你就做了一件搶救非物質文化遺產的善事，你製作的ＭＴＶ也一定會一夜走紅。

1

我這裏描述的，是上個世紀七十年代的故事，時令在陽曆的六月。

六月裏，早稻已經封行，肥沃的稻田裏，秧苗長得茁壯，草也長得旺盛，如果不把這些草扯掉，它就會跟秧苗搶肥。夏收忙得差不多了，中稻呢，還不到插秧的時候，於是，生產隊長一聲令下，不管男的女的，老的少的，全都下到田裏扯草去。

這個時候，恰巧是梅雨季節，天空中像蒙著一塊巨大的帳幔，帳幔把陽光罩得一絲都透不下來。也許，這帳幔便是網眼很稀的蚊帳布做成的吧，不巧的是，天河裏又決了堤，決堤的河水一會兒像瓢潑似的往地上灑，一會兒又像誰用木盆往下㞎水，等哪位神仙倦怠了，不再㞎水，從那大網眼的蚊帳布裏，依舊漏下霏霏的麻風細雨。要在現今，下這麼大的雨，誰還會到田裏去幹活啊？可是那時候，生產隊長發了話，誰還敢貓在家裏不動窩呢？於是，剛剛吃過早飯，從各家各戶走出男的女的社員，他們戴著斗笠，穿著蓑衣，拄著拐棍，全都朝田野上奔去。

嗨，各家哪有這麼多蓑衣呀，沒有蓑衣的，就打雨傘，還有的，在肩頭披一塊透明的塑膠布。這些披透明塑膠布的，大多是女孩，當然，也有年輕的媳婦，因為透明的塑膠布除了把她們身上的花褂子約隱約現地顯出來，還會把她們蓬勃的青春給勾勒出來，所以呀，家裏即使有蓑衣，她們也不會去穿的，嘿嘿，乾乾淨淨的塑膠布往肩頭一披，兩隻鮮活的刷刷辮在腦後快活地閃跳，那會吸引多少豔羡的目光！

在這支扯草的隊伍裏，會有一兩個人穿著真正的雨衣，那雨衣用墨綠色的塑膠做裏子，用草綠色布料做面料。那可是有身份的象徵呢，如果不是用錢買的，便是有地位的公家人送的。那種雨衣比蓑衣輕，比透明的塑膠布擋風。假如你家裏有個半導體收音機，你還可以把那架半導體收音機放到雨衣裏邊的口袋裏，你一邊扯著草，還能一邊收聽中央人民廣播電臺播送的音樂。想想看，那是多麼愜意的事情啊！

2

閒話少說，快下田去吧，那些腳快的，已經下田扯了好一會草嘍。這會兒你聽，有人帶頭唱起了扯草歌：「呃——呃——呃——」這三個「呃」字的音，一聲比一聲高，每個「呃」之間差不多隔著一個音階，像是唱的「哆」「咪」「嗖」，那個「嗖」字，來了個上滑音，而且越拉越高，如果不是那張巨大的布幔罩住，一定會唱到九霄雲裏去。

這領頭唱扯草歌的，是運林的么爺——運林喊他的父親叫「么爺」——運林的么爺有一條好嗓子，他嗓門大，聲音嘹亮，即使在山的那邊唱歌，山這邊也能聽得見。三個「呃」字之後，是短暫的停頓，短暫的停頓之後，才是今天唱歌的正本：「扯草喲——窩哦窩哦——」這「窩哦窩哦」，是用顫音唱出來的。哎呀，用文字來描述，還真是紙短情長，難以裝下呢！

有人應和運林的么爺了：「唱山歌勒額額額——那邊唱來這邊和呀，這邊和——」這是一位讀過幾年書的年紀大些的男人的歌，他在城裏看過電影《劉三姐》，把劉三姐對歌的故事講給我們聽過，於是，我們這些半大的愣頭青，就在扯草的田裏效仿起來。可惜，我們不會像劉三姐那樣對些文雅的歌，我們只會唱毛主席語錄歌。在上個世紀七十年代，毛主席語錄歌是很時興的。於是我們就唱「目前正當春耕時節……」歌詞的大意是說，希望各地的領導同志，工作人員，共同努力，搞好春耕生產，取得比去年更大的成績。這可能是毛主席他老人家在延安大生產運動時

期發佈的指示吧，現在被音樂家譜了曲，在廣大農村傳唱開來。這段指示本來是一段告誡性的話，沒有韻腳，可是譜了曲，還像個歌。

這扯草歌只要開了頭，就會沒完沒了。

「高高山上一條河，河水嘩嘩笑山坡，昔日從你腳下走，今日從你頭上過……」是典型的民歌。

「大姑娘夜夜夢家鄉，醒來不見爹和娘。只見窗前明月光，冬季到來雪茫茫……」嘿，這支歌，就有點小資情調了。可是那會兒在農村，很少有人知道什麼叫小資產階級情調，誰的歌唱得好聽，有味兒，誰的歌就是好歌。

那真是一場盛大的歌會呀。想想看，一個生產隊，動不動就會有五六十人，六七十人在一塊兒扯秧草，這六七十人，不能全在一塊田裏扯草，有時得分成兩隊，於是，便自然形成兩支扯草隊伍的對歌。那時候，我算得上隊裏的一個小知識份子，一比起歌來，我總是處於亢奮狀態。只要我起個頭，我們這支隊伍裏的年青伢們就一起合唱。我們合唱，那邊的隊伍也合唱；合唱一會，我變成獨唱，那邊呢，也選出一人獨唱。那時候，我是我們生產隊唯一一個識簡譜的年輕人，因此我能唱許多他們不會唱的歌，所以我們這一隊，常常把他們那一隊逼得山窮水盡。

腳底下，我們扯草的勞動並沒有停下。我們用腳板拱著長草的泥巴，拱進去，把泥巴翻過來，用腳板一抹，腳呢，又向前拱去。我們就這樣一邊用腳拱著泥巴，一邊唱著扯草歌。

3

一開始，我們都揀熟歌子唱，什麼《公社是棵向陽花》，《我們走在大路上》；什麼《勤儉是咱們的傳家寶》，《大海航行靠舵手》……那會兒，生產隊的社員大多只會唱毛主席語錄歌，我們便把毛主席的語錄歌一首一首地唱。唱完語錄歌，我們就唱那時候時興的革命歌，包括《五星紅旗迎風飄揚》，包括《國際歌》和《國歌》。這些革命歌曲唱完了，我們開始唱在學校裏學到的歌。這時候，誰讀的書多，誰的歌就多。像我，還會唱《山鄉鈴響馬幫來》，會唱《唱支山歌給黨聽》，我還會唱《紅梅贊》，會唱《繡紅旗》，會唱《八月桂花遍地開》……我就憑在學校裏學的這些歌，把另一支隊伍打得七零八落。

唱到那支隊伍悄沒聲息的時候，我本來可以偃旗息鼓了，可是，我唱起了興，就跟正在奔跑的車一樣，想刹車也刹不住，我就唱起真正的情歌來。

我唱的第一支情歌是《花兒為什麼這樣紅》。這是我從人家一本破舊的歌曲集子裏學來的，我知道這支歌特別抒情，而且我知道，它抒發的是愛情。那會兒，我還沒有鎖定心愛的人兒，但是在我的心底，隱隱約約地有個美麗的女孩的影子在晃動。當我唱到「它象徵著純潔的友誼和愛情」時，我的心裏就甜蜜蜜的。再後來，我看上我們隊裏的一個女孩兒，可是，她還小，沒到談

戀愛的年齡，把我的心等得多焦急喲。當我這種心情沒法緩釋的時候，我就借著生產隊扯草的機會，把內心的那種情感發洩出來，於是，我唱的歌，便有了千萬種柔情蜜意。

是不是我的歌聲感動了上蒼呢？嘿，大雨終於停了，烏黑的帳幔終於被扯掉了，頭頂出現一片湛藍的天空，太陽從雲隙裏漏出來，絲絲縷縷的。陽光灑在田野上，田野被抹上一層亮色。不遠處，幾隻鷺鷥從松林裏飛出來，在扯草的隊伍上空盤旋，盤旋一陣，又飛到不遠處的水田裏，它們在那裏發現了小魚和小蝦吧，要不，也一定是發現了蟲子，一鑽進水田，半天都不見它們的蹤影。放眼望去，晴空一碧如洗，遠處的山剛被雨水洗過，那樹林越發蔥蘢。附近的小河裏，水流得嘩啦啦地響，如果不是我們攪動著田裏的秧苗，我們還一定能聽得見流水口子那邊有魚在迎水上溯，它們上溯時，把水攪得哧啦啦地響。

4

天晴了，不能沒有歌聲啊。運林的么爺看了我一眼：「雨之，別扯悶草啊，再給大家唱一支歌。」

我說：「所有的歌都唱完了，沒有啦。」

運林的么爺說：「哪有唱完的？唱完了，再唱一遍唄。」

我也是個不甘寂寞的人，想了想，就起了個頭：「公社是顆紅太陽……」我才起了個頭，那邊扯草的隊伍和這邊扯草的隊伍全都應和起來：「……社員都是向陽花，花兒朝陽開，花朵磨盤大，不管風吹和雨打，我們永遠不離開它，啊啊啊啊啊……」田野裏，歌聲飛揚，傳得很遠很遠。不過，我的思緒呢，在大家唱到「瓜兒連著藤，藤兒連著瓜」的時候，早就飛到我想念著的女孩兒那裏去了。

二〇一一年十一月廿一日

二〇一二年六月十四日修改

三十、摸瓜

1

我們摸瓜，大都在夜間進行，還不在初夜，總得到十點鐘以後吧。

夜裏十點多，忙碌了一天的人們吃過夜飯，洗過澡，乘了一會涼，身上的熱氣散得差不多了，便一步三搖地回到屋裏，往蚊帳裏一鑽，管它多熱，管它多少蚊子，縱有天大的事情，都不去管它，睡覺吧，明天還得起早幹活呢。

這時候，我們這些「蟊賊」便紛紛出洞，躡手躡腳地踏上山間崎嶇的小路，向瓜地進發。那些「點」，是早就踩好了的。即使這樣，我們還得小心再加小心，腳步輕輕的，不吭聲，不咳嗽，更不會喧嘩，就像部隊的偵察兵，悄沒聲兒的接近了瓜地。

2

在人民公社年代，不是所有人家都種了瓜的，那樣有限的一點自留地，得種蔬菜。在夏天，總得種幾壟辣椒，種兩壟茄子，還得種黃瓜，種豇豆，種冬瓜和南瓜，本來還想種西瓜和香瓜的，可是哪還有地呀？只有那些膽大的社員，在自家自留地旁邊，開出幾壟荒地，潑上幾擔大糞，才有了種西瓜和香瓜的空地，西瓜地和香瓜地旁邊一準是茂密的荊棘，很少有幹部到那裏去察看，野孩子也很少到那裏去搗亂，這才有人開荒地，我們才有了可乘之機。現在的農村孩子，到哪裡去找到那樣神秘而快樂的事情啊，更別說住在城裏的孩子啦，只有那時節的我們。摸瓜，聽說過沒有，那才叫有趣呢！

嗤——別出聲！我們已經來到瓜地旁邊。瞧，我們全都趴在地下，慢慢地探起頭，向四周張望，看看附近有沒有人，看看人家屋場前有沒有人還在乘涼，如果一切都符合安全的標準，我們便一躍而起，幾步竄到瓜地邊上。我們撥開荊棘，匍匐到瓜地裏，在茂密的瓜蔓和瓜葉裏搜尋目標。

那時候，農家是很少種西瓜的，種的大都是菜瓜，也有少量香瓜。菜瓜的葉子那樣茂密，要想在茂密的瓜葉間找到菜瓜，是件挺不容易的事。但是那時候，我們這些半大孩子的鼻子，跟狗鼻子一樣靈敏，我們能在茂密的瓜葉裏，聞出成熟菜瓜的香氣，一旦發現，便如餓虎撲食般撲上去，一下揪斷瓜蒂，往懷裏一摟，拱起身子，踩著貓步，連滾帶爬往外跑，待到逃出瓜地幾十步，才站起身，撒開腳丫子，迅速地向前跑去，一直跑到我們認為安全的地段，才一屁股坐到地下，驗看摸瓜的成果。

3

明明是偷瓜嘛，我們為什麼叫它摸瓜呢？原來我們偷來瓜，並不立即吃掉，我們會在手裏把玩好半天，挨著個兒地把瓜抱在胸前，摸一摸，看一看，聞一聞，末了，其中的一人舉起拳頭，照著瓜攔腰一砸，菜瓜立即碎成幾塊。這會兒，我們才各拿一塊，大嚼而特嚼，品嘗「收穫」的喜悅。

看來這次出擊，並不是很順利呀，幾個人一起行動呢，怎麼只摘到一個瓜？嘿，你以為能摘到幾個？摘到一個就不容易了。那時節的瓜地那麼金貴，人家地裏的瓜，還不是成熟一個便摘走一個，誰敢讓瓜在地裏老長著？老長著，還不都給像咱們這樣的「蟊賊」給摸了。

如果你能摸到一個成熟了的大菜瓜，那真的是運氣，沒運氣的，常常空手而回呢，再不，摸到的也是個半生不熟的瓜，瓜身上還長著許多絨毛，沒成形，歪頭癟腦的，砸開嘗嘗，好苦！可是，即使是苦的，也沒誰肯丟了，還是皺著眉，吧唧吧唧地塞到嘴裏吃了。要知道，忙活了大半夜，口早就渴了，再不喝水，嗓子眼都要冒出煙來了。

大夥兒在一個山頭吃完瓜，手在草地上搓了搓，站起身來，哦，今晚的月亮真圓，月色如水，像撒了滿地的碎銀子。快到深夜，山野裏變得涼爽起來。儘管有蚊子嗡嗡地叫，可是，才摸過瓜，才享過口福，心裏正美滋滋的呢。

4

有人說，今天不過癮，不止渴呀。

有人問：「是不是再去摸一把？」

嗨，還用問嗎？於是，幾個人一商量，發一聲喊，向著既定的目標，前進——

於是，幾個半大的孩子，一陣風似的往前刮，下一個目標，得手的機會就更多了些，因為夜更深了，人們都已酣睡，就連守夜的狗都不大管事，那就便宜了我們。我們不必像剛才那樣匍匐前行，只要不弄出太大的聲音，儘管邁開大步，向瓜田進發。

嘿，這次的運氣就好多了，那塊瓜地雖然在人家屋旁的菜園裏，可能主人從沒想到會有人來摸吧，那西瓜，便赫然躺在地上，鼓著個圓圓的大肚子。月光照在瓜身上，閃著熠熠的光澤，很像是嘻開了嘴巴在大笑：哈哈，沒想到等來了你們，哈哈，我早就想走出這園子啦！

西瓜西瓜你別叫，我們來，就是來請你的。不，還有香瓜兄弟，我們也來接你喲，你看，你長了這麼些日子，你家的主人卻視而不見，嘿嘿，今兒我們可要大飽口福嘍！

朋友們，別大意啊。你聽，人家的屋裏已經有了點動靜，是不是主人起來了？還是他們家的狗聽到了什麼響動？

說時遲，那時快！「嗚——」的一聲，兇惡的狗從屋旁邊竄了出來，撲到瓜地裏，撲倒了一個摸瓜的夥伴，我們朝狗衝去，狗往後退了幾步。就在這時，屋子裏有了響動：「誰呀？壞了，有人來偷瓜了，牛娃，快起來趕強盜！」

我們全都嚇出一身冷汗，不管怎樣，要是被人抓住，那可是很丟臉的事。我們的人一聲招呼：「快跑！」

「瓜，瓜還要不要？」

「別管瓜了，趕快跑！」

嗖——嗖——嗖——幾個人如驚弓之鳥，大步流星地逃之夭夭，等到跑出好遠，聽不到狗叫，聽不到捉強盜的吼喊時，我們全都癱坐在地上，大口大口地喘粗氣。

5

許久，有人說：「我們吃瓜吧。」

什麼？你還抱出了瓜？

噢，不大，可惜那個西瓜太大，沒抱出來。

我們湊近一看，是個碗大的香瓜。行啊，夥計，你在逃命的時候，還沒忘記抱著瓜，英雄啊！

那個香瓜雖然小了點，因為剛折騰過一陣子，是得補充點水分了，管它是大是小？一個香瓜呢，比菜瓜甜多了。吃吧，吃了好回家睡覺去。於是我們砸了香瓜，一會兒便吃得精光，然後咂咂嘴。大家都說，今天就算了吧，明天，咱們再踩個好點，爭取脹個肚兒圓。

噢——噢——噢——歡呼聲在夜空裏回蕩，許久，許久……

二〇一一年十一月三日

二〇一二年八月廿七日修改

三十一、我們在軍號聲裏成長

（一）嘹亮的軍號

在三一八國道和焦柳鐵路的交彙點附近，有一座兵工廠，它始建於一九七〇年，創建初期的設計規模是七千人的大廠，原打算修一條鐵路專線連接焦柳鐵路，再挖一條運河，跟長江相連。在運河開挖之前，工廠先在長江邊上修建了一個深水港，這個深水港可以停靠萬噸巨輪。運河挖通之後，廠裏生產的大馬力艦艇動力，就能從總裝車間直接下水，在深水港轉大船，然後運到海邊的軍港組裝成大型驅逐艦。

可惜的是，這幅宏偉的藍圖沒來得及充分展開，「9・13」事件發生，當時的軍隊副統帥折戟外蒙古溫都爾罕，所有的三線工廠差不多都緩建停建，我們這家隸屬於國防科工委、編號為六四零四號的軍工廠，也像一艘在建的軍艦，擱淺在沙灘上。

我大學畢業分到六四零四廠時，這家兵工廠已經初具規模，生產車間修在山坳裏，生活區建在山頂上。每當旭日東昇之際，廣播喇叭裏播放的起床號便婉轉而悠揚地響起來：「打大滴大——大滴打大——打大滴大——大滴打大——」嘹亮的軍號從架在山頂水塔上的喇叭裏傳出，傳得很遠很遠，不瞭解內情的人，還以為這裏真的駐紮著一支部隊呢。如果真是駐紮著一支部隊，連家屬在內，應該是一個師的編制吧。假如分到廠裏來的職工一個都沒調走，算起來連一個加強師都不止了。因為我分到六四零四廠的時候，工號編為三一九〇，算上老人和小孩，一定快到五千人。

在這裏生活，真的很有點軍隊的氛圍。這裏不僅早上起床吹號，上班也吹號，中午休息吹號，下午上班也吹號，遇到緊急情況，比如說廠區發生了火災，從廣播喇叭裏傳出來的就是衝鋒號，那「滴大打滴、滴大打滴、滴大打滴、滴——滴大打滴、滴大打滴、滴大打滴、滴——」的號聲一聲比一聲急，吹得你心裏直發毛。

（二）軍代表室

六四零四還真是個準軍事單位呢。它有一個軍代表室，軍代表室的主任是六機部的領導兼任的，平時，在軍代表室上班的，大都是些營級幹部，也有團級幹部，他們配著短槍，戴著帽徽領章，穿一身海軍的藍軍裝。從他們走路的姿勢你就能看出，這些人是行伍出身，要是他們在廠區裏走路急了點，脫了外套，腰裏的短槍就會露出來。

大概在一九八五年，我們廠就不再生產軍品，軍代表也撤走了，因而為生產軍品而修建起來的圍著廠區的萬米圍牆也倒的倒，塌的塌，呈現出千瘡百孔的慘像。哦，曾經顯赫一時的兵工

廠，這下成了真正的民品廠。

撤走了軍代表，工廠轉產民品，但是備戰時期的軍工廠的外殼還在。在廠區，幾乎所有的後勤服務系統都在，比如說郵局，比如說醫院，比如說幼稚園和中小學等等，全都有，就連自來水廠，工廠都有獨自的，廠總務處還建有煤廠，液化氣站，總之，除了不生產糧食，六四零四廠即使與外界隔絕一年，也能運轉自如。

（三）幼稚園

六四零四廠的幼稚園和學校分別建在緊鄰的兩座山頭上，兩個院子隔一座山坳遙遙相望。

幼稚園裏有兩座樓，八間教室，教室裏一律鑲嵌著紅松地板，地板上刷著深紅色的油漆。走在幼稚園的樓裏，能聽到踏踏的腳步聲。幼稚園的教室旁邊，一邊是臥室，一邊是衛生間，衛生間很講究，配有抽水馬桶，所有的房間都裝有暖氣片。

幼稚園配備著各種各樣的玩具。有一種木馬，腳下裝著弧形的橫木，小孩一坐上去，木馬便前後搖晃，很像是騎在戰馬上，戰馬正馱著小孩，飛快地向前奔馳呢。有一種蕩船，上十個孩子坐上去，由阿姨推動盪船，讓小孩子覺得很像是坐在船上，在水面上飄飛。

幼稚園有自己的食堂，食堂的煤和水電全由工廠配送，就連蔬菜也是由工廠總務處幫忙採購的，只算成本價，所以，在幼稚園裏，除開很少的書本費和便宜的伙食費，是沒有其他開銷的。

幼稚園食堂做的大饅頭，比工廠大食堂的饅頭還大，餡兒的肉也多。幼兒在園裏，每天吃兩餐，上午吃飯，下午吃包子，有時換成油餅和蛋糕，隔幾天發一次水果。在六四零四廠上過幼稚園的小孩，再到社會上的幼稚園去看看，那簡直一個在天上，一個在地下。

(四) 子弟學校

你可別小看了子弟學校。在這所學校當老師的，有北京師範大學的畢業生，有華中師大和吉林師大的畢業生，還有武漢大學、南開大學的畢業生。就連哈軍工的高材生也被調到學校來當老師。這所學校裏的老師當中，先後考出十來個研究生，有一位老師，先在復旦大學讀博士，後來又到北京大學數學所讀博士後，專攻應用數學，多次應邀到香港的大學去講學。這些老師，夠牛的吧！

從這所學校畢業出來的學生也何等了得！許多人出國留學去了，我所知道的，在美國讀博士的就有好幾位，還出了不少企業家、老闆、優秀白領和業務骨幹，有位在斯諾文尼亞行醫的，經常是中國駐斯諾文尼亞大使的座上賓。另一位學生，曾經擔任過中國駐英國大使館的商務參贊，回國後在商務部任職，現在是商務部港澳司負責港澳事務的處長。

子弟學校的學生，在那種封閉的環境裏生活，養成良好的品德和習慣，因而從六四零四廠走出去的學生，被社會上廣泛認可，大家都說六四零四的子弟很純樸。即使是在六四零四廠技工學校讀書後出去的學生，因為受過良好而嚴格的技術培訓，走到外面，全都成了生產一線的「香餑餑」。

子弟學校有三件很值得一提的盛事，一是乒乓球隊，在上個世紀八十年代，六四零四廠子弟學校的乒乓球隊，經常代表濱江市，參加宜昌市和湖北省的青少年乒乓球比賽，得到的獎盃，擺起來有好大一排呢。二是小足球隊。雖然水平並不咋樣，但是，當時的宜昌市拿不出個像樣的球隊，只好把六四零四學校的小足球隊拉出去，參加全省的青少年足球賽，那是上了湖北日報和湖北電視臺的呢！三是學校的文藝演出隊，在整個宜昌市，都很有名氣。

那一年，子弟學校召開運動會，以學校的文藝演出隊為主，排演出大型團體操，請宜昌市教育局和體委的領導來看，受到熱情讚揚。後來我們去觀摩了宜昌市的中小學生運動會，那麼大的一個市級運動會表演的團體操，比起六四零四廠子弟學校運動會的團體操，不知要遜色多少。我們運動會的團體操，走在最前面的是標語隊，第一塊標語牌上寫著「六四零四廠子弟學校第××屆運動會」，緊跟在後面的是「發展體育運動，增強人民體質」。再接著的是巨幅宣傳畫，然後是國旗、校旗和運動會會旗。在運動會會旗後面的是彩旗隊，彩旗隊後面的是鼓號隊、腰鼓隊、鮮花隊、藤圈隊、彩帶隊。

哎喲，一開起運動會來，那簡直就是工廠的節日，黨委書記被請來致辭，各車間單位要送賀禮。當天中午，廠廣播站要發頭條錄音新聞，你聽，鼓號聲是那樣的激越而響亮：「大、打大滴——大、打大滴大、打——咚咚咚，鏘鏘——咚咚咚，鏘鏘——大、打大滴——大、打大滴大、打——咚咚咚，鏘鏘——咚咚咚，鏘鏘——」那完全是盛大節日的氣氛啊。

每逢子弟學校開運動會，全廠男女老少必定一起出動，他們帶著板凳，提著水壺，揣著零食，把運動場圍了個水泄不通。只要是有小孩在學校讀書的，每個家庭至少來一個人，他們是來看自家孩子表演的，還要看自家的孩子在運動場上一展英姿。

除了開運動會，再熱鬧些的就是文藝演出，然後呢，是春遊。

每逢春天來臨，我們都要搞春遊，從小學到高中，凡是學生都參加。那是不要學生自己掏錢的，車子是廠裏的，司機是廠裏派的，我們只掏旅遊景點的門票和午餐費。小學低年級學生呢，就在附近爬爬山，從小學中年級開始，一天安排兩個年級，一直到高三結束，總要一個多星期才能遊完。

那也是像過年過節似的。天還早呢，各家窗戶的燈就亮了起來，先給出遊的孩子弄吃的，零食是頭天下午就買好了的，還有喝的水，不少孩子都帶著爸爸從部隊上帶回來的軍用水壺，深綠色的，扁平的，草綠色的背帶，他們背在背上，便有了一些他們爸爸媽媽在部隊裏行軍打仗的派頭。

噢，汽車終於開來了。班長把紅旗收起來，放進車廂裏，大家按次序上車，一會兒，汽車鳴笛出發，歌聲和笑聲就從各輛車上飛出來，飛了一路。有時候，班長把紅旗從車窗裏伸出來，紅旗便在風中呼啦啦地飄舞，嗨，那是一幅多麼激動人心的畫面啊！

（五）澡堂

春遊歸來，誰不累呢，誰不乏呢？不要緊，累了，乏了，到工廠的大澡堂去泡一泡，回家睡個大覺，第二天便又生氣蓬勃。

不過，澡堂的「生意」主要在冬天，冬天的澡堂，幾乎每天門庭若市。

剛開始，我們廠的澡堂是不收錢的，連票都不收，後來人多了，單位上發票，受了些限制。可是有誰會限制春遊歸來的學生呢？即使大人們幾個星期沒洗澡，都會把票留著，讓孩子上澡堂去洗一洗。

我們的澡堂裏有淋浴噴頭，有大水池和小水池。像冬天，無論外面是下雪還是凍淩，只要一掀開澡堂門口的厚棉簾，嘿嘿，就暖和啦！你總會先跳到大水池去泡個十來分鐘，再到小池子裏去泡個十來分鐘。大小水池四周都有坎子，你坐到坎兒上，熱水淹到你的胸脯，要多舒坦有多舒坦。你在大水池裏泡澡主要是解乏，然後到小水池裏去清一清，等你身上頭上滿是汗珠時，就會爬上岸來，跑到噴頭底下，用熱水一個勁兒地沖。你一邊往身上抹香肥皂，一邊在身上使勁地搓，把身上的汗泥一條一條地搓下來，再用熱水沖一下，哈哈，身上頓時舒坦極了，簡直像變成了神仙。

等你洗完澡，回到剛才脫下衣服的地方，那裏升著一個大火爐，火爐裏的煤火燃起一蓬蓬藍色的火苗，那麼大的屋子，裏面暖融融的，那熱乎勁裹在衣服裏，你就是出了澡堂門，走個十多分鐘才到家，保管你到了家，身上還熱呼呼的！

（六）游泳池

上個世紀八十年代後期，工廠在生活區中心建起一座游泳池，裏面修了一大一小兩個水池。大水池裏水深的地方兩米多，水淺的地方也不下一米五。那個小池子就不同了，小池子裏的水只有半米左右，是專供小孩子嬉戲玩樂的。

進游泳池游泳，得先到職工醫院體檢，你得沒有皮膚病，還沒患過B型肝炎。游泳池最初開放時也是不收錢的，到後來才象徵性地收點錢。

你到職工醫院去體檢過，到了游泳池，還得過一道消毒關。你到了游泳池大門，那裏的工作人員發給你一把鑰匙，你拿著這把鑰匙，去換衣間找到你放衣服的櫃子。你在換衣間換上游泳

衣，在進到游泳池之前，還要通過一個噴水的過道，那個過道裏，腳底下是放了漂白粉的消毒水，兩邊的牆上是許多噴頭噴出來的水霧，是給你身上消毒的，免得你把細菌帶進游泳池。這時候，游泳池的廣播喇叭裏播送著歡快的音樂，音樂聲在游泳池院子裏回蕩，把人們的心都撩撥得激蕩起來。

你消過毒，踏進游泳池的院子，就能看見兩個游泳池了，一個長方形的，一個圓形的。兩個水池的水都呈現出碧綠色，長方形大水池的顏色略深些，小型圓池裏的水則呈現出淺綠。

在游泳池裏游泳是不分男女的，男的和女的，都在一個池子裏游，男人們只穿一條褲衩，女人都穿著護著胸脯的長游泳衣，各種花色的都有。一到星期天，一群群女人湧進游泳池，游泳池裏便盛開一簇簇鮮花，毫無疑問，這裏成了六四零四廠的一大亮點。儘管女人們穿著護胸的游泳衣，她們高聳的胸脯還是暴露在陽光下，暴露在男人們一雙雙火辣辣的眼皮子底下。

夏天裏，六四零四廠的游泳池一般都要等子弟學校放暑假後才開放，每個星期開放五天，星期一要換水，打掃衛生，星期二，游泳池的工作人員要休息。到星期三，游泳池開放，放了暑假的學生都湧向游泳池。才換的新水，能一眼見到底，淺水處，連水底的沙粒都看得一清二楚。游泳池裏那個圓圓的淺水池直徑大約三十五米，換過水的淺水池像一塊透明的碧玉，又像一面波光閃閃的大鏡子，小孩們戴著潛水鏡在水底游動，活像一條條美人魚。

大游泳池長約百米，寬應該有五十米吧。在大游泳池裏，來游泳的主要是中學生和小學高年級學生，也有工廠的小青工。工廠的小青工常常一男一女單獨在一起，在游泳的間隙，他們把頭靠在一起，說著甜蜜的悄悄話，兩人之間便多了幾許溫情，幾許神秘。

（七）足球場

六四零四廠有兩個足球場，一個在子弟學校院內，一個在電影院旁邊，電影院旁邊的足球場上經常開展職工足球賽，也開展車間與車間的對決，有時候邀請兄弟廠的球隊來開展友誼賽，每年，在電影院旁邊的足球場還舉行一次足球循環賽。這場循環賽的主體是十一號車間、十九號車間、廿一號車間和廿五號車間，其他車間也組成聯合隊參賽。

你聽，足球賽的哨子吹響了，紅藍兩隊展開拼命的爭搶。足球一會兒被踢到藍方的球門前，很快被藍方的守門員一腳踢出，頓時，紅方的門前又展開一場殊死的搏鬥。球場周圍的看臺上不時發出一陣陣加油的呼喊。

司令臺上，有一個麥克風，子弟學校的張老師坐在那兒，正在激情地解說：「……紅方的後衛截到球，大腳踢過中線，被藍方中鋒用頭頂住，好，藍方把球回傳，球傳給門將，門將再一腳開出，好球！藍方球員一腳把球踢到門下，好，藍方進攻，球打在門柱上，哎呀，可惜，被門柱擋回來了。」

踢球的間隙，張老師也得到喘息的機會，但是緊接著，戰鬥又開始了。你聽，張老師激情的解說又開始在球場上空回蕩：「現在紅方帶球，一下衝過中線，變成紅方進攻。藍方全線防守，現在球被藍方截住，哎呀，又被紅方攔住，紅方一腳遠射，可惜，功敗垂成，球出了底線，嗨，太可惜啦……」

大多數時間，活躍在電影院旁邊球場上的都是子弟學校的學生。下午一放學，學校裏面的球場上早就展開一場廝殺。在院子裏踢球的都是些初上陣的小毛孩，那些踢出水平的大孩子是不屑於在校內球場上踢的，要踢，他們就到電影院旁邊的大球場上去踢，那裏經常有工休的小青工，只要看見中學生從校門口衝出來，那些小青工便立刻加入到學生的行列，不用說，又一場激烈的廝殺就要開始。等到工廠的下班號吹響不久，從不同方向爬上山來的職工一聚到足球場，立刻有一場混戰。你分不清哪是紅隊的，哪是藍隊的，上一分鐘，這個人帶著球，還在往藍方的球門口帶，下一分鐘，他可能就帶著球直奔紅方的球門。

（八）寂靜的軍營

晚上的一次播音即將結束時，足球場上的混戰終於接近尾聲。紅日西斜，從各家的廚房裏飄出飯菜的誘人香氣。混戰的隊伍陸續收兵，向四下裏散去。漸漸的，六四零四廠區變得安靜下來。

入夜，上千家宿舍都亮起明亮的燈，有的家裏在看電視，有的家裏在播放音樂，有的家裏傳來麻將的稀裏嘩啦的洗牌聲。從這些情景看來，六四零四廠就不像一座軍營了。只有等到第二天天快亮的時候，那「打大滴大——大滴打大——打大滴大——大滴打大——」的起床號響起來的時候，你才覺得，你像是生活在軍營，最起碼，你覺得，你是實實在在生活在一座兵工廠裏。你瞧，職工們急切地起了床，匆匆地吃過早飯，上班的人流便向山下湧去。

這些年，廠裏雖然早就不再生產軍品，但是職工們多年養成的軍營生活習慣，還是在悠揚的軍號聲裏，把大家帶向依舊多少帶點兒神秘的車間。誰敢說，有朝一日，當戰爭需要的時候，這座兵工廠就不再生產出部隊所急需的裝備呢？

二〇一二年五月二十日
二〇一二年六月三十日修改

三十二、兵工廠裏的年味

（一）神秘的兵工廠

一說起兵工廠，你一定感到很神秘吧，那裏一定戒備森嚴，崗哨林立，沒經過允許，怕是連一隻麻雀都休想飛過去！不過，我過去工作過的那座兵工廠還不至於這樣，它是為海軍裝備部服務的，生產出來的艦艇用柴油機，最大動力達八千馬力，它的活塞的直徑五十八釐米，主機差不多有兩層樓房高。總裝車間試車的時候，轟隆隆的馬達聲，把方圓十里範圍內的山嶺都震得顫動起來，當地百姓還以為發生了地震呢！

在我分配到那家兵工廠之後的第三年，廠裏生產的一台六千馬力柴油機運到北海艦隊去服役，在一次執行任務中立下大功，為此，國防科工委發給我們廠二十萬元獎金。只可惜，沒過幾年，世界性的冷戰結束，解放軍百萬大裁軍，節約下來的軍費主要用來改造設備，那些精密的軍械都轉移到沿海或者老工業基地生產去了，像我們那樣的新建軍工企業，大都轉產民品，於是，我們的廠子便日見衰落起來。

我們廠始建於一九七〇年，是由上海滬東造船廠援建的，幾乎所有的技術工人都來自上海，還從哈軍工等大學一下分來三百多個大學生當技術員，這些青年工人，都是從上海和武漢抽來的，這些工人有文化，先進行培訓，再分到廠裏來。建廠初期，工廠要什麼，國家就給什麼，那些年十分緊俏的鋼材和木材，堆滿了工廠的倉庫，光是堆放物資的倉庫就建了一萬多平方米。

我剛分去的時候，我們廠隸屬於第六機械工業部，過幾年，六機部改為中國船舶工業總公司，廠長動不動就上北京去開會。按照過去的級別，我們那個廠是地師級的，據說建廠初期的工地指揮長，是原來西安市的公安局長，曾經擔任過部隊的師政委。

（二）過年的氣氛

這是一個新組建的大家庭，大家庭的成員來自五湖四海。我分去的時候，廠長賈珍，是個上海人；黨委書記姓朱，叫朱文剛，就是那個西安市的公安局長。一九七〇年分來的大學生，是文化大革命之前，從天南海北考進哈軍工的，於是，每到年底，除了一部分人回老家過年之外，留在廠裏過年的職工，便把全國各地過年的習俗都帶到了廠裏。

這是一座典型的軍工廠，編號為六四零四，因為保密，對外通訊地址是濱江縣第六號信箱。

我去的時候，廠裏的上層領導和中層領導大多數是軍隊轉業幹部，因而在六四零四廠過年，就很有些部隊的氛圍。

到了臘月，工廠附近的農村，農民開始殺豬宰羊，我們廠裏也開始做過年的準備，我們廠既分肉，又分魚，既分米，又分油，除夕的前一天，還要到大食堂去分紅燒肉和油炸的魚。

我們去大食堂分紅燒肉和油炸的魚，才真的像過年呢！平時，我們都在工廠的大食堂吃飯，一年下來，食堂裏有盈利，就到過年時分給大家。

過年的前三天，大食堂開始做準備。他們把肉剁碎，做成比鴨蛋還大的「獅子頭」，按家庭分，每家能分四到五個「獅子頭」。他們打魚糕，還把魚放到油鍋裏炸，炸得金煌煌的。在這之前，食堂給每家每戶發了張票，我們憑這張票，到大食堂去分肉和魚，還有魚糕，嗨，那個香啊，香得讓你在半路上就忍不住偷偷地吃幾口。那幾天，只要你從大食堂經過，就能聞到一股濃郁的香氣，這香氣告訴人們：嘿，六四零四廠的人們開始過年啦！

(三) 分魚又分肉

從大食堂分的魚和肉不算呢，廠裏還分活魚和冷凍肉，錢由工廠支出，在工會經費裏列支，由總務處具體實施。

分魚的前幾天，總務處領導就到濱江市的幾個漁場去買魚。分魚時，按照先一線車間再後勤科室的原則，廠辦等領導機構排在一線生產車間之後，輪到我們後勤單位分魚，已經是尾聲。

我們很早就派人在工廠生活區等候，等拉魚的汽車一來，幾個後勤單位的人一擁而上，把汽車團團圍住。

總務處的辦事員爬上車廂，把扒在車廂邊上的人往下推，一邊推，一邊嚷：「別擠，別擠，一個單位一個單位來。」那人在車廂裏站定，喊一聲「職工醫院——」

職工醫院的人爬上車廂。總務處的人拿一個大竹簍，從車廂裏往竹簍裏裝魚，裝滿一簍，往下放一簍，裝滿一簍，又往下放一簍。幾個後勤單位在車廂附近找一塊空地，把魚扒拉開，按單位的人數扒堆，大魚小魚搭配，預留些小魚，以便過秤時往上加。我們分的魚都是草魚和鯉魚，也有翹背鯛和鯽魚。

各單位把魚扒完堆，編上號，然後做成幾十個紙團，讓大家抓鬮，這樣分下來的魚雖然有些差異，大家也沒有異議。

分魚的那天晚上，你走進任何一個家庭，都能看見一種暖融融的景象。你瞧，一家人圍著火爐，鍋裏煮著魚頭，每個人的臉上洋溢著過年的喜悅。那種氣氛，完全像過年。夜深了，許多職工家裏還亮著燈，他們的廚房裏正傳出篤篤的砍剁聲，那是他們家在剁魚頭呢。你要是在生活區裏走一圈，準能聞到誘人的魚香，那是加了蔥花，放了黃酒的魚湯，能香到你的心底去。

分肉就麻煩些，因為豬肉是半片半片分給單位的，每個人分二十來斤，有的只能分槽頭肉，有的人運氣好，就能分到豬屁股。總務處只管半片半片地分給基層單位，基層單位還得把整片整

片的豬肉砍成一塊塊，做到肥瘦搭配。想做到完全公平是不可能的，也只好抓鬮。那些抓到肥肉的職工雖然心裏不舒坦，但是，誰叫你手臭呢，也是無可奈何的事情。

分肉的當天夜晚，廠區裏熱鬧得很。人們把肥肉和瘦肉剔開，把五花肉做成丸子，用油炸了，放到罎子裏，以便過年的時候用。

這時候，雖然離過年還有十多天，可是我們廠裏早就有了過年的味，那種年味很濃很濃，賽過附近農村的年味，因為我們廠的肉和魚是集中分的，而附近農村的肉和魚則是在一個多月前就開始準備，所以那幾天，從各家各戶走出來的大人和小孩，臉上都泛著紅光，連嘴裏哈出來的氣都帶著肉味，帶著魚香，哈哈，我們的年，從那會兒就開始啦！

(四) 分水果

咱們廠不是汽車多嗎？上個世紀八九十年代，工廠各單位用車，只要打一個報告，主管運輸的廠長簽個字，你就可以把車開出去，不收費的，你為單位職工謀福利嘛。於是有錢的單位，一到秋天就開始從山裏往廠裡拉水果。咱們宜昌的興山縣和秭歸縣出香柑，出臍橙，我們就到興山和秭歸拉香柑和臍橙。

剛進入秋天，是各車間去拉，這些車間自己有汽車，拉得多，也給後勤單位勻一些。到年

底，工廠從運輸處調車，給各單位拉水果，總務處也出面去拉水果，一時間，廠區裏便飄蕩起誘人的水果香。

年關近了，工廠還組織人到陝西河南去拉蘋果，分到每個職工名下的，也有一二十斤，過個年是沒問題的。家裏職工多的，要分幾大筐。

你一定很奇怪，我為什麼對廠裏分東西這樣津津樂道？你不知道啊，我說的廠裏分物資，是在國家物資還不豐富的年代，什麼東西都緊俏，如果不是像我們這樣的國營大廠，在當地有一定的影響力，自己又有汽車，你想分點東西，談何容易喲。這跟而今過年時單位分東西是不可同日而語的。現在過年單位分東西，是單位發福利，其實是不方便發錢，如果方便發錢，誰還去分東西呢？再或者是你的單位錢不多，發錢吧，錢少了，單位領導難為情，於是發點東西，表個心意。那時候，我們工廠發過年物資，是因為你憑自己的本事弄不來這些東西，才靠單位弄來發給大家的，那可是一般小廠的職工想都不敢想的事情呢！

（五）發班車

你別以為，廠裏會給每個職工發一輛汽車吧？那是不可能的。工廠是把班車發到武漢、宜昌和荊州，還安排汽車發往附近的火車站和港口。

我們這個軍工廠，離最近的小鎮白洋十公里，有廠區向前延伸的專線公路直通那裏，那裏每天有宜昌開往荊州武漢甚至上海的客船，不過，開往武漢和上海的大船，都不在白洋港停靠。那時候，工廠到宜昌沒有直達客車，到宜昌，得繞個大彎，沿著焦柳鐵路北上，再向西折。公路呢，是一條碎石子路，顛顛簸簸的，要走三四個小時。到荊州去的路好走些，也得三個多小時，去武漢，早上天沒亮就動身，晚上天擦黑才到。

剛進臘月不久，廠工會就派人到武漢，住在武漢港附近，專門幫回上海的職工買船票。等廠裏的汽車開到武漢，那些回上海的職工就能拿到去上海的船票，兩天之內，大客船就能載著那些遠離故鄉的遊子回到上海。

廠裏這邊也有專人在發售到武漢的車票。買到票的人，第二天一大早動身，拖著行李箱，擠上廠裏發出的班車。留在廠裏過年的老鄉在往車上遞東西，那是捎回上海去的土特產，還要幫忙帶回沾著熱淚的話語，一時間，車上車下鬧哄哄的，一直到汽車開走好一會，站在原地沒回上海去的人，還在那裏唏噓不已。

（六）拜年

在廠裏過年，職工們之間也興拜年，那都是以單位為圈子，或者以省份為圈子的，再小一

點，以縣份為圈子，那些大學生，則以畢業的學校為圈子，也其樂融融。

單位上的人也畫圈子，人熟的幾位，除了串門喝茶，還吃飯喝酒。單位領導呢，在除夕那一天串門拜年，大年初一那天，就以熟人朋友和老鄉的圈子在一起聚會。

我進到單位領導班子之後，隨同一把手搞過幾次團拜，除夕那天下午，我們幾個領導就集中起來給本單位職工去拜年，拜完年，才回家去吃團年飯。職工們見領導去了，很高興，遇到團年飯吃得早的，人家還盛情邀請我們喝兩口，我們呢，只站在桌子邊上，喝一口酒，吃一點菜，連忙推說還有幾家沒走，便匆匆地去了下一家，這叫做拜跑年。

除夕之夜，跟附近農村一樣，廠區裏也鞭炮聲不斷，不過就一陣子，放過了，第二天早上便很安靜。

正月初一上午九點，照例有留在廠裏過年的廠長和書記，在廣播裏給全體職工家屬拜年。初一初二，廠工會組織遊藝活動，猜燈謎，套圈，「釣魚」（用個鉤子釣玩具）。遊藝活動到初二下午結束，初三初四自由活動，到初五，就又上班了。當然這時候，回武漢上海過年的職工還沒回來，他們有探親假，好不容易回到武漢上海，怎麼捨得就回來？有的人，找醫生去開幾天病假，這樣，不少職工，常常能在上海呆上一個多月呢。

不管是按時回廠的職工，還是推遲回廠的職工，大家回到廠裏，都帶回大上海的氣息，他們帶來大上海的優質煙酒糖果和點心，比如鳳凰牌香煙，比如大白兔奶糖，再比如城隍廟裏的五香

豆，最誘惑我們的，當數上海人帶回來的服裝，比如上海的羊毛衫，上海的西服，上海的皮鞋，就連襪子和手套，大上海的東西都比內地的東西講究，實用，好看！

（七）冷落的兵工廠

隨著改革開放的進一步深入，我們這家軍工企業早就不生產軍品了。在這裏生產軍品，成本高，產品質量係數低。沒有了軍品，這裏的技術人員流失嚴重，不光是工程師走了不少，就連技術工人也紛紛孔雀東南飛了，曾經紅火一時的軍工廠一下子變得蕭條起來。而今，工廠職工過年還發物資，不過只發米和油，算是體現廠領導對職工的關懷。魚是不分了，肉也不用分，當然也不分水果，因為在市場上，這些東西隨時都能買到，還分個什麼呢？

我也在幾年前調離六四零四廠。偶爾回去看看，感到很寒心，那種破敗的樣子，讓我看了直流眼淚，就連我們最引以為榮的那座電影院，也閒置並且破落不堪了。建成初期，那可是鄂西一帶最大最豪華的影劇院呢，能容納一千五百多個觀眾，其音響效果也是鄂西一帶最出色的。

工廠在宜昌城裏建了宿舍，每天有班車接送上下班職工往返於宜昌和廠區，於是，六四零四老廠區理所當然的變得蕭條破敗。

而今，那裏的學校和醫院都停辦了，游泳池成了養魚塘，昔日經常踢足球的場子上長滿野草，到處是一堆堆牛糞。到了年底，那種熱烈的過年氣氛更是不復存在。工廠在宜昌建了上千套住房，還在老廠過年的職工，大多是不想在宜昌買房子的老職工，也不知道過些年後，那裏會不會成為一片廢墟。真要是成了一片廢墟，到了除夕之夜，我不知道，當那些回到武漢和上海的老職工魂歸舊廠的時候，會不會唏噓落淚呢！

二〇一二年五月廿二日

二〇一二年六月三十日修改

三十三、遠去的瘋狂

有誰見證過不可思議的瘋狂？我見證過，是狂熱，是癡愚，還是走火入魔？現在想來，真令人啼笑皆非！

（一）大破四舊大抄家

這是文化大革命初期的事情，可惜那時候我太小，沒趕上轟轟烈烈的大運動，等到人家都去抄過家，我們幾個年紀小的不甘心，才組織起來，搞了個清查。其實我的本意是想借助所謂的破四舊，弄幾本老書看看。那時節在農村，文化生活單調得不得了，想弄本書看，太難，我才跟幾個同夥想出了這麼個餿主意。

我聽說，在石子灘街上坐診的一位老中醫，因為街上紅衛兵造反，躲到鄉下來了，就住在我們大隊一位姓蔣的人家裏，姓蔣的呢，是我們大隊的大隊長，那陣子叫當權派，正靠邊站呢。我們三四個紅衛兵，左胳膊上戴著個紅袖章，袖章上印著「紅衛兵」三個金色的大字。

老中醫像是姓胡吧，但是人們都不叫他胡先生，他在他們家排行老三，人們都尊稱他「三先生」。三先生跟姓蔣的人是親戚，見我們幾個紅衛兵去了，臉色先是一暗。我們說：「我們是來破四舊的，你們家有什麼封資修的黑貨沒有，趕快拿出來，我們要一把火燒了。」

我們當中的一個人，立即背誦起毛主席語錄來：「毛主席教導我們說：『不破不立。』不破壞資產階級的舊世界，就建立不了無產階級的新世界！」

還有個同夥把拳頭一舉，高呼口號道：「革命無罪，造反有理！」「打倒一切牛鬼蛇神！」

三先生聽我們說不是來揪鬥他的，臉色頓時平和了許多。這會兒，三先生惴惴地說：「我……我這裏……沒有什麼四舊啊……」

我們打斷他的話：「不老實是不是？要我們把你捆起來，你才老實對不對？」

「不不不，」三先生的口氣馬上軟下來，「我是說，我這裏真的沒有什麼封資修的東西。」我們不聽他說，都湧進他住的房子，到處亂翻。我們一抬頭，看見房梁上吊著一捆被煙熏得黑不溜秋的書，便厲聲喝問：「那是什麼？你還說沒有封資修黑貨，把那捆東西拿下來！」

三先生說：「那……那是幾本……醫書，寫著些老方子……」

「還說不是『封資修』，寫著老方子的，」我們把「老」字故意讀成重音，厲聲問，「這不是『四舊』是什麼？取下來！」

我心裏暗喜。心想這包醫書裏，說不定就夾著一部《三國演義》呢。我們立刻把那包書從房梁上取下來，一看，真的都是些醫書，不禁大失所望。但是，另外幾個孩子卻很有成就感，他們看見抄出一大捆發黃的舊書，管它是醫書不是醫書，嚷嚷著說：「把它們一把火燒了！」

我說：「不是封資修黑貨，就不燒了吧。」幾個愣頭青，哪裡聽得進我的話，有人劃根火柴，乾燥的醫書一下子燃起來。一陣風吹過，撩起片片紙灰。三先生心疼得流出眼淚，連連說：「都是些醫書啊，裏面還有一本《黃帝內經》呢。」

帶頭燒書的同伴嘿嘿一笑：「皇帝（黃帝）的書，還說不是封資修黑貨？燒得好，燒得好！」

（二）萬人大會的壯闊

文化大革命那些年，動不動就召開萬人大會，我親自參加過三次萬人大會，其中的兩次，我印象很深。第一次，在區政府所在地，召開批捕反動會道門組織「拓窮紅」的大會，要求一戶人家必須去個人，我是第一次被派去參加這樣的大會，那一年，我才十四歲，到區政府所在地鄭公渡，要走五十多里路呢，把我快累死，其實我們因為離得遠，等我們趕到鄭公渡，人家的會早就開完了，我們連會場都沒到，就在鎮上吃了中飯，再往回走，回到家，兩條腿疼了一星期還沒完全復原。

第二次參加萬人大會是在汪家岔，那一次是公審公判一批反革命分子，其中有個反革命分子叫張清明，是我們縣第二中學的老師，大高個，一副清癯的面容，如果不是個反革命，那肯定算得上一位帥哥的。

汪家岔比鄭公渡近些，我們起了個早，走到汪家岔，會場上已經是人山人海。我被大隊民兵連指派到會場上擔任警戒任務，因而有機會站到主席臺邊上，把張清明等幾個反革命看得一清二楚。張清明的身體很結實，被五花大綁押上審判台後，還一個勁兒地掙扎。審判員在臺上宣讀他的罪狀，他在台邊上大聲地抗議，大概張清明是想分辨，自己所做的不是反對文化大革命，也不是反黨反社會主義吧，可是在那時候，有誰會聽他辯解呢。人們私下裏說，這個張老師，總說文化大革命是錯誤的，將來一定會有人站出來，批判這種錯誤。在那時候，說出那樣的話，怎麼會不被打成反革命？

萬人大會的會場設在一大片棉田裏。好在棉花已經收了，當地的農民把棉田平整了一下，便成了會場。會場上站了一萬多人，從主席臺這邊看去，全是些黑壓壓的人頭。會場邊上，用布幔子圍成很多臨時廁所，倒像是給這個會場點綴的幾處風景。

我們幾個執行警戒任務的，從大隊背來幾支「七九」式和「三八」式步槍，其實槍膛裏是沒上子彈的，裝裝威武的樣子。我們背著槍往主席臺邊上一站，會場上立刻鴉雀無聲。

宣判會開了一個多小時，等到宣佈把犯人綁赴刑場，從會場外邊立刻開來一輛敞篷汽車。公安局的人把犯人押到汽車上，汽車嗚地一聲發動，向前開去，會場上，人們互相擠著推著，有的湧向刑場，有的湧向回家的路，那種場面，真是蔚為壯觀啊！

（三）革命化的春節

我們卷橋水庫管理處的書記，姓黃，人稱黃老頭，都六十歲了，還沒退休，堅持在書記的位子上，想做出點驚人的事蹟來，他居然異想天開地提出過個革命化的春節。你猜猜這個革命化的春節是怎麼過的？

而今過年，單位上的人，總要放七到九天的假吧，可是，我們的黃老頭要求卷橋庫區的老百姓，大年三十還要出半天工。那陣子，卷橋水庫管理處正在修漁場，我們從臘月二十起就一直在漁場工地上忙，包括我這個在大隊民辦小學當老師的，放了寒假，也到工地上去勞動。以往，我們農村一般到臘月二十四過小年的時候就放了假。可是那一年，我們搞到臘月二十九，黃老頭還沒有放假的意思。到臘月二十九日下午，黃老頭在工地的廣播喇叭裏喊：「明天是大年三十，我們要響應毛主席的號召，抓革命，促生產，過一個革命化的春節。現在我宣佈，明天上午不休息，吃午飯後，還要搞勞動，我們要搞到下午三點，大家才能回家去做團年飯。後天正月初一，吃完午飯，再來工地幹半天……」

聽到這裏，工地上幾乎所有的人都發出唏噓聲，有些年紀大的便小聲罵起來：「這個老不死的黃老頭！」

過年都過不好，誰還有心思搞勞動？不過，還得裝樣子。那天，天下著小雪，北風一個勁兒地吹，把工地上的紅旗吹得呼啦啦地飄，工地上的廣播喇叭裏在播送「下定決心，不怕犧牲，排除萬難，去爭取勝利」的毛主席語錄歌。有人在挖土，有人在挑土，有人在平整堤壩，當幹部的則在工地上晃來晃去，一會兒在這裏量量土方，一會兒在那裏量量土方，看見幹得起勁的，不忘鼓勵兩句：「呃──你們這裏的進度好快，再加點油啊，讓我們的革命化春節過得更有意義！」

「跟屁蟲！」有人小聲咕噥。

有人罵他：「跟黃老頭一個德行。」

「你們家大概已經有人把豬頭煮熟了吧。在這裏，站著說話不腰疼！」

要說呢，黃老頭家中今天也過年，他家裏的人也一定在等他回去吃團年飯，可是，他卻還在工地上巡查。你瞧，那邊，黃老頭不是來了麼，腰裏挎著個別壺──軍用水壺，我們農村人叫它別壺──別壺裏裝著老燒酒，他來到我們身邊，我們能聽見他別壺裏酒的晃蕩聲。

「同志們，累不累呀？」黃老頭站在高坎上，大聲地問我們。

這時，黃老頭的跟屁蟲帶頭回答：「不累，我們不累，為革命工作，我們有的是力氣！」

「是啊，」黃老頭眯眯地笑了，「毛主席在北京看著我們呢，他老人家知道我們還在為革命幹活，向我們發出最高指示，毛主席說，你們都是好同志啊！大家趕快幹吧，我們要搶在大雪到來之前，把漁場的養魚池修起來，以實際行動，向毛主席他老人家彙報！」

是怕黃老頭批評呢，還是真的被他的情緒感染了呢，工地上，真的一下子沸騰起來。

哦——哦——哦——這裏那裏，響起一陣陣歡呼聲。

你當大家真開心啊？才不呢，那是做給黃老頭看的。黃老頭一走，沒哪一個不罵他個死老頭。那不罵的，也被社員們罵成豬。大過年的，誰不戀著自家的豬頭肉呢？

（四）批鬥會上批父親

為什麼卷橋水庫管理處的老百姓都怕黃老頭呢，因為黃老頭很喜歡開批鬥會，動不動就批張三鬥李四，看誰不順眼，就開誰的批鬥會。

黃老頭是我父親的剋星。六十年代初期，我父親還在大隊當會計，黃老頭呢，當公社書記。有一次，黃老頭到我們大隊來檢查工作，看見我父親衣服穿得很整齊，就武斷地說我父親一定貪污了公款。他馬上把全公社的大隊會計都調來，專門查我父親的帳，查了好久，也沒查出問題來，可他還是說我父親在帳面上做了手腳，硬是下命令，把我父親的會計撤了，從此跟我父親結了怨。

我父親想，你不讓我當會計，我靠自己的兩隻手勞動，該不礙你的事吧？你總不能開除我的社員籍吧。可是誰料到沒幾年，黃老頭從東河公社黨委書記任上，調到卷橋水庫來當總支書記。

卷橋水庫地盤小啊，他一天到晚沒事幹，總在下面生產隊裏轉悠，這麼轉著轉著，轉到我們生產隊，一眼就看見正在挑泥巴的我父親。他指著旁邊的幹部問：「那個人不是叫吳融嗎，原來是你們大隊的會計吧，他是個貪污犯，現在在你們生產隊裏還老實吧？」

旁邊的幹部說：「這個吳融，幹活很積極的，能吃苦耐勞。」

黃老頭立即把臉一板，訓斥站在身邊的幹部：「他那是做的假像，在迷惑你。毛主席教導我們說，階級鬥爭要年年講，月月講，天天講。對階級敵人，你如果不去整他，等到他成了氣候，就會來顛覆我們無產階級的政權。這麼危險的階級敵人，你們還說他勞動很積極，你們被他的假像迷惑了。現在我命令你們，馬上召開批判會，批判鬥爭貪污分子吳融！」

這一年，我父親正當著生產小隊的隊長，黃老頭巡視到我們生產隊的那一天，父親正帶領全隊社員，在一個叫月亮堰的地方挑泥巴，眼看著就要完成任務了，可是，黃老頭突然通知開會。父親不識時務地請求說：「能不能等一個小時後再開呢？再有一個小時，我們的泥巴就挑完了。」

黃老頭側著身子對身邊的幹部說：「怎麼樣？我說的沒錯吧，階級敵人是不會善罷甘休的，他們時時刻刻都在跟我們較量。在他的眼裏，就只有生產，哪裡有革命？」黃老頭大手一揮，「別聽他的，開會，開他的批鬥會！」

我父親想等一會了再開會，還因為在挖泥巴的堰塘上方，我們築了一道攔水壩，攔水壩眼看就攔不住水了，一旦攔水壩決口，堰塘裏的泥巴就挑不成了。現在，黃老頭要大家停下來開會，

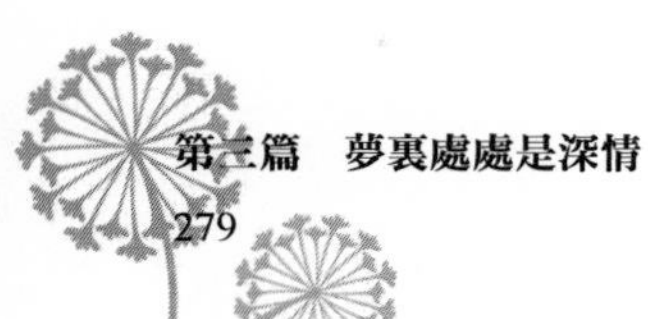

大家都得去開會。

批鬥會開始，黃老頭叫我父親作檢查。我父親眼睛望著那道攔水壩，嘴裏說：「我吧，只想著為生產隊辦事，忽視了階級鬥爭，我的階級覺悟底，我要作深刻的檢查。不過，如果這個會稍微遲點開，我的心裏就會更塌實些……」

「看見沒有？啊？」黃老頭掃視著會場，「你們看，這就是你們的生產隊長，這就是你們的領導人，像這樣的領導人，我不知道，他會把你們帶到什麼地方去。」他又扭頭問身邊陪同的幹部，「知道你們現在要幹什麼了嗎？」

黃老頭身邊的幹部不知所措。

黃老頭把腰裏的別壺往地下一摔，大罵道：「媽的個×的，喊口號呀，打倒階級敵人呀。」說著，黃老頭帶頭舉起拳頭，吼叫道，「打倒吳融，打倒第二小隊的當權派。」「敵人不投降，就叫他滅亡！」

這會兒，我就坐在會場的前排。黃老頭一眼看見我，問：「你為什麼不舉手喊口號？你還是大隊學校的老師呢，你就這麼點覺悟？」

沒得法，我只好違心地舉起拳頭，不過我喊出的口號，怕是連自己都聽不清楚的，但是我畢竟在喊：「打倒吳融！」「將階級鬥爭進行到底！」

會場上，口號聲一陣高過一陣。就在這時，堰塘上游的攔水壩轟的一聲跨了，幾個社員跑去

搶落在堰底的勞動工具，鞋子和褲腿都被泥水打濕透了。

（五）割資本主義尾巴

大家都知道，「資本主義」是個抽象的事物，它是沒長尾巴的。可是在上個世紀七十年代中期的中國，就上演過一出割資本主義尾巴的鬧劇。

我們這裏先是組織專門的班子，丈量各家各戶的自留地。那時候的農村，經濟處於崩潰的邊沿，農民連飯都吃不飽。吃不飽飯的農民就在山邊地頭多挖幾鋤頭，多種幾棵紅薯，多種幾窩南瓜，就這，也被當做資本主義的尾巴，死死地揪住不放。那時候，有文件規定，一個人可以有兩分田的自留地，你家裏五個人，才能夠上一畝地。社員們呢，你上有政策，咱們下有對策，都紛紛在自留地邊上往外擴展了一些。現在要割資本主義的尾巴，用尺子一量，哪有不露餡的。於是，就把多餘部分種的莊稼挖了，砍了，有的南瓜藤上正結著南瓜呢，也砍了，讓那些南瓜藤的主人心疼得直掉眼淚。

黃老頭是個革命性很強的人，割資本主義尾巴時，他一天到晚在外面轉悠，監督執法隊，要執法隊嚴格地按要求執行。誰要是不按規定做，他就馬上組織批鬥會。

老蘇的妹妹蘇以貞，是管理處總支副書記，平時，因為她是副書記，家裏在田邊地頭就多種

了幾窩南瓜，幾窩冬瓜，她家屋前屋後還種了許多果樹。割資本主義尾巴時，她在別人家，總是手下留情，只要黃老頭不在身邊，能睜一隻眼閉一隻眼，就絕不把眼睛老睜著。

可是，等到了她自己的家，黃老頭卻來了。蘇以貞知道黃老頭來者不善，便悄悄讓人去叫來她婆婆。她婆婆，七十多歲的人了，看見割資本主義尾巴的人要挖她家的南瓜藤，便往南瓜藤上一罩，說：「你們割吧，除非你們把我一刀砍了。哪有你們這樣黑良心的，沒見到這些南瓜都結了碗大的南瓜嗎，再過幾天，它們就要成老南瓜了。我看你們誰敢動我的南瓜藤……」

誰敢動呢，一是大家都不願意跟蘇以貞作對，二來看見藤上結了那麼大的南瓜，真的下不去手。

黃老頭也知道不好跟蘇以貞的婆婆鬥，就撤到一邊，說：「不許砍南瓜藤，那就砍果樹，那些桃子樹，你們都給我砍了。」

蘇以貞家的桃子樹，樹上的桃子開始紅了，誰都捨不得砍。黃老頭說：「你們不動手是不是，那我砍給你們看。」

就在這時，蘇以貞的爺爺氣衝衝地跑過來，她爺爺一跑來，他們家的狗也氣勢洶洶地跑過來。那狗像是識人性似的，知道黃老頭在跟它的主人作對，一跑來就撲向黃老頭，嚇得黃老頭慌不擇路，落荒而逃，這場割資本主義尾巴的鬧劇才草草地收場。

（六）發生在那個瘋狂年代的事情

真是瘋狂的年代呀，瘋狂的年代裏誕生了許多瘋狂的人，幹出許許多多瘋狂荒唐的事。也只有在那樣瘋狂的年代，人們才會做出那些荒唐的事情來。我們是瘋狂年代的受害者，同時，也是瘋狂年代的害人者。你想想，哪能把醫書當成封資修的黑貨呢？那部《黃帝內經》礙我們什麼事了？硬是把它給燒了。像我吧，還算是好的，我是為了找真正的「黑書」才去破四舊的，那些飛揚跋扈的不良子弟，該做下多少傷天害理的事情來！

那位被槍斃的反革命，如果放在今天，一定是個英雄——一個敢說真話的英雄，可是，他還是被槍斃了。人死了哪能復生？只可惜了那條年輕而睿智的生命！

如果是現在，過年時讓你去挑土築堤壩，你幹不幹？給你兩百塊錢，你也不會幹。現在讓你去批鬥一個根本就沒有什麼錯誤的父親，你幹不幹？恐怕大家都不會幹。現而今，誰也不會把快成熟的果實毀掉，除非他是個木腦殼，除非他有神經病！可是，我上面寫到的那些事，都是千真萬確的，那些事，都發生在那個瘋狂年代，發生在我們身邊。好在瘋狂的年代已經遠去，瘋狂的鬧劇應該不再重演，但願我們的年代不再瘋狂！

二〇一二年六月六日
二〇一二年七月二日修改

三十四、消逝的家書

很久沒寫過信了，不是變得懶惰，是因為而今的通訊手段太先進，太發達，上一秒鐘，我才想到遠在千里之外的女兒，下一秒鐘，只要拿出手機，按下一串字符，那邊，早就響起女兒親切而甜潤的聲音：「喂——爸，想我了吧？吃了沒？是不是跟媽媽在一起呀？晚上散步沒有？家裏還有沒有水果……」每次撥通電話，女兒總要問一大串生活方面的事情，令我們很感動。

我妻不常打電話，想女兒了，就跟女兒視頻，反正不另出錢，她們一聊起來，沒半個小時四五十分鐘，是下不來的。當她們聊得正熱乎的時候，我的思緒，一下子回到三十多年前。

三十多年前，我在古城上大學。上學後，我給父親寫了第一封信，接著便焦急地盼望父親的回信。父親是解放前的老中專生，寫得一手漂亮的楷書字。早些年，他還喜歡用毛筆寫字，後來當大隊會計，漸漸習慣於用鋼筆。父親用鋼筆寫的字，依然有楷書字的韻味。他寫的一橫，總是往上挑一點，落筆再重重地一頓。讀他的文字，很像在欣賞一幅幅書法作品。所以，我將寫給父親的信發出去之後，腦海裏反覆映現的，就是父親那一幅幅優美的楷書書法。

唉，那個時代的通訊手段太落後。比如我在學校給家裏寫信，必須在上午九點以前寫完，貼上郵票，投進學校門口的郵箱，學校門口那個墨綠色的郵箱上，那透明的有機玻璃後邊的紙片上寫得很明白：「每天上午九點開箱。」當然，我也可以在九點以後把信投進郵箱，不過，那封信，就得第二天才能到郵局。

一個月之後，父親的信終於來了。遺憾的是，父親的信，字雖然是楷書，但是看上去寫得並不整齊。哦，我想起來了，父親的視力不太好，加上白天要在生產隊裏勞動，他的回信，一定是收工之後，夜裏伏在昏暗的油燈下寫的，那字便失去了書法的優美。

父親的信很簡短，卻顯得很親切，透著濃濃的愛意：「雨之吾兒，見字如悟。知吾兒到校順利，且已得到大學教授之教誨，老父甚幸。望吾兒珍惜難得的學習機會，勤奮讀書，好好做人，不負眾望……」

寥寥數語，讀得我熱淚盈眶。我不知道父親這封信何以一個月才到，大約我寫的信，先在鄉郵員手裏壓了些日子，又在大隊壓了些日子，再加上父親接信後總有做不完的事，便耽擱了，他不知道，我這遠方的遊子，是怎樣急切地盼待著他的回信。

父親的那些信，我保留了二十餘年，後因屢次搬家而丟失，我就像丟掉了一件寶物。父親寫給我的信不多，兩三封而已。當初在家時，天天能見面，父親自不必給我寫信；我上大學的第二年，父親因病去世，再想接到父親的家書，哪裡能呢？那麼我丟失的父親的信，其實是丟掉了一份念想。

更讓我縈繞心頭的，當數我期待中的一封封情書。我的那位女友，是個情種，我們互相愛慕。我稱她為「你這馥鬱的幽蘭之氣息」、「你這個精靈……」她便稱我為「親親」。這樣的話，如果放在今天，我們一定會窘得面紅耳赤，可是當年，當我跟她談朋友時，我們就是這樣互相愛慕的。在我心裏，我已經把她當成家庭的一分子，我所等待的，當然被我視為價值千金的家書，那些家書裏，字裏行間燃燒著我們的激情。

其實，我的女朋友離我並不遠，在一個縣裏，曲曲折折的，路途不超過五十里，可是那時候交通不發達，我的信到她那裏，最快也得兩三天，慢的就更不用說了，一來二去的，總得個把星期，那就是說，我寫的那些充滿柔情蜜意的文字，最快也得七十二個小時之後才能到她的手裏，我呢，得再等三四天，才能收到她的回信。我們之間的那種思念，很多時候便化為對遲滯郵路的怨恨。

所幸的是，我盼待的家書終於來了，我捧著那些纏綿悱惻的文字，一遍一遍地讀，有時甚至把信覆蓋到臉上，我會仔細地分辨她信箋紙上墨水的類別，還有她按在信箋紙上的手掌上的餘香。那絲絲縷縷的香氣，就能把我熏得暈暈乎乎的。

也有等不來回信的時候，比如她決定馬上來見我了，或者她的哪根筋背著了，打算擱置我們之間的交往，我便是把眼睛望穿，也等不來她的回信，我心裏的那種失落喲，即使是千言萬語，也一下子表述不盡。於是，我便十分珍惜接到的她的那些信，我就像珍藏寶物一般，把它們裝訂成冊，放到我箱子的最低層，不時的，我會從箱底翻上來，一遍一遍地重讀，信裏的情意，如陳年老酒，年代愈久，醇香愈濃，不擰開瓶蓋，也能聞到一絲淡淡的酒香，於是，我又回到那青蔥的歲月。

我曾經盼待過女兒的來信，就跟我第一次遠離家鄉盼待父親的回信一樣急不可待。當我焦急地等待女兒的來信時，我忽然想起，當年我上大學之後，我父親也一定這樣急切地盼待過我的來信。那時候，父親是不是每隔幾天就朝大隊部跑一趟呢？他是不是經常看著那條蜿蜒曲折的山路，希望從前方拐彎的林子背後，突然騎出一輛鄉郵員深綠色的自行車來呢？

當然，現在我不會像父親那樣等待女兒的來信了，我們有手機，我們有電腦；我們有ＱＱ，有視頻。不過有時候，我情願女兒給我發一封E-mail，甚至還希望女兒寄給我一封用鋼筆寫在信箋紙上的信，因為不管是讀E-mail，還是讀寫在信箋紙上的信，我都會放慢節奏，像品一壺陳年老酒那樣，慢慢地品味。當我等不來女兒的來信時，我就想，我的女兒為什麼就不給我寫封信呢，要知道，女兒寫來的信，我可以一遍一遍地讀，我還會一邊讀，一邊揣摩女兒寫這封信時的心境和情態，而電話和電腦一關，面前所剩的，只是一片茫然。

哦，那消逝的家書喲！

二〇一二年六月十七日

二〇一二年七月二日修改

三十五、左鄰右舍親如蜜

我們老家那個屋場，祖父那一輩住著兩家人，隔壁那家人姓伍。我沒見過伍爺爺，伍家的奶奶姓張，我們稱張二婆，張二婆養了一子一女。我的祖父則養了五男一女，有個叔叔我沒見到，肯定在我出生前就不在了。

祖父那幾畝薄田養活不了這麼多子女，於是大伯給人當了上門女婿，小叔送了人，二伯給人去做工。等我懂事的時候，我們這一輩，兩家的孩子合起來十六七個，現在這十七個孩子都成了家，如果把房子做在一起，能形成一個小集鎮。

1

上個世紀六七十年代，這個屋場熱鬧得不得了！一家人來客了，就是整個屋場都來客了。尤其是小孩子，全都一窩蜂似的擁上去。客人帶來的糖果和點心，全屋場的孩子都有份，客人帶來的小客人，也一定是這個屋場上所有孩子的小客人，我們有吃的東西一起吃，玩耍呢，當然是一起玩。不僅玩，還有融合和借鑒。

有一次，伍伯伯家來了個外地的小客人，小客人會玩扳炮，不到半天，我們屋場所有的男孩都玩起了扳炮，當然，我們是玩不贏人家的，我們用舊書折疊起來的一大摞扳「炮」（一種折疊成正方形的扁平的紙板），都被小客人收去了。

後來我們才明白，小客人用來贏我們的母炮，是用硬紙片折疊成的，很厚，很沉，很難被煽得翻過來，可是，他拿那母炮在我們的薄紙炮邊上一搨，把我們的紙炮輕易地翻過來，就像一陣春風翻過一頁書。

再一次，我們家來了個表弟，表弟住在鎮上，他的絕招是叮銅板。他把一個銅板放到地上，自己站在地上的銅板邊上，拿一個銅板垂直著向下落，如果落下去的銅板把地上的銅板叮得翻了身，地上的銅板就歸表弟了。叮銅板是很有講究的，從你手裏掉下去的銅板是叮在地上銅板的邊上，還是叮在中間才能把銅板翻過來呢？只有反覆的實踐才知道。毫無疑問，我表弟是個叮銅板的老手，老得像一個賭徒。剛開始，他故意讓我們贏，等到我們把他手裏的銅板都快贏光時，他突然反擊。表弟手裏的那個母板很重，幾乎每往下掉一次，就把我們放在地上的銅板叮翻過來一塊，可憐我們搜集了好幾年的銅板，都被他收去了。

後來小客人來了，我們就展示自己的強項，比如說踢毽子。我們拿一小塊布條，綁了兩個銅錢，再纏上一撮公雞的尾巴毛。我們把綁好的毽子放在腳尖上，提起腳，朝身後一引，再把腳尖向前一彈，毽子便飛了出去，飛得很遠。於是小客人輸了，我們就要他拿紙炮或銅板來賠，這樣，我們總算挽回些損失。

再呢，我們跟城裏來的小客人比打陀螺。他們在城裏，缺少原材料，做的陀螺又小又醜，質量也差，一打起來，在地上轉不了一會便死了，我們做的陀螺，特別是伍伯伯家老三做的陀螺，大的比兩個拳頭加起來還大，拿鞭子一抽，在地上嗚嗚嗚地轉，那聲音，也像城裏機器的嗡嗡聲。結果會怎麼樣呢？當然是城裏人輸了，城裏人便老纏著我們給他們做新陀螺，於是，我們就有機會吃到他們從城裏帶來的美味點心。

2

還有更快樂的事情呢，那就是鄰居家娶媳婦和嫁姑娘，那是怎樣的一種喜慶喲，全屋場的人都跑去幫忙。娶媳婦嫁姑娘，總要擺酒席的，擺酒席就得有人幫忙，燒火啊，做飯啊，還得有人幫忙去迎親，還得有人幫忙抬嫁妝，還得有人幫忙放鞭炮。

我印象最深的是伍伯伯家的老大娶媳婦，那時我們才十來歲。伍伯伯家的老大叫元興，他娶的是湖南雙橋鋪傅家的姑娘，那姑娘叫祖菊，我們就喊菊姐。菊姐是個很漂亮的女子，那時候的她，即使放在今天，也算得上美女——明亮的眼睛，鵝蛋形的臉，高挑的身材，白裏透著紅暈的皮膚。這麼美麗的一個女子，怎麼過了二十歲才嫁到伍家來呢？原來她家的成分高，是富農吧。元興大哥呢，家裏窮，只好娶了富農家的姑娘。

我記得菊姐是在冬天嫁過來的。那一天，天上飄著雪花。那會兒姑娘出嫁還興坐花轎，家底殷實的，得有一乘大轎，幾頂小轎。伍伯伯家窮，只雇了一頂小轎。在飄飛的雪花中，我們看見一頂小轎慢慢抬過湖南和湖北交界的那座山岡，向我們所在的屋場走來，走到跟前，伍伯伯家放了一條鞭，大家發一聲喊，把新娘擁進了新房，我們這些小孩便擠在人縫裏看清了一個如花似玉的菊姐。

3

那年代，平時人們是很少上街買肉的，所以，我們總盼著過年，要過年時，家家戶戶都要殺年豬。頭一年殺的年豬，一般人家能吃到第二年過端午，端午過後，如果要打牙祭，除了殺雞，就是去乾流水蕩，乾了流水蕩，就會有魚吃，剩下的大半年，我們就得當苦行僧，所以我們就盼望著過年，一到過年，我們就有肉吃嘍！

我們隔壁鄰居，誰家先殺了年豬，都會給鄰居送一小塊肉，外加兩塊血豆腐。殺年豬那天，我們很早就跑到鄰居家，看人家殺年豬，等到鄰居家鍋裏飄出肉香的時候，我們家裏的肉也煎得香噴噴的，誘得人直流口水。

殺年豬時，要請人幫忙，尤其是年豬餵得大的，你要是不請人幫忙，嘿，那豬就會讓你殺不成。平時，人們總說豬蠻憨，遇到有人不聽明時，就罵人家像頭豬。可是，等到豬要被殺的時候，它才靈醒呢。

那一年，我們家殺年豬時，父親一打開豬圈，我就看見豬往圈的裏邊躲，父親一揪住豬耳朵，豬便尖聲地叫起來，那喊聲，一聲比一聲大，一聲比一聲悲哀。豬還在圈裏亂竄，要是沒人幫忙，說不定，咱們家的豬就會從圈裏跑出去，跑到山上的樹林裏，讓你找半天。當我們家那頭豬正要跑出豬圈時，隔壁的元興大哥及時地跑過來，一下揪住了豬尾巴，於是，我們家那頭豬，只得乖乖地走向生命的末路。

4

那時候，幾家人住在一起，無論做什麼，大家都是一起上，就連吃飯，我們也常常端了飯碗，跑到鄰居家的稻場上去。夏天的傍晚，大家把飯桌擺到稻場上，我們碗裏的菜吃完了，就跑到人家的桌上去夾幾筷子菜。鄰家的果子熟了，我們能嘗到鮮，鄰家的西瓜熟了，我們能吃到幾小塊，我們還能分享到各家的南瓜籽和葵花子。喲，那個親熱勁喲，那個和諧氣氛喲！

唉，誰像現在呀，現在我們老家的人戶多了許多，可是，大家都把房子分開來蓋，每家的孩子呢，都是一個兩個的，大多數人家只一個小孩，便沒了我們那時候的熱鬧和親熱，平時不怎麼來往，便沒有了我們那時的和諧和親情，大家不住在一起，小孩子吃飯玩耍，也不在一起，到了晚上，家家戶戶門一關，都看電視去了，熱嗎？有電風扇呢，都不到外面去乘涼，你想，這親情怎麼還培養得起來？

我一點也不否認現在的社會有了巨大的進步，可是，我依然懷念我們小時候親密的鄰里關係，那種說踢起毽子來，就一窩蜂去踢毽子，說玩陀螺，就一窩蜂地玩陀螺，說玩老鷹抓小雞，一屋場的孩子，就都結烏拉果子似的連成一長串，那呵呵的笑聲，能把天上的雲彩都震成碎片，可惜喲，那種親密，怕是永遠也找不回來嘍！

二〇一二年八月四日

二〇一二年八月廿七日修改

三十六、消失的學校

我怎麼也沒料到，就這麼幾十年，我讀過書和工作過的學校，竟然有五所都消失了。有的消失得無影無蹤，有的雖然房屋還在，卻面目全非，讓我情不自禁地流下許多傷感的淚水。

（一）汪家院小學

汪家院小學，是我發蒙的學校。叫它小學，不如說像一所私塾，執教的先生是個飽讀詩書的老先生，老人家姓汪，字亮清。我們不知道他的名字，只以他的字，來稱他亮清先生。老人家面容清癯，聲音洪亮，讀起書來吐詞清晰，字正腔圓，平素不苟言笑，要是有學生調皮，亮清先生只要威嚴地咳嗽一聲，那些大鬧天宮的學生便立即偃旗息鼓，把下巴擱在課桌上，瞪著一雙驚恐的眼睛望著先生，生怕先生會捉了他去打板子。

我們的學校也沒有正規的校舍，幾間屋子，是汪先生一位遠房親戚的私宅。汪家的私宅很大，走進大門，有一個寬敞的大廳，大廳的盡頭是一口天井，繞過天井是一間正房，正房的北邊是一間書房，我們的學校就借用正房和書房，開兩個班，一年級和二年級。開始只有汪老先生教語文，後來請來一位讀過初中的年輕人教算術。

天井北邊，與書房相通的是一間廚房，廚房裏有一口大水缸。離學校五十米開外的地方，穿過竹林，有一條小溪，溪水很清澈，教我們算術的年輕人常常在課間到小溪裏去挑水，所以廚房裏的水缸總是裝得滿滿的，我們一下課，就跑到廚房去喝水。舀水的工具是一把舊水瓢，木頭的，水瓢泡成了深褐色。水缸架子上還放著一把澆筒，澆筒的主體是一節直徑約十釐米的楠竹，在竹筒半腰斜刺裏鑿一道凹槽，鬥進一塊竹片，做成澆筒的把。為什麼把這個舀水的工具叫澆筒呢，後來我才悟出，大約這東西本來是用來給菜地澆水的吧，在汪家院小學，成了學生喝水的工具。

汪先生平時很威嚴，但是上課之餘，他還跟我們一起玩。那時候的農村小學有什麼玩的呢？只有兩個小皮球，像現在的壘球那麼大，橡皮的，空心，往地上一摔，能彈起來，然後，我們用手去拍，數拍的個數論輸贏。有一回，我們在教室外面拍皮球，拍著拍著，皮球滾到旁邊的一個洞洞裏去了。我們在語文課本裏剛學到一課書，說是秋生和禾生在大樹旁邊拍皮球，他們的皮球掉到樹洞裏去了，兩個小朋友很著急。老師跑過來告訴他們，叫他們用臉盆端了水往樹洞裏倒。課文的原文有這樣兩句：樹洞裏的水灌滿了，皮球浮起來了，孩子們都高興地拍手笑起來。我們不用汪先生教，你拿桶，我拿瓢，還有的同學拿澆筒，到小溪裏去打水往洞裏灌。可是我們灌了半天，水一倒進洞裏，就嘩嘩地流下去，看不見了，皮球一直沒有浮上來。後來汪老師說，那個洞很可能是個老鼠洞，狡猾的老鼠一定在其他方向還有洞口，所以我們的皮球才浮不起來。

在汪家院小學，還有件事，時隔幾十年，我依然記憶猶新——學校大門外有一棵高大的棗樹，那棵棗樹給了我許多歡樂。記憶中，那棵棗樹很高大，它的幹很粗，我們小孩子得兩個人才合抱得過來。

一到秋天，樹上的棗子黃了，先熟的棗子黃中帶紅，像小孩臉腮上塗了一層淡淡的胭脂。有一次，父親爬到棗樹上使勁一搖，棗子像下冰雹一樣啪嗒啪嗒地往地上掉。我連忙跑到樹下去撿棗子，好幾次，棗子打到我頭上，頭上立刻鼓起一個包，可是我還是彎著腰，把棗子往口袋裏撿，樂得父親在樹上呵呵地大笑。

（二）李家鋪小學

李家鋪小學在鄰近的湖南省。我們家住在湖南和湖北交界的地方，論距離，我們家去李家鋪小學，比去汪家院小學還近些，只不過，去李家鋪小學，要跨過一條小河。

李家鋪小學很正規，修建於上個世紀四十年代，學校大門的上方砌著裝飾牆，裝飾牆的兩端各砌著一個圓球，有排球那麼大，白色的，遠遠看去，白色的圓球很耀眼。

李家鋪小學的院子裏有一副籃球架，還有很多別的體育器材。我記得，那個籃球很大，很重，我抱著籃球往籃板上摔，連籃板的邊框都夠不著。偏偏女生還跟我們搶球。女生中有個叫周高蓮的，很機靈，也潑辣。她們想霸著籃球玩，可是女生怎麼搶得贏男生呢，看看保不住籃球了，周高蓮就跟幾個女生一起，把籃球抱到女廁所門口。哪個男生敢跑到女廁所門口跟女生搶球呢，我們只得眼巴巴地看著，周高蓮她們呢，便勝利者一般地大聲歡呼！

李家鋪小學有一套打擊樂，那面銅鑼，差不多有一把篾篩子大，鼓錘比一根香腸還粗，一敲響，堂堂堂的，聲音傳得很遠；那面鼓也不小，鼓面比篾篩子稍小些，聲音雖然沒有鑼聲大，但它是低音，能傳得很遠；打擊樂中還有兩副鑔，一副碰鈴；此外，還有一把軍號，當我們憋足勁，使勁兒吹出「噠噠滴——」的時候，周圍四五裏範圍內的人都能聽得到。

李家鋪小學學生中午要睡午覺，只有學生幹部可以不睡。不睡覺時，我們這些當幹部的，就拿出學校的打擊樂，到外面的操場上去打，饞得那些睡覺的同學一次又一次地趴到教室的窗戶上朝我們看。我們才不管呢，我們朝他們看一眼，繼續玩。

李家鋪小學還有個特別的地方，它有個很大的天井，那個天井有半間教室大。天井裏用灰磚砌著兩個花壇，菱形的，花壇裏種著兩叢芭蕉，還有兩棵葡萄。不過我在那裏讀了三年書，從沒看見葡萄藤掛果，就更不用說芭蕉了。

到上個世紀八〇年代初，李家鋪小學搬遷到一里多外的山坡上，我心中的聖地便變成一片良田。今年春天我回老家，到李家鋪小學的舊址去朝了一回聖，而今，那裏已經是一片鬱鬱蔥蔥的柑橘園，在樹的間隙裏，偶爾能看見一兩塊破磚碎瓦。一陣風來，耳邊響起陣陣簌簌聲，很像當

年同學間的耳鬢廝磨，又像是老師不在教室時大家放肆的喧嘩。

柑橘園裏，一些樹枝斜伸向天空，讓我想起我們曾經在學校操場上架過的「飛機」和「大炮」。我記得，那架由大塊頭魏開成為首組裝的飛機，把高年級同學的飛機打得到處逃竄。忽然，有一隻小鳥歇到樹梢上，在那裏喳喳地叫喚，是歡迎我這歸來的遊子呢，還是笑我此刻的癡愚？

（三）石子灘小學

我在李家鋪小學讀完四年級，就轉到湖北的石子灘小學去了。石子灘小學建在公社所在地，離小鎮不到一千米。它建在山腳下，呈一字形排開，像是拆的哪棟廟宇建成的，教室的走廊上儘是些二人合抱的大石柱，很氣派。

石子灘小學的校長姓鄧，松滋人，滿口的松滋腔。鄧校長對學生很嚴厲，有一回我踩破老師食堂裏曬的煤餅，鄧校長一把抓住我，怒目圓瞪，大聲地吼我，恨不得把我一口吃了。不過我想，當校長的，是應該兇些吧，否則，他怎麼能鎮得住調皮的學生呢？

我們的教導主任姓汪，是個老學究，寫得一手好字，老先生寫出來的字，簡直可以跟印刷體媲美。汪主任的話不多，平時，你若不主動跟他說話，那你一天到晚都聽不到他的說話聲。他講課時的話，像電報用語，很簡潔。比如他問你：「聽懂沒有？」你回答：「聽懂了。」他點點頭，不再說話。如果你在走廊上碰見汪主任，跟他打招呼：「汪主任好！」他嘴角動一動，算是微笑，也算是回應你了。

我在石子灘小學讀書時的班主任叫毛星九。毛老師教我們語文，是個白面書生，長得白白胖胖的，跟我父親在縣立簡易師範學校同過學，他們都在一九四八年畢業。因為跟父親是同學，又因為我有點小聰明，毛老師對我就有些關照。我在他手裏背書時，他並不很認真地聽，常常一邊聽我背書，一邊用舌尖吹泡泡，毛老師吹出來的泡泡，在我們面前輕輕地飄，飄出很遠才破裂。

只可惜，石子灘小學的壽命不長，在上個世紀七十年代初期，它就被拆了，而今，那裏已經成了一片莊稼地，只委屈了那些粗大的石柱，它們是石子灘學校輝煌的見證。

（四）卷橋小學

卷橋小學建在一座山岡上，一共四間大教室，兩間附屬屋。附屬屋是老師的辦公室和廚房，它建於一九六六年，我到那裏去當老師的時候，它已經有了四年的歷史。

我上大學去之前，卷橋小學已經戴帽辦起初中班，我當了兩年中學語文老師才去上大學。後來，水庫管理處的領導嫌學校不在庫區的中心，把學校搬了家，在另一座山頭上修了八間大教室，條件比我在那裏當校長時好得多。不幸的是，卷橋小學搬遷新校址後沒幾年，也停辦了，因

殘存的卷橋小學

為學生少，我們那裏的小學向鎮裏收縮，新建的卷橋小學校舍也閒置在山岡上，成了麻雀和蝙蝠的家。倒是原先的小學校舍，因為建在人口密集區，校舍改成了加工廠、小商店，也算物盡其用。我偶爾回去，經過老學校，看見那排歷經四十餘年的校舍依然立在那，跟附近農村的老房子相比，還不算很舊。

在那不多的年份裏，我們卷橋小學教過書的老師中，走出兩位公務員，兩位大學生；在那所學校讀過書的，有學生成了工程師，有學生成了銀行家，還有學生當上省廳的行政官員，也算是很輝煌的。

（五）六四零四廠子弟學校

大學畢業後，我被分配到一家軍工企業子弟學校，這所學校隸屬於國營第六四零四廠。我分去時，校園裏有兩棟房子，一座中小學教學樓，一座「721工人大學」校舍，另一棟在建的教學樓，後來做了中學樓。

在這座校園裏，我風光過，也走過麥城，我有過榮耀，也有過屈辱，我最美好的青春都留在了六四零四廠子弟學校。在這裏，我跟一個我很喜歡的女孩多次約會。再後來，我在這裏邂逅了美滿的婚姻，我的妻子在這裏走進了我的生活，我的女兒從這裏出發，去讀高中。

在這裏，我寫出兩本教學專著，出版了兩部長篇小說，還寫出許多教學論文……所以對於這所學校，我更多的還是喜愛和依戀。當它要被移交給地方政府時，我心裏很有些難受。

學校一旦停辦，周圍的農民就來打劫，安裝在操場上的體育器材被偷走了，教室窗戶上安裝的鋼筋被卸掉了，窗戶上的玻璃被砸碎了。為了偷東西方便，小偷們居然在院牆上打開一個洞。這時候的教學樓面目全非，一副慘不忍睹的樣子。哎喲，我親愛的校園，我美麗的青春！還有那些可愛的學生和友好的同事！

如果我不是在這裏從普通一兵成長為一校之長，或許，我對她遭到「遺棄」還不會這麼痛苦；如果我沒有在這個院子裏寫下那麼多文字，也許，我不會對這個院子的破敗感慨萬千；如果我不是在這個院子裏跟我的妻子結成伉儷，相濡以沫，也許，我就不會對這個院子的慘遭破壞流下那麼多傷心的淚水。

唉，我在這個院子裏生活了廿七年，廿七年哪！一個人一輩子有幾個廿七年？我大學畢業後進到這個院子，廿七年後才離開，我的青春，幾乎在這裏消耗殆盡！我離開了這裏，就離開了我的熟人和朋友，離開了我所熟悉的圈子，我要到一片新的天地去打拼，而新的天地，迎接我的，不知道是和風細雨，還是風暴雷霆？

不管怎樣，我還是走了。我再回到這個院子的時候，看見小學樓辦成了敬老院，中學樓辦了個刨花板加工廠，那座中學樓才建廿六年，而今被砸得稀巴爛，昔日平整的操場成了菜地……頓時，我感覺我的胸口突然被堵塞了，我像是有一肚子的委屈想傾訴，卻找不到對象，只得在校園裏傷心地躑躅徘徊。

（六）遺憾的消失

我扳著手指頭算了一下，從上小學開始到現在，我在七八所學校學習和工作過，沒想到，這七八所學校中，居然有五所消失了。我知道，企業學校移交給地方政府管理，是大勢所趨，不過，對於那些農村小學全都集中到鎮上去辦，我是有微詞的。我看見現在的小學生去上學，每天天不亮就起床，得搭公共汽車，得在學校住宿，太小的小孩，還得有大人陪讀，這叫不叫擾民呢？

我們小時候上學，不到三里路，片刻工夫就到，即使上小學高年級，也不過十來里地，可是現在的小學生，動不動就得跑上一二十里地，給孩子們上學造成多大的困難！其實我知道，政府的意思是集中優勢教育資源辦學，可是，如果集中資源後，給很大一部分學生上學造成困難，那這種集中優勢資源還有什麼可取之處呢？

不是說中國現在很富裕嗎？存到國外的錢動輒上萬億美元，那麼，我們就不能抽出點資金，加大農村學校的基礎建設，在偏遠山區和遠離城鎮的農村多辦幾所小學嗎？媒體上經常報導山區小學一個老師能教兩三個年級，我們為什麼一定要把原來辦在農村的教學點都收到城鎮去呢。就我所知，我這裏所寫的消失了的學校，至少有三所是可以保留的，政府卻全給撤了。

而今，學校消失了，人的溫情也隨之消失，只苦了年幼的學子，那麼，這些學校的消失就未必是件好事喲！

二〇一二年六月五日

二〇一二年六月十八日修改

三十七、校園舊事

（一）偷報紙的糗事

這所農村小學始建於一九六六年，是挖了劉家莊園的牆腳磚蓋起來的，一溜兒四間大教室，靠西邊砌了個偏廈，偏廈子拐了個彎，農村裏叫「鑰匙頭」，這偏廈子做了老師的宿舍，鑰匙頭是老師的廚房，宿舍和廚房之間的那間屋，做了老師的辦公室。

暑假期間，老師的辦公室上了鎖，從門縫裏，我們看見辦公桌後放著一個報夾，報夾上夾著很厚一疊報紙。正是文化大革命鬧得最凶的日子，報紙上動不動就刊登毛主席在天安門城樓檢閱紅衛兵的消息，那些消息很具誘惑力。我們幾個毛頭小夥子便動了歪心思，從辦公室門上的氣窗翻進去，偷學校的報紙。

老師的辦公室裏放著一副乒乓球台，我們進去打過幾回球，每次都沒能盡興，常常被一個叫張業文的老師趕出來。我們恨透了張老師，進到辦公室之後，我們就在辦公桌上寫張老師的壞話。我們聽說張老師很喜歡班上的一個女生，那個女生姓孟，我們就用粉筆在辦公桌上寫「張業文好喜歡孟××」，「孟××是張業文的媳婦子」等等，我們故意用這樣的辦法來詆毀張老師。我們還把報紙鋪在辦公桌上，用毛筆在報紙上畫一個男人，再畫一個女人，我們在男人像旁邊寫：「這是張業文。」在女人像旁邊寫：「這是孟××。」在兩個人像下邊再寫上：「他們兩個在一起幹壞事。」

張老師很年輕，才從師範學校畢業，也就十七八歲，很有才華，也很有工作熱情。他熱愛學生，跟學生打成一片，那個姓孟的女孩呢，很活潑，唱歌跳舞都有兩下子，那麼，張老師喜歡活躍的女學生，也在情理之中。可是，經我們這一鬧，張老師很難為情，被迫調到別的學校去了。我們要是不鬧，說不定，張老師會把卷橋小學辦得有聲有色。再說，張老師跟姓孟的女孩年紀相近，也就三四歲的差距，我們要是不這麼鬧，張老師說不定真的跟那個女孩好上了，這麼說來，還真是我們壞了張老師的好事。

（二）教數學的汪老師

汪老師的家住在汪家院，汪家院是我啟蒙的小學，好像說，他們汪家，曾經出過讀書人，是出過秀才呢，還是出過舉人？不知道，從他們汪家院房屋的格局看，他們的祖上應該是個「員外」——這是古代的說法，後來呢，叫財主。至少，他們家出過開館教書的先生。沒想到，到了他這一代，還受了點餘蔭，讓他當上教書先生。如果不發生文化大革命，他能繼續讀書的話，說

不定，就能讀出個研究生來，而且，這位研究生，可能是研究數學的。

汪老師取了個好聽的名字：長生。他個頭矮小，背有點駝，但是長著一頭油亮的黑頭髮，黑色的頭髮一律向前戳著。他的後腦勺高高地突起，給人的感覺，他的腦髓似乎比別人的大；他的眼睛很黑，很明亮，尤其是在黑夜裏，也能看見閃閃的波光……這一切，都能證明，汪老師是個聰明的人，可惜的是，誰叫他趕上文化大革命呢？趕上文化大革命的汪長生，就只能輟學，回到大隊來當民辦老師。

汪老師在大隊小學教數學，他的數學思維是很敏捷的。汪老師講課，聲音不大，但是條理很清楚，比如小學高年級的繁分數運算，他一層一層地寫在黑板上，像搭蓋的樓房，儘管底層顯得單薄，卻一點都看不出頹勢。所以他教的數學課，學生只要認真地聽了，就一定差不到哪裡去。

汪老師辦事認真，為人正派，加上上面派來的公辦老師像走馬燈似的，今年是張三，明年是李四，後年是王五，汪老師這個民辦老師，沒地方調動，就被任命為學校的校長。當上校長的汪老師，把一所五個老師、百把個學生的學校管理得井井有條，我有幸成為他的屬下，在他威嚴的目光下老老實實地教過幾年書，很學了些東西。後來我能上大學，跟在汪老師手下幾年的磨練是分不開的。

再後來，幾所小學撤併，汪老師併到白雲小學，過了幾年，白雲小學裁員，汪老師被裁下來，過了而立之年的汪老師只好去修補地球。二〇〇六年夏天，我回老家去，特地去看了汪老師，六十多歲的老人，還在田裏耕田，他那捏慣了粉筆的手，經過三十多年的操練，對做農活，已經駕輕就熟。大熱的天，汪老師戴一頂舊草帽，小個兒的他跟在牛的後邊扶著犁，像一個小孩子。不過，等他解了牛，上到田塍，掀掉草帽的汪老師，看上去居然精神矍鑠，不像個六十多歲的老頭，那臉還白淨，頭髮還是黑的，兩隻眼睛依舊炯炯有神。我忽發奇想，要是現在再讓他去教書，說不定，他還能撿得起來！

（三）學校後面的堰塘

學校後面的堰塘，離那排教室百把米，面積約有一畝田大小，堰堤上長滿絆根草。可惜堰塘挖在山灣的盡頭，存不住水，即使下了雨，漲到半塘水的堰塘，很快便瘦下去，到最後，只剩下一個鍋底。

剛開始，堰塘裏沒放魚，可是，等到堰塘的水自然乾枯時，那裏面竟然有魚，是鯽魚，大的鯽魚三四兩重，聽人們說，是大霧天飛來的。既然堰塘裏能養魚，我們決定試一試——那是我當上校長之後的事情。春天裏，賣魚苗的來了，我們買了上百尾魚放進堰塘。

堰塘裏長滿水草，有一種草叫水浸草，長在堰塘周圍，很旺盛。還有一種草，長在水裏，從岸上看去，呈黑色，讓人產生錯覺，以為堰塘的水都是黑的呢！到水邊再看，全是些黑色的細

草，毛茸茸的，在水裏直搖晃。沒放魚的時候，堰塘裏的水很清澈，站在堰堤上，能看清一根一根的水草。後來放了魚，魚吃掉水裏的草，堰塘的水域面積一下子擴大，站在學校旁邊的山坡上看，堰塘像一個初七八的月亮，天上的白雲映在水裏，水面上一片白，這時，初七八的月亮便生動起來，「月亮」弓背上的雜樹，變成烘托月亮的雲。

堰塘裏有了魚，水便漸漸渾起來，雨霽時，山水溝裏還在汩汩地流水，山水裏攜帶著大量的微生物，魚們迎著山水，在水草下亂竄，有的魚遊到山水口子那，把水攪得嘩嘩地響。

連續幾年，我們連年放魚，可是到年底乾了堰塘，卻看不到幾個魚。有人悄悄地告訴我，你們放的魚，早就進了人家的肚子啦。我知道，暑假和寒假，學校裏沒人，堰塘又在學校後邊，當然會有人捷足先登，有的人用網捕，有的人用鉤釣，還有的人乾脆下到堰塘裏去捉，能剩下的，會有多少呢？

我們並沒指望能吃上多少魚，放到堰塘裏的，只能是希望。除了吃魚的念想，堰塘還為我們提供水源。堰背上，我們種了一塊菜園，那塊菜園，有三四分地，冬天，我們種蘿蔔白菜，夏天，我們種茄子辣椒，還種黃瓜和南瓜，夠我們五六個老師吃。我們常常在放學後，把學校廁所裏的糞挑到園子裏去，澆到菜地裏，當菜園裏的蔬菜長得綠油油的時候，我們就會開心地笑起來。

夏天裏，我們身上濺了大糞，還會到堰塘裏去泡一泡，女老師不在身邊時，我們甚至把短褲也脫下來，在堰塘裏洗乾淨，省得回到寢室後，再拿盆舀了水去洗。

大多數時候，我們不澆糞，只除草，除完草，我們坐到堰堤上，看天上的彩霞，也看映在堰塘裏的彩霞，晚歸的白鷺翩翩地飛來，落在堰塘邊的樹梢上，構成一幅青山綠水的畫卷，歇息在樹梢上的白鷺，像是為這幅畫點綴的一隻隻眼睛。

（四）美味的茄子

從西邊往東數，第三個教室，偏右一點的牆上開著一扇大門，最早，那裏是大隊部，大隊的書記和主任，就在那間屋裏開會。後來學校發展了，便在那間教室的中間隔了一道牆，再把隔開的左半間屋隔成兩小間，做了女老師的寢室。

我到卷橋小學當老師時，靠北的那間住著一位姓毛的女老師，毛老師是公辦老師，還不到三十歲，正值風姿綽約的年紀。毛老師每個月有三十多塊錢工資，這些錢，除了養孩子，其他的，毛老師都用在吃飯和穿衣上面了。

印象最深的是，她擅長煎茄子。毛老師用煤油爐燒菜。她先舀一調羹菜到鍋裏，把油燒得冒煙時，再把切成片的茄子一片一片地放到鍋裏。毛老師切的茄子七八毫米厚，她把茄子煎得兩面發黃，再放進拍成碎塊的大蒜，又放點醬油，放點鹽，最後放一小撮味精，圍點兒水，蓋上鍋蓋，燜幾分鐘，等她把茄子添到碗裏時，一股撲鼻的香氣便在屋子裏彌漫開來。不少時候，我們還在教室外面的走廊上，就能聞到毛老師煎茄子的香氣，忍不住跑進去，毛老師會給我們一人發一雙筷子，說：「來來來，嘗嘗我的手藝，也不知道煎得好不好吃。」

我們拈一塊茄子，在口裏嚼嚼，連連讚歎：「哦，好吃，好吃。」我們的讚歎是發自內心的。那時節，在偏僻的鄉村，能有什麼好吃的東西呢？毛老師煎的茄子，就成了我們從來沒吃過的美味，即使現在五星級酒店的廚師做出來的山珍海味，我們都覺得，沒有毛老師煎的茄子好吃！

其實，我們早就知道毛老師煎的茄子好吃，毛老師也早就知道我們會誇她，我們又不是第一次吃她煎的茄子，但是作為毛老師，她樂意聽我們誇她的廚藝，我們呢，誇過她的廚藝，常常能享受到口福之樂，何樂而不為呢！

毛老師長得很漂亮，在我們那個年齡，又處在偏遠的農村，我們認為，毛老師算得上天底下最美麗的女人。她的身材很苗條，有一雙明亮的大眼睛，有一根油亮的大辮子，那條辮子紮在她的腦後，一走起路來，辮子朝兩邊甩動，像一個舞蹈的精靈。

毛老師很會唱歌，她的歌聲很清脆，我們一讚揚她，她那張好看的瓜子臉上立刻笑成了一朵花。毛老師一笑，她那雙明亮的大眼睛便眯成一條細縫。

毛老師很聰明，記憶力不錯，平時，她教學生語文，也教音樂，後來，還教過中學的英語，不過，那是幾年之後的事情。我之所以稱她毛老師，還在於她是引導我人生旅程的恩人，當初我還在大隊林場勞動時，是她向大隊書記舉薦我去當老師的，而且，從她那裏，我還學到兩個詞，一個是「缺乏」的「乏」，一個是成語「調嘴學舌」。在毛老師教我之前，我把「缺乏」的「乏」一直讀作「飯」。

毛老師講「調嘴學舌」的成語時，正跟另一個學校的一位女老師鬧矛盾，那位女老師在背地裏說了毛老師的是非。毛老師在跟我們說到那位女老師時，很有些不屑，她說：「哼，她呀，就知道調嘴學舌！」由此我知道，調嘴學舌是指在背地裏說人長短，搬弄是非的意思。

毛老師作為我的老師，還教會我查四角號碼詞典。用四角號碼詞典查字，首先要會拆字，有點像我們現在用五筆輸入法打字，你不會拆字，就查不到想查的那個字。拆字有很多規則，毛老師教我一些拆字方法後，又教給我四句口訣，道是：「橫一垂二三點捺，叉四插五方框六，七角八八九是小，點下有橫變零頭。」你領悟了這四句口訣的意思，你就差不多能用四角號碼查字了。過去有一種詞典，就用的四角號碼排列法，你取準了一個字的四隻角，只需翻一下，就能準確地查到你要查的那個字，使用起來非常方便。

這麼聰明的一位女老師，做什麼都很出色。你要是吃過她煎的茄子，你一定以為她是一位廚師；你見過她給孩子做的衣服，你一定以為她是一位裁縫；其實，她還是一位卓越的社會活動家。她不當校長，不當主任，可是，學校裏遇到什麼難題，都是她出面解決的，比如校舍要擴建了，比如學校廚房沒柴燒了，只要她出面找大隊書記一說，這些問題，準能很快得到解決。

(五) 燈光下的藝術

靠西邊的第一間教室，後來也被我們隔成兩小間，一間是教室，一間是老師的寢室。我的床就鋪在靠窗的牆邊，床上吊一副蚊帳，牆邊放一張凳子，凳子上邊的牆上釘一個釘子，釘子上面掛一把二胡，蚊帳裏面則掛著一支竹笛。晚上放學後，我就坐在寢室的凳子上拉二胡。

我的記憶力不太好，老是記不住譜子，手呢，有些僵直，拉著拉著，就把曲子拉變調。可是，拉變調後，我依舊拉。我先拉《賽馬》，再拉《二泉映月》，還拉《江河水》和《病中吟》。當一輪皓月當空之際，我就拉起《良宵》來。這些曲子，現在我差不多全忘記了，只有《賽馬》，我還能記得很多音節。比如曲子的開頭，有一段十分悠揚的、輕快的、美麗動聽的旋律，你一拉起那段曲子，你就像騎在馬背上，在廣闊的內蒙古大草原上奔馳。你聽：「來咪來哪咪來——梭哪梭梭咪來朵——」哎喲，我真像是騎在馬背上，奔馳在遼闊的草原上，天藍得像一塊巨大的寶石，偶爾有一絲兒白雲飄過，那也是仙子用來擦拭寶石的潔淨抹布。

我們的學校建在一座山岡上，四周沒有人家，入夜，周圍都黑黢黢的。我宿舍的那盞臺燈放出昏黃的光，二胡的旋律便從亮著燈的窗子裏飛出來，飛向黑暗的山坳。拉得疲倦了，我就換吹笛子。有一支笛子獨奏曲叫《揚鞭催馬運糧忙》，那是一支很歡快的曲子，會吹笛子的人，能把馬蹄的得得聲都吹出來。我是吹不出馬蹄聲的，但是，我能吹出歡快的氣氛，能吹出豐收的喜悅：一群農民，趕著馬車，把收穫的糧食運到國家的倉庫去，他們的臉上洋溢著歡樂，於是，我就用這支竹笛，把這種歡樂吹出來。我的笛子，到底是表現農民的喜悅，還是表現自己悠然自得的喜悅呢？那會兒，我自己都有些弄不明白了。

在這間宿舍裏，我還拉過小提琴。那東西是洋玩意兒，不好侍弄，你得把它夾在脖子上，左手托著琴，托琴的手還得去按琴弦，右手捏著琴弓，在弦上不停地拉。我知道，拉小提琴的姿勢是很優美的，琴聲也是很柔美的，只可惜，我的脖子連琴都夾不住，就很難指望拉出什麼美妙的旋律來。儘管這樣，我還是一遍一遍地拉。我們那地方太偏僻，太落後，好不容易見到個稀罕東西，我怎麼會輕易地放棄呢。

小提琴是我的一位文藝兵朋友從部隊帶回來的，這便使得我們這個偏僻的農村小學有了點文化氛圍。

更多的時候，在那座山岡上，夜裏，當那盞點煤油的臺燈亮起來的時候，一亮就是大半夜，那一定是我搞到一本沒頭沒尾的書，一頁一頁地往下讀。四下裏一片黑暗，安靜得出奇，只有偶爾響起幾聲蟲鳴。不，還有我翻動書頁的輕微的沙拉聲。前幾天，我還在《封神榜》諸大神的神通面前讚歎不已呢，這幾天，我已經在《烈火金剛》中向勇鬥鬼子豬頭小隊長的丁尚武翹起了大拇指。

唉，那時節，弄到本好書太不容易，於是我便撿到籃子裏的就是兜菜，那只有半本的，有頭無尾的，有尾無頭的，我都看。看著看著，燈光漸漸地暗下來，我的眼睛也睜不大開了，怎麼辦，該睡一會了，明天一早還得上課呢。不得已，我便在遠處的第一聲雞啼聲中悄然睡去，很多次都是和衣而臥，書也被裹在被子裏。第二天早上洗臉時，拿毛巾一挖鼻孔，嘿嘿，鼻孔裏兩坨黑煙，那都是給燈罩上冒出的煤油煙熏的。

二〇一二年十月七日

三十八、我的小學，我的歡樂我的淚

（一）我們的石子灘小學

我們的小學，建在石子灘小鎮的南郊，它面山而築，呈一字兒擺開，這個「一」字，一下便寫了兩百多米長。這是一幢青瓦白牆的建築，教室的門開在南邊，走廊有兩米來寬，檐溝的南邊是一個窄長窄長的小操場，操場三十多米寬，只能供下課的學生瘋趕打鬧一陣，要上體育課，還得到學校東邊的大操場。

後來我推知，我們那所學校，一定是解放後拆了哪家地主的莊園，或許是拆了哪座廟或者祠堂後修起來的。我記得，學校走廊的柱頭很粗，木頭的柱頭全都墩在一米多高的石墩上，圓形石墩的下面還有鼓出來的石鼓做基礎。

從走廊的西邊朝東邊望去，左邊是白色的牆壁，如果你懂得幾何透視學，你就會看到，嵌著門窗的白色牆壁越往前，白色的成分越少，快到盡頭，上半截牆壁，只剩下深顏色門窗的線條；而右邊的石墩和柱頭，則十分規則地向前排去，越到遠處，柱頭排列得越密，走廊的盡頭，你會以為是誰裝飾著一塊挨著一塊的板壁。

再看走廊的地面，嘿，地面上高低不平，尤其是在靠近陽溝的那一面，越接近教室的門，泥巴堆積得越高。為什麼呢？那些下雨天，閒不住手腳的男生們在泥水裏亂踩了一通，一打上課鈴，大家紛紛湧向教室，腳下的泥巴就會在教室門口積澱起來，天長日久，越積越厚，於是，那堆起來的泥巴，便像電影裏國民黨軍官高高翹起的帽檐。

（二）威嚴的汪主任

學校的鈴掛在走廊中間，是個銅鈴，鈴鐺中吊一根鐵棒，鐵棒下繫一根麻繩。打鈴的是教務處的汪主任。汪主任中等個頭，我們讀書的時候，他就五十來歲了，整天拉著一張臉，很少見他笑過，所以他那張拉著的臉，讓學生一見便生出許多威嚴。汪主任幾乎從來不訓學生，如果見到學生在那裏打架，他也只是走到跟前，從喉嚨裏咳一聲：「嗯哼哼，嘿——」互相揪住衣領的學生立刻鬆了手，垂手而立，膽兒小的，早就兩腿開始篩糠了。

汪主任是教數學的。他教課的聲音不高，沒有抑揚頓挫，眼睛總像是眯著，以為他誰也沒看呢。可是，你要是在下面做小動作，他便立即停住講課，眯細的眼睛不動聲色地朝做小動作的同學看著，也不出聲。你如果還不知趣，他才威嚴地咳一聲：「嗯哼哼——」立刻，教室裏安靜得連掉一顆汗珠子都能聽見啪嗒聲，誰還有膽子再做小動作、講小話呢？

汪主任這沒有抑揚頓挫的講課，常常令我上課打瞌睡，有好幾次，汪主任走到我身邊，一聲不吭，等我感覺到教室裏突然安靜下來的時候，才發現身邊立著的那堵牆。我不敢望汪主任，能夠做的就是立馬正襟危坐，儘管臉孔漲得紅通通的，儘管小腿肚暗暗地打起顫來，但是，我不敢再打瞌睡，只是看著黑板，大氣也不敢出，心裏只盼著趕緊下課。

汪主任的名字叫汪安侯，一聽這名字，我們覺得很深奧。很久以後我才明白，那應該是他的字，大氣而尊貴，蘊含著汪主任年輕時的鴻鵠之志。可惜，歷史沒有給汪主任提供施展才能的舞臺，素有大志的汪主任，最終也只是在石子灘小學當了個教導主任。不過在那時，我們是很敬佩汪主任的，甚至可以說是敬畏他。可不是嗎——無論是我，還是張永長或者是蘇傳華，我們這些人，不管怎麼瘋，怎麼鬧，只要有人喊一聲：「汪主任來了！」我們立刻噤聲，全都夾著兩條腿，必恭必敬地靠邊站，像歡迎外國的貴賓，那眼睛也全都順著，絕不敢抬起頭來。

我們敬畏汪主任，還因為他教學十分嚴謹。

汪主任講課，黑板上的板書總是井井有條，他畫圓，從來都要用圓規的，儘管他不用圓規也畫得很圓，但是，他還是要拿著圓規畫，畫三角形、平行四邊形，畫梯形，也要拿三角板畫，連畫直線，也是拿了三角板畫的。

汪主任能寫一手好字。他的字，總是那麼大，粗細一致，拐彎的地方都是小圓角，如果他認真地寫，能寫得像書上的楷書字那樣漂亮。從石子灘小學畢業後不久，文化大革命爆發了。有一天，我去公社參加批判走資派的大會，看見汪主任在走廊上搭了一張桌子，往牆上寫毛主席語錄。他用的是排筆，蘸的是油漆。粉了石灰的牆上，他連格子都不畫，一筆一筆，寫在牆上的，真像是

印刷機印出來的字。我的幾個同學稱讚說：「汪主任寫的字真好看！」

聽了我們的話，汪主任笑眯了眼，但是，他依舊不動聲色地寫他的字，一筆一畫，目不斜視。我站在汪主任身後，說：「汪主任是我們學校寫字寫得最好的人。」我看見，汪主任拿筆的手稍微顫動了一下，接著，又一筆一畫地寫起來。

（三）令人戰戰兢兢的鄧校長

跟汪主任相比，我們的校長鄧萬福就顯得跋扈多了。

鄧校長瘦高的個頭，高鼻樑，走起路來風風火火，說話的嗓門大得像打雷。他是松滋人，滿口的松滋腔，比如說「上學」，他總是說「上削」，「寫作業」的「作」字，總是念第一聲，批評學生瘋趕打鬧，那個「瘋」字，他都是念入聲的，我們同學背著他，常常學他的松滋話，不過，學他的話時，一定要朝前後左右看清楚才敢說，要是被鄧校長逮住了，誰受得了他那雷聲啊。

跟汪主任一樣，鄧校長也是教數學的，可是平時他不教數學，總是教高年級的自然，只有數學老師請假了，他才去頂課上數學。說實在的，鄧校長的課教得並不怎麼樣，因為他只是板著個臉孔，讓人望而生畏，所以在他上課的時候，同學們大都戰戰兢兢，專注是專注的，可是，我們的思維都放不開，只能端正地坐著，機械地聽他講。聽完一節課下來，仔細一想，覺得什麼印象都沒有。值得肯定的是，在他的課堂上，紀律絕對好，真的是鴉雀無聲。因為你要是不鴉雀無聲，偏要講話，哼，被他逮住了的話，你可就夠嗆嘍！

我有個表姨在石子灘小學教書，下雨天，我如果沒帶雨傘，就會留在學校，住在表姨那裏，我便比其他同學接觸鄧校長的機會多了許多，在鄧校長面前，我的膽子就大了許多。放學後，我還常常到老師的辦公室去寫作業。那時候，石子灘小學十來個老師，都在一個辦公室辦公，如果鄧校長對面的辦公桌上沒有老師坐，我還會坐到鄧校長對面去看書寫字，這樣，我就常常看見鄧校長眯起眼睛笑，原來，他也有和藹的一面啊。

但是有一次，這個和藹的鄧校長卻「龍顏」大怒，因為，我把學校食堂曬的煤餅踩碎了幾個。

石子灘小學十來個老師請了個工友，專門為他們做飯，那個工友叫毛爹。食堂裏平時燒的是煤餅。天氣晴朗時，毛爹用水調了煤，做成直徑二三十公分的煤餅，曬在學校西邊的山牆下。那是一個冬天的下午，放學比較早。我跟同學李武發一塊回家去。走到學校西邊的山牆那，李武發見那些煤餅都曬乾了，煤餅的邊上還翹了起來，就拿腳去踩。李武發一踩，煤餅就發出卡嚓的響聲。李武發覺得好玩，就連連地踩，煤餅就連連發出卡嚓卡嚓的聲音。我看李武發踩得好玩，我也跟著去踩。誰知我才踩了一個，就被從走廊裏冒出來的鄧校長看到。

鄧校長大喝一聲：「雨之，你幹什麼？」

聽到鄧校長呵斥，李武發撒腿便跑，我正在欣賞煤餅被踩碎時的卡嚓聲，就見鄧校長一個箭步衝過來，一隻手牢牢拽住我的胳膊，可憐我的腿肚子早就瑟瑟地顫抖起來。

這時，鄧校長的雷聲在我耳邊炸響了：「你怎麼就曉得幹壞事，啊？」

「我……我……我……不是……」我囁嚅著分辯。

「你不是？」鄧校長怒喝道，「你還說不是你？我還抓著你的胳膊呢，你還想狡辯？」

我說：「是李武發踩了，我才踩的。」

鄧校長不由我分說：「我剛才明明看見你踩的，如果我不抓住你，你就要去踩下一個了，還說不是你踩的？」鄧校長把我一拉，拉得我一趔趄，「走，到辦公室去！」

我被鄧校長拉到辦公室。剛進辦公室，他就給我來了個掃堂腿，我差點摔倒在地，鄧校長的另一隻腳又跟上來，把我張開的一隻腳靠到一起。鄧校長的怒氣還沒消呢：「天天教你們要思想好、學習好，你倒好，踩起我們的煤餅來了。你還隔三差五在學校住宿吃飯撒，怎麼這樣壞？我今天要把你關在辦公室裏，關你一整夜，關到星期一，看你還賤不賤！」

那是一個星期六的下午，天氣很晴朗，我沒有理由留在表姨那，再說，我踩了學校的煤餅，被校長抓住了，我也沒臉留在學校呀。那一天，我被鄧校長關在辦公室裏，一直關到天快黑了才放出來。嗨，好慘啦，四五公里路呢，回到家，天都黑了好一會。

（四）毛星九老師

我在石子灘學校讀書時，教我們語文的老師叫毛星九，這名字很特別吧。他還是我們的班主任呢。這位毛老師，長得白白胖胖的，他說跟我父親是公安簡師的同學，對我一直比較好。

我到石子灘小學去讀書，是我的表舅舉薦的，這位表舅就是我表姨的丈夫。有一次，我到他們那裏去玩，表舅看見我寫的字很漂亮，就極力主張我去石子灘小學讀書，他是因為賞識我，才讓我到石子灘小學去讀書的。我在表姨那裏玩的時候，毛星九老師也見到過我寫字，所以到石子灘學校讀書時，毛老師就選我當班上的宣傳委員，這個宣傳委員就是每當六一兒童節，國慶日和元旦節到來時，給學校出專刊，因為我寫的字好看，每當節日到來時，我就沒有星期天了，星期天，我也得到學校來出壁報。

我把一張張白紙折出格子，在格子上寫很大的字，還要在空白的地方畫上畫。那時候，我是很自豪的，嘿，那麼多街上的同學，老師都看不中，偏偏看上了我。等到壁報出好了，同學們來到學校後，都會站在壁報前面讚不絕口。我們班上的同學知道壁報是我出的，紛紛向我豎起大拇指，那會兒，我心裏不知道有多舒坦。

毛老師抓我們的學習抓得很緊，經常在放學的時候把我們留下來背書。不過我知道，在留下來聽我們背書時，毛老師常常心不在焉，有時候，他是在聽我們背書，有時候，他則眼望著窗外

出神。那時候，我們不知道他為什麼出神。毛老師出神時，就用舌頭在嘴裏吹泡泡，他吹出一個泡泡，看著泡泡飛，眼看著泡泡快破了，再吹出一個來。後來，我們才知道，毛老師吹泡泡的時候，是在想心事。

毛老師有個女兒叫毛萍，跟我差不多大，也在我們班上讀書。後來，鄧校長也把他的女兒轉到石子灘小學來讀書，鄧校長的女兒叫鄧霞，也跟我們在一個班上，於是，當我留在表姨那裏過夜的時候，做完作業，我們就一起打乒乓球。我們三個人，鄧霞最厲害，鄧霞常常把我們打得落花流水。我曾經發過狠，要認真地鑽研打球技術，可一次也沒贏過鄧霞，弄得我很灰心。

毛老師常常穿一件藍色的中山裝，那件中山裝洗得乾乾淨淨，穿在他身上，既筆挺，又氣派，他那件中山裝的衣領上，還縫著一條白絲線勾出來的領子，既能拆下來洗，襯在藍色的衣領上，還顯得很別致。我相信，我們班上的女同學，一定認為毛老師是個美男子吧，他那雙大眼睛，一定讓許多女同學生出不少好感。

後來，毛老師調到南平中學去教書，我上大學時檢查身體，在南平鎮上碰到了毛老師，那時候，毛老師已經稱我為小雨了，有時候還叫我雨老師。他知道我即將上大學，很為我高興。

大學畢業後，我分到外地的中學去教書，到我們老家去買過教學資料，在公安縣教研室，我又見到過毛老師，那時候，毛老師在南平中學當資料員，我還跑到他們學校去弄過資料，那時候的毛老師，依舊白白胖胖的，可是沒過幾年，卻聽說毛老師去世了。他去世，我沒去送他，至今覺得有些對不起他。

（五）小個兒的好戰分子

我在石子灘學校讀書，書沒讀好，心卻玩野了，甚至把我的前程玩丟了。現在一想起來就十分後悔。你瞧瞧我們是怎麼玩的——

一下課，我們就從「牢籠」裏跑出來。我們跑到只有三十多米寬的操場上，玩駕飛機，玩開大炮。開飛機只要兩個人就夠了，得找個大個兒的同學做底座，像我，又小又瘦，只能當飛機的翅膀。大個兒的同學兩隻手交叉著疊在一起，做成了飛機頭，我趴到大個兒背上，兩隻手也交叉著疊在一起，包在大個兒同學的飛機頭上。大個兒同學發一聲喊：「衝啊，轟隆隆，噠噠噠噠——」我把兩腿張開，算是飛機的翅膀吧，我們就一個勁兒地朝著人群密集的地方衝去，常常把單個兒玩耍的同學衝得東倒西歪。

除了駕飛機，我們還玩堆羅漢。這種玩法是，一個人發一聲喊，撞倒幾個同學，其他的人從四面八方趴上去，常常一堆就是十幾個人，一二十人，壓得底下的同學輕喊鬼叫。如果不是打上課鈴，還不知道壓在最底層的同學會出什麼事呢？

那時候，即使像我們這樣一個公社的中心小學，上體育課時，也沒有什麼東西玩。可是，對

於學習並不緊張的我們來說，不玩點什麼，那些課間，還有課外活動，時間不少呢，該怎麼打發呢？於是我們就只有瘋趕打鬧，你追我，我追你；你打我一巴掌，我揍你一拳頭。

小時候，我身單力薄，誰都打不贏，可是，我偏偏是個好戰分子，人家不惹我，我偏要去撩他。

有個同學，叫張永長，瘦高的個兒，住石子灘街上，家裏靠做小生意過日子。他的媽經常挽個小籃兒，到學校來賣糖。張永長的媽賣的不是那種顆顆粒兒的水果糖，是用紅薯熬的糖稀加了芝麻或者米花做成的麻糖。他媽媽做的麻糖很精緻，一塊塊的，有大有小，小塊的賣兩三分錢一塊，大的賣五分錢一塊。那時候，我們口袋裏的零錢，都是買本子省下來的分分錢，常常得幾個月，才能湊個五分一毛的，張永長的媽一來，我們就忍不住，先來個兩分錢的小塊糖，吃完後，口裏還留著芝麻的餘香，可是，喉嚨眼裏的饞蟲子還在蠢蠢欲動。我翻翻這個兜，再翻翻那個兜，居然湊齊了三分錢，於是，我便毫不猶豫地再買了三分錢的麻糖塊。不過這塊糖，我放在嘴裏，讓它慢慢地化，絕對捨不得一下子吞進去。

張永長的媽是個瘦小的老婦人，間天到學校來賣麻糖，像我們這些農村來的孩子，最多也只能買一兩回麻糖，再買，除非你永遠不寫作業，大多數時候，我們只能眼睜睜地看著街上的同學買了麻糖，在我們面前誇張地嚼得嘎嘣嘎嘣響。我們會一個勁兒地把涎水往肚子裏吞，實在難受時，就跑到一邊去，不朝張永長媽裝麻糖的籃子看。

張永長是不是吃了很多麻糖，才長得那麼高的呢？他就經常欺負我。當然，是我先撩的他。我常常趁他不注意，在他胳肢窩裏捅一下，立即回頭跑。張永長一轉身，看見我在跑，馬上追上來。一追上我，就把我撲倒在地，除了胳肢我，最噁心的是，他居然把他的口水灌到我嘴裏。即使這樣，等我爬起來，我又會向他發起突然襲擊。

還有個同學叫蘇傳華，大我兩歲，長得又高又大，我也經常撩他。我在教室裏撩他，他就把我按倒在教室的走廊上，坐到我身上，用屁股使勁地墩我。等我爬起身來，捅他一下，飛快地往外跑時，蘇傳華馬上追到操場上，只輕輕一撲，便又把我撲倒在地。他騎在我身上，一邊拿屁股往我肚子上墩，一邊問：「還撩不撩我？啊，你還撩不撩我？」

我被壓得喘不過氣了，只得求饒：「我……我……再也不……不敢啦。」

蘇傳華放了我。我還在地上沒爬起來呢，他回過頭，用一根手指頭指著我：「我警告你，你要是再撩我，我就把你的臭狗屎給你壓出來。」

我一邊笑著往起爬，一邊說：「我再也不敢啦，再也不敢啦。」

可是，我剛剛爬起來，趁蘇傳華不注意，又跑到他身後，戳他一指頭，戳了就往一邊跑，等他回過頭來追我時，上課的鈴已經打響，我便躲過了一次慘遭蹂躪。

（六）紅倉庫和大操場

在石子灘小學東邊的山嘴上，有一座紅磚砌成的糧食倉庫。那座倉庫孤零零地矗立在山嘴上，每年只有收公糧時忙活一陣子，平日裏，連個守門的人都沒有。那座紅磚倉庫修得很結實，窗戶開在一丈多高的屋簷下，只在東邊開一扇大門，平時，門上掛一把大鎖，那把鎖，如果拿秤稱一稱，應該不下五公斤。

紅倉庫歸石子灘糧站管，石子灘糧站建在街上，也有一座倉庫，那是一座青磚砌成的，地面一公尺以上鋪著木板，不然，如果糧食堆在平地裏，準得發黴。糧站的保管員只是偶爾來看看紅倉庫，平時，在夏天，下午課外活動時，我們就跑到紅倉庫北邊的屋簷下，那裏有很大一片蔭涼，我們就在蔭涼裏快樂地玩耍；冬天呢，我們則躲到紅倉庫南邊的屋簷下，那地方背風，又有太陽，我常常拿一本小人書，背靠著紅倉庫的牆，一邊看書，一邊曬太陽，那是多麼快樂的時光啊！

紅倉庫與一字排開的學校校舍遙遙相望，中間隔了一個操場。我們的操場不大規則，因為紅倉庫占了一塊地，操場到紅倉庫那兒就形成了一個葫蘆把，很像是誰隨便摔到地上的一把盒子槍的槍套，槍管那裏的套子只剩下窄窄的細條兒，我就想，是保管員拿這支槍，來守衛紅倉庫的吧。

操場上有一副籃球架，很舊了，但是這副籃球架是按照規格安裝的，像我們這些小學生，要投個籃，十分困難，因為籃球架太高了，我們沒有那麼大的力氣投上去，尤其是像我，個頭小，更是沒法。不過我還是試著投過幾次的，我使出吃奶的力氣往籃框裏扔籃球，也只能碰到籃板的下邊框，多數時候，我扔出去的籃球，連下邊框都挨不到。儘管這樣，一上體育課，我們還是瘋一樣地搶籃球。我在大個兒林立的同學中間穿行，一遇到機會就搶，搶到籃球，我就往籃板上摔，用這樣的方法來取樂。

除了打籃球，我們還拍小皮球。我們拿著那種五六公分直徑的小皮球，找一塊平整些的操場，用手拍，數個數，看誰拍的個數多。拍那樣的皮球，你不能用大力，力小了吧，又拍不起來，所以不會拍球的同學，只能拍三到五個，會拍的，能拍到一百多個。

我們還在操場上踢毽子，看誰踢得遠。我們的操場可能有一兩百米長，五六個人一組用接力的方法踢，也很難踢到操場的盡頭。

那時候，學校的體育器材少得可憐，所以，大多數時候，我們便在操場上瘋趕打鬧，一瘋起來，也覺得挺有意思。每當體育課的時候，我們的操場上就響起一陣陣歡呼聲，到課外活動時，這種歡呼聲便達到高潮，幾百人的學校，遠遠聽去，像是有幾千個孩子在那兒瘋鬧，那會兒，連天上的鳥兒都不敢從操場上飛過。

當操場上如火如荼之時，紅倉庫就不再孤獨了，總有男生或女生跑到紅倉庫那裏去，如果是女生，她們一定是躲到紅倉庫的屋簷下說悄悄話去了，男生呢，瞧瞧四周沒人，有的壞小子，說不定就會掏出襠裏的傢伙，對著屋簷下的野草，哧哧地尿起尿來。

（七）歡樂的上學路

我們家離石子灘小學七八里路，可是按照現在我弟弟他們騎摩托車到石子灘去趕場的里程表，那段距離肯定超過了五千米。當然，石子灘學校離石子灘街上還有五百米，這麼說，從我們家到石子灘小學，應該是九華里。這麼遠的路程，叫一個身體單薄的十一二歲的小孩，每天上學，來回差不多要走一二十里路，怎能不厭倦？

嘿嘿，當然，要是你很喜歡上學，怎麼會厭倦呢？我那時候上學，並不是為了學知識，倒是為了上學路上無盡的歡樂！

要講上學，我可是離學校最遠的。我們家離林九家一里路。每天，我得先到林九家，約了林九，穿過他家後面的樹林子，走家馬堰的堰背，到紹家廟，上跑馬崗，下跌水閘，再走一里多路的山岡，就到了學校前面的山岡。

當我們歷盡艱險，爬上學校前面的山岡，站在山頂上，我們的學校就橫在山坡下。放眼望去，石子灘的鎮街盡收眼底，離了五百多米，又是俯視，那石子灘的鎮街，就像是一片片灰色的瓦，把一座座建築覆蓋著，很像是小孩子玩家家時隨便搭建的一些窩棚。更遠處，則是著名的毛家大坪，一條彎彎曲曲的河道的那一邊，便是一望無際的湖水，那湖，叫王家大湖；那河，叫澆水河，澆水河與虎渡河會合後，流入洞庭，彙入長江。

到現在為止，如果我不說，林九不說，我們上學的路上，誰也不知道，我們有多麼快樂。

我們快樂的第一個驛站就在林九家屋後的樹林裏。那時候，林九家屋後的樹林十分茂密，密得連林九家的小狗也不想鑽進去。可是，小狗不知道，在這個樹林的一角，有一塊草木稀疏的地方。那裏有一座老墳，墳的四周長著許多柔軟的草，我們趴在那裏，在地上打個滾，嘿，墳地四周，就有了一片柔軟的平地，像鋪好的一張床。那地方雖然只隔林九家百把米，但是因為有樹林和荊棘的阻隔，我們只要不大聲喧嘩，誰也不知道我們會躲在這片柔軟的草地上。在這裏，我和林九可以一玩就是一天，我們可以看娃娃書，可以捉迷藏，還可以睡他個昏天黑地。等到快放學的時候，我們就有說有笑地走出樹林子，然後，林九回林九的家，我回我的家。我們家的人，都以為我們是從學校回來的呢。

我們玩的第二個地方是魏文舫家的草蘿空。魏文舫家旁邊總是堆著兩個稻草蘿，兩個稻草蘿之間有一兩尺的空隙，如果塞上兩頭，在草蘿空中間，冬天暖和得不得了。到那地方，離我們的家，已經三里多路了。我們不想繼續往前走，便把魏文舫家旁邊的草蘿空當成了上學的第二個驛站。我們在魏文舫家的草蘿空裏，想玩什麼就玩什麼，想怎麼玩，就怎麼玩。口渴了，我們就跑到他們家門前的田裏去拔幾個蘿蔔，也是等到天快黑了，我們才回家。

有一段時間，石子灘到東嶽廟修公路，我們快走到學校了，也不去學校，便沿著公路，跟著拖拉機，往東嶽廟的方向跑。我們爬上拖拉機，搭一陣便車，遇到往石子灘開的拖拉機，我們就

爬上拖拉機，快到學校的山坡時才跳下來，然後，再爬上開往東嶽廟的拖拉機。

我們還在夾廊子那裏玩，在跌水閘那裏玩。總之，只要不去學校，只要有地方玩，我們就玩個夠，玩到快放學的時候，我們就往家的方向跑。就這樣，我們玩啊，玩啊，林九玩留了級，我玩得從優等生降到了下等生。等到要考中學時，我便名落孫山。

離開石子灘學校的那天，我收了書包，低頭爬上學校對面的山坡，站在學校對面的山坡上，注視著學校，我哭了許久。在石子灘學校讀書的兩年裏，我只努力地學習過半年，其他時間，幾乎都在玩，這一玩，便斷送了我的前程。我哪裡知道，我耽誤的這兩年光陰，以後，我差不多付出了雙倍的努力才追回來。

從石子灘學校畢業，到我後來上大學，我一共付出了十一年的艱苦努力。

啊，我的小學，在那裏，我獲得了無盡的歡樂，也獲得了慘痛的教訓。啊，我的小學，我的快樂，我的淚！

二〇一一年十二月七日

三十九、新華書店的困窘

1

那天，我要查點資料，先去街上的幾家報刊亭，以為報刊亭有我想買的雜誌，可是，沒買到。我又去新華書店找，沒想到，我在宜昌最大的那家鐵路壩書店前徘徊了許久，竟然沒敢進去，店額上「新華書店」四個大字還在，店面卻都是賣衣服的，不禁為新華書店抱起屈來。

曾幾何時，新華書店哺育了我們幾代人呢，最紅火時，連鄉村供銷社都開闢有新華書店專櫃，就更別說縣城和大中城市的書店了。我們從鄉村書店裏買到《紅岩》和《烈火金剛》，還買到高爾基的《童年》、《在人間》和《我的大學》。生產隊需要時，我們還去供銷社的新華書店專櫃買《病蟲害防治》之類的書，沒想到現而今，偌大的宜昌市，在中心城區的一家新華書店，也不得不把主要門面拿出來，做起了服裝生意。

在這之前，我知道，枝江城裏的兩家新華書店早就改做其他生意了，但是我沒想到，宜昌中心城區的鐵路壩書店，也會生存不下去，它是城區最大的一家書店呀！

無獨有偶，那天我到宜昌街上的報刊亭去買雜誌，本以為雲集路那家郵政局的報刊專櫃裏一定有我想找的雜誌，等我跑去一看，那家過去賣雜誌的專櫃現在改成了手機專櫃，裏面陳列著五花八門的手機。這我就納悶了。我記得，這應該是宜昌城區最大的一家開在郵局的雜誌專櫃，店面最大時有二三十平米，過去，它賣《人民文學》和《詩刊》，還賣《當代》和《十月》，也賣各省發行的文學期刊。有時候我想看點散文，到那家專櫃，一準買得到，沒想到這次卻撲了空。當時我就想，這是怎麼了？難道全宜昌人都不看書了嗎？怎麼想買本雜誌，都沒地方買了呢？我們國家的雜誌成千上萬種呢，不都是通過郵局發行的嗎？

2

我就是在這種沮喪的心境下走進鐵路壩新華書店的，我進到鐵路壩新華書店很費了一番周折。既然「新華書店」的招牌還在，那麼，店的實體就應該在。可是，書店的一樓的確在賣衣服。我注意到，兩家賣衣服的店面之間，有個三尺寬的門面在賣音像製品。

我把臉貼在音像製品店的玻璃門上向裏面看了又看，忽然看見了過去那曾經十分熟悉的樓梯，樓梯的每一級都貼了大紅的標語，那些標語是用來鼓勵人們讀書上進的，比如「書籍是人類進步的階梯」呀，「讀書使人充實，思考使人深邃，交談使人清醒」呀；「讀書破萬卷，下筆如有神」呀；「黑髮不知勤學早，白髮方悔讀書遲」呀等等。哦，我苦苦思念的戀人喲，你依舊在這裏，你退居幕後，養到深閨去了……於是，我推開那扇玻璃門，小心翼翼地走了進去，生怕驚擾了她似的。

我記得，早幾年，放了暑假，這個臺階上坐滿少年，也有成人。書店裏有中央空調，書店裏有宜人的讀書氛圍，那些人坐到臺階上，為的是讀幾頁免費的圖書，吸取幾許智慧。人多的時候，臺階上到處坐著人，從第一級臺階，到最後那一級，實在沒地方坐了，就坐到書架旁邊、書堆旁邊，擠得供人上下的階梯只剩下很窄的一道縫。我常常躡手躡腳地在狹窄的走道上穿行，生怕驚擾了聚精會神的讀者。

這會兒，我也不無遺憾。也許今天不是雙休日，更不是暑假，這個臺階上居然只有我一個。我依然躡手躡腳，不是怕驚擾這裏的讀者，而是因為書店裏太安靜，安靜得你不好意思弄出些聲音來。

我終於上到書店的二樓，這裏也不像我想像中那樣熱鬧，因為一樓的書架都集中到二樓，二樓便顯得很擁擠，這裏的書架排得很密，書堆得很高，高高的書堆擋住了窗外的光線，使得書店二樓顯得很昏暗。

我在狹窄的書架之間穿行，在一個角落裏，我找到了我想要的書。那些書擺在書架的外層，靠裏是一排厚厚的大部頭。大部頭可能許久沒人動過，我想找的那些供青少年閱讀的書便擺在了

書架的外層。我的身邊有一位年輕的女性，她在擺放詞典的書架上找詞典，最後找到一本《現代漢語詞典》，根據她的年齡，我猜想，她應該是剛剛畢業的師範院校的大學生，過了暑假，就得去上班，可能要去教小學生吧，也許是中學生，她腦海裏的那點儲備還太單薄，於是到這裏來搬救兵。

3

我到櫃檯那裏去付款，付款時我問：「有折扣嗎？」

營業員搖搖頭：「沒有。」

我等著營業員給我的新書蓋戳子。過去在新華書店買書，人們付過帳，店員會在新書的背後，標著書價的地方蓋個戳子，那戳子是藍色的，寫著「鐵路壩新華書店」幾個字，「鐵路壩新華書店」幾個字的上方還刻著一本翻開的書，那翻開的書，一頁一頁的，仿佛剛被人翻過似的。可是我沒有等到營業員給我的書蓋戳子，她只是用一根紙帶，幫我把幾本書捆紮了一下，然後把書朝我一推，連過去裝書的塑膠袋也免了。

我終於明白而今的新華書店為什麼少了些顧客，是不是因為不蓋戳子呢，是不是因為他們不送塑膠袋呢？是不是還因為在這裏購書時，他們從來就不給折扣呢？

這些年來，我除了在新華書店買書，也常常光顧那些小書店，小書攤，有些定價太高的書，店家常常打七折，最低的打到三折。

在小書攤上買書，還有個便利，那就是如果你需要什麼書，可以給老闆留個條，再留下你的電話，他就給他的上家去聯繫，過幾天，老闆會通知你，到他的書攤上去拿書，這種便利，國營的新華書店是絕對辦不到的。

4

我買好書，走出書店，站在鐵路壩書店高大的樓前，大樓依舊氣派，在附近林立的高樓面前，雖然顯得低矮了一點，但是，它昔日的輝煌還在，毛澤東草書的「新華書店」幾個紅色的大字在陽光下依舊閃耀著熠熠的光輝。我知道，在宜昌城裏，解放路上還有家資格很老的新華書店，我不知道那家書店是不是也落得個淒淒慘慘戚戚的下場，但是在這裏，畢竟還保留了一塊新華書店的招牌，使得宜昌人民引以為驕傲的夷陵廣場，還保留了一點兒書卷氣。要不，在前有國貿大廈，後有九州大廈，左有均瑤國際飯店，右有宜昌商場的夷陵廣場，是不是只剩下了銅臭呢？

當然，我們的文化並不會因為新華書店的衰落而衰落，我們還有網路，有電子書和電子雜

誌，我們五千年的文明古國決不會因為新華書店的衰落而衰落，雖然新華書店不免有些憋屈。憋屈就憋屈吧，誰讓咱們科學技術的發展如此之迅猛呢，誰叫我們文化的傳播如此之異彩紛呈呢！

二〇一二年六月十日

二〇一二年七月二日修改

四十、令人神往的綠軍裝

1

二〇〇九年秋天，我還了一筆二百元的債務，那是三十二年前我在古城讀大學時，為了做一件綠軍裝，向一位朋友借的，當時借的二十元。三十多年過去，如果按銀行利息算，加上漲價因素，那二十元錢，早就不只值二百元了。當年，我拿這二十元錢買了一塊草綠色的滌綸布，做了一件仿軍服的中山裝，上面兩個兜，下面兩個兜，是軍官穿的。滌綸布料很厚實，穿在身上好挺括，正在讀大學的我，穿上這麼一件軍裝，臉上洋溢著掩飾不住的喜悅。

2

我舉債做軍上衣時，軍裝已經不太吃香，那時最吃香的是進城當工人，再過些年，才是上大學。最時興穿軍裝，是在文化大革命中，尤其是文革前幾年。一九六六年秋冬之季，毛主席在天安門廣場接見了一千二百萬紅衛兵，那一年，全國各地的紅衛兵分八次進北京，請求毛主席接見，進京的紅衛兵大都穿著綠軍裝。從那時起，穿上綠軍裝就成了中國千千萬萬年輕人的夢想。能參軍的便去參軍，不能參軍的，就找在軍隊裏的親戚朋友弄套軍裝穿，再不然，去商店買塊草綠色的布，請裁縫師傅按軍裝的樣式做一套。剛開始，裁縫師傅做的軍裝雖然能以假亂真，但是，釘上的卻是普通紐扣，所以，這樣的「軍裝」，只能在遠處看。再後來，連紐扣都有仿製的了，裁縫師傅在模仿軍裝時，還在上衣口袋背面印上部隊番號和血型之類的文字——這印上的部隊番號當然是杜撰的，血型呢，隨便印一個就是。

那些年，我們家窮，沒錢為我做軍裝；我們家也沒有親戚去當兵，當然弄不到綠軍裝。沒有成套的軍裝，我就去買一頂軍帽。當然，軍帽也是仿製品。有一回，我在街上好不容易買到一頂形狀和顏色都很逼真的軍帽，才戴了一個上午，不料被大隊書記的兒子看中。書記兒子頭上戴著一頂氈帽，很值錢的，可是，書記的兒子偏偏看中我頭上的草綠色軍帽，硬是跟我換了去，原來他父親給他做了一套綠軍裝，單缺一頂綠軍帽。

3

文化大革命初期，還有一件東西很吃香，那就是紅衛兵袖章。那袖章是紅色的，上面印著毛主席草書的「紅衛兵」三個字，那個「衛」字是繁體，寫作「衞」，在一九六六年到一九六八年之間，戴這樣的袖章非常吃香，非常神氣。那些年，學校停課鬧革命，我們沒有書讀，在生產隊裏勞動，我們就戴著一個袖章，到大路上去設卡，攔截過往行人，要人家背毛主席語錄，行人背不出來，我們就不放他走。

有一次，我們在一座半山腰攔住當時當生產隊長的伯父。伯父是個文盲，大字不識一個，我們攔住他，叫他背毛主席語錄。伯父一條語錄都背不出來，臉一下子漲得通紅。但是伯父不敢惹我們，只好努力地從記憶裏搜尋他記得的毛主席語錄。想了半天，他突然說：「毛主席教導我們，要吃飯……」

我們立即打斷他：「不對，毛主席沒有說過這句話。」

伯父突然想起另一句：「毛主席說，抓革命，促生產。」他把手裏握著的鍬往前一揮，說，「我要到山那邊去看水，山那邊，有幾塊田旱了幾天，我要去看看，看安排幾部水車去車水，要是耽誤了車水，那幾塊田的稻穀乾死了，我要批鬥你們，你們破壞抓革命促生產！」

我們幾個一時傻了眼。我們記得，毛主席的確說過抓革命促生產之類的話，我們便不敢再攔伯父。

4

後來，我到大隊民辦學校當老師。大隊裏回來一位轉業軍人，叫伍遠林。八月初，我接到通

知，到縣裏去開會。我坐拖拉機先趕到公社所在地，沒想到我的行李在拖拉機的顛簸中，不知什麼時候掉到路上，等我從拖拉機上下來時，不見了行李——包裹放著我的筆記本、錢和衣服呢。

我兩手空空回到學校。沒有了行李，旅差費也丟了，還怎麼去縣裏開會？我一籌莫展。這時，伍遠林到學校來了，他見我愁眉苦臉，一問，知道我丟了行李，就把他的幾件衣服借給我，其中有一件深黃色的軍襯衣，一條草綠色的軍褲。我頓時喜出望外。在這之前，我想軍裝幾乎想瘋了，仿製的幾件軍衣，穿在身上，總覺得不自在。現在，我丟了行李，居然因禍得福，借到一套真正的軍裝。我在伍遠林軍上衣的裏子上看到了約隱約現的部隊番號和血型章，那是一個正方形的框框，框框裏打著幾個印刷體的字。當我穿著那套軍裝出現在縣裏的會場上時，一位老師悄悄地問我：「您也是部隊轉業的？您是哪個部隊的？」問得我好激動。

5

讀大學三年級時，我的一位表弟參軍去了，他在東北當炮兵。得到表弟當兵的消息，我著實高興了一陣子，我在心底說：哈哈，我終於有機會弄到一套真正的軍裝了。

表弟在部隊呆了三年。他復員回家的第二年正月，我到他們家去，給姑父姑母拜年，趁著喝酒的機會，我向表弟要一套軍裝，表弟面有難色，因為他從部隊帶回來的幾套軍裝，有好幾套已經不在窩裏了。

「那可不行！」我說，「我想軍裝想了好些年，你能送別人軍裝，就能給我送軍裝，你可不能一毛不拔。」

那一年，伍遠林借給我的軍裝，開會回來，我就還給他了。讀大學時，我找朋友借錢仿製的一件軍上衣，也已經穿舊了，可是，我對於軍裝，依然有著不解的情結。

見表弟不表態，我就說：「這樣吧，我拿一件衣服跟你換，不讓你吃虧。」

表弟見我這樣說，再也沒法推，勉強跟我換了一件軍上衣。那是一件夾克式的軍上衣，那個時期的軍裝已經不是純粹的草綠色，應該叫草黃色吧，布料很厚，像是細帆布。夾克式軍裝的肘部打了很厚一塊補丁，不是磨破後打的，是在新衣服上加的，大概因為炮兵要經常跟鋼鐵打交道，容易磨破肘部，才有意在肘部加上這塊補丁的吧。

跟表弟換的這件軍裝，我一穿穿了好幾年，穿到實在不能再穿時，才送給我在農村種田的弟弟。

6

我把這件舊軍裝送給弟弟，還因為我們單位已經發給我一件軍棉衣。

大學畢業後，我分到一家軍工企業。那家企業的職工有福利，比如，凡是分到這家企業的職工，工作三年後，能發一件軍棉衣。那種軍棉衣，是用細帆布做面子，粗棉布做裏子，面子裏子一律深黃色，深得接近褐色。它是用特種縫紉機把面子裏子和棉花紮在一起的，走的是直線條。你如果看過解放戰爭的電影，你就知道我們廠裏發給職工的軍棉衣是什麼樣子了，那件棉衣，跟解放戰爭時期東北野戰軍戰士穿的一模一樣。

廠裏發給我們的軍棉衣並不是真正的軍品，不過，它起碼跟軍隊沾點邊。

我們廠原屬於第六機械工業部，是為海軍服務的，造大型艦艇動力，那麼廠裏下發的軍棉衣，當然就沾了點軍人的氣息。

我對廠裏發的這件軍棉衣愛護有加，平時都捨不得穿。下發軍棉衣的那年春節，我把它當作過年的新衣服穿回老家，那些農民親戚見了，好羨慕！

7

我還有一件軍隊裏面的東西，那是託人從「人民武裝部」買出來的一床軍棉被，到而今快三十年。那床軍棉被，被套是深綠色的，我的熟人告訴我，軍棉被是用一級棉花做成的。你別看它不起眼，裏面的棉花，纖維很長，如果用久了，把被子抱到太陽下一曬，再用竹篙子拍幾下，被子立刻變得鬆軟。我試過。當我把那床看上去有些板結的被子拿到太陽底下一曬，再用竹篙子一拍，哈哈，那床軍棉被，像一床充氣的墊子，一下子鼓起來了。

後來，我還買過兩次軍大衣，不過，只有一次買到過真貨，另一次買的依舊是商店的仿製品。現在，我還有個心結，想買一件呢料子的軍大衣。我的一個朋友在海軍服過役，他穿回來的那件深藍色的海軍呢大衣，挺括得很，讓我想了好些年。

儘管我惦記著海軍呢大衣，可是，在內心深處，我感到最親切的，還是草綠色的軍裝，那種綠，跟春天從地面拱出來的小草一樣，綠盈盈的，像是能滴下綠色的汁液。一看到綠軍裝，我就像看到了漫山遍野嫩綠的小草，心裏便生出盎然的春意。而今，解放軍早就換上了迷彩服，我知道迷彩服最利於軍隊在野外隱蔽，可是，在我的心裏，依然鍾情於綠軍裝！

二〇一二年四月十五日

二〇一二年六月廿七日修改

第四篇 鄉間美食纏你的情

酒槽坊裏飄酒香（呂學銘提供）

當你從農耕博物館出來，聆聽了家鄉獨特的美妙音樂，又回到夢鄉去體味了童謠的溫馨，我想，你一定餓了吧，別急，我給你預備了烤紅薯、鍋巴粥、南瓜糊和鲊糊塗，要是再來個烤得焦黃的臘水粑粑，你一定不會拒絕吧，它們的誘惑，一點也不比高檔酒店的大餐差到哪裡去喲。不信，你來試試？

四十一、饞你流涎的烤紅薯

1

說起烤紅薯，有幾個小孩不眼饞的！你問我為什麼說「眼饞」？嘿嘿，這你就不懂了，所有的嘴饞，幾乎都表現在眼睛上，那種饞的勁頭兒，全都寫在眼神裏了。嘴饞畫在涎水裏，眼饞寫在神態裏，那是入木三分的。

可是，我這裏說的烤紅薯，並不是街上推著的烤爐裏烤出的紅薯。用烤爐烤紅薯太簡單，沒什麼特別，只要不是傻子，只要有錢，買了爐子和紅薯，你就能烤出香噴噴的紅薯來。我這裏所說的烤紅薯，是指在農村燒火土的文火裏燒出來的，那樣的紅薯燒出來，能香你一輩子！

2

農諺說：「九菜十麥。」過去在農村，一俟秋收完結，農民們就得上山燒火土了，點菜子要肥料，種麥子也要肥料。那時節可不像現在，有那麼多尿素啊，磷肥呀，複合肥什麼的。那時候種莊稼，除了大田裏的紅花草籽、藍花草籽，就是豬圈牛圈裏和人們廁所裏的糞肥，再要呢，就得到山上去燒火土。大家都知道，紅花草籽、藍花草籽，春天都給漚在大田裏，做了水稻的底肥，豬圈牛圈的肥料也是有限的，只有山上的野草，「野火燒不盡，春風吹又生」。而且，到了秋天，山上的野草那樣厚實，正好鏟來燒了做肥料。

農諺裏說的九月，是陽曆的十月，陽曆十月，正好種菜籽。可是，你得在九月裏準備肥料。陽曆九月，豔陽高照，早稻進了糧倉，中稻還長在田裏，晚稻的收割還早呢。人民公社時期，農民是沒有農閒的，那麼，趕快為秋種準備肥料吧，於是，人們紛紛上山去鏟草皮，燒火土，燒了火土，準備點菜籽，種麥子。

噢，有人催我了，不是說烤紅薯嗎，怎麼老是說點菜籽、種麥子？

你別著急嘛，想吃烤紅薯，得慢慢來。要是不點菜籽、種麥子，就不必準備肥料；要是不準備肥料，誰會去鏟草皮？要是不鏟草皮，就燒不成火土；我不燒火土，你就燒不成紅薯，呵呵，你就耐著點性子吧。

3

瞧，我們幾個半大的小夥子剛吃完早飯，就紛紛從家裏跑出來了，每個人肩上都扛著一把磨得鋥亮的鐵鍬。這種鍬，不像通常撮土的鍬，撮土的鍬，前頭像個藝術化了的Ｎ字，鍬頭向前凸

起；我們這種鍬，前端跟大寫的U字相似，鍬口凹進去，十分鋒利，你貼著地，一鍬下去，連泥土帶草根，掀起來，光溜溜的一大塊。

我們上得山來，找到一塊平整的坡地。瞧這塊坡地上的草，長得多茂盛啊，它們貼著地，密密的草棵子之間，還有一層青苔，青苔那樣的厚實；草呢，儘是些絆根子草，絆根子草好啊，它曬乾了禁得起燒，出煙率高，燒出來的火土黢黑黢黑的，才養莊稼呢！

太陽正高高地掛在天上呢，南風有一陣無一陣地吹，仲秋時節，天氣已經很涼爽。我們找好坡地，就彎下腰來，用力地鏟草皮。我們握住鍬把，把鍬用力地向前一鏟，順勢翻過來，讓太陽去曬翻過來的草皮。翻過來的草皮，得了陽光便燦爛，它們排成一列列，全都撅著屁股，太陽把它們的屁股曬得啪啪地脆響。

半天工夫，我們能鏟下幾十平方米草皮。我們把草皮曬半天，到下午，我們敲碎草皮上的土塊，把草根連根帶葉摟到一邊，然後，把敲碎的土塊收攏來，那些碎土塊，由於長年的風化，早都變成了淺褐色。

我們把收攏來的碎土堆成長方形的土壟，再用鋤頭把土壟刨成一條條深槽。刨這種槽，是有講究的，得把它刨成很多個連接起來的「弓」字。這個土壟，一般長四五米，寬一米半。刨好土槽，我們就往土壟上鋪稻草，稻草上面鋪一層曬乾的草根，然後再鋪一層稻草，之後，我們在土壟四周撮土，往稻草上覆蓋，土要蓋一寸多厚……這樣一番細緻功夫之後，我們才在土壟的周圍點上火。一霎時，風助火勢，一股灰白色的煙霧騰空而起，很快便遮住了太陽。嘿嘿，這才是燒火土的前奏呢，你想吃到燒紅薯，早呢！那得等到天黑一會，得等火土上的稻草燒過一半之後，才能往火土裏塞紅薯。

4

九月裏，正是紅薯成熟的季節。到了傍晚，我們先拿一把挖鋤，跑到種紅薯的山坡上去偷紅薯。哎喲，你又得說我們了，怎麼幹起偷偷摸摸的勾當啦？唉，朋友，你不知道，那時節，紅薯都是生產隊種的，得生產隊長派人挖了，挑到倉庫裏，然後一家一家去分。可是，燒火土時，生產隊長還沒來得及安排人挖紅薯呢，我們只得去偷。當然，我們也去偷私人自留地裏的紅薯，只不過以生產隊裏的紅薯為主。

生產隊的紅薯地一大片一大片的，暮色裏，紅薯藤全都成了暗綠色。我們弓著腰在紅薯地邊上查看，看哪根紅薯藤下鼓起來了，地裏裂開口子了，就舉起鋤頭挖去，嘿，一串紅薯連根帶須的，都被我們挖出來了。我們扯斷薯藤，摳掉泥巴，拿衣襟一兜，就向山坡上跑去。這時候，半山坡的火土堆上，白煙正有一搭沒一搭地往上冒，火土的四周，全都是一圈燒過的黑糊糊的稻草和草根的灰。我們撅一根樹枝，蹲在火土旁邊，這裏扒扒，那裏撥撥，選好一處稻草已經燒透，

餘熱卻還旺盛的地方，塞進去幾個紅薯，然後把洞口掩起來，等著文火把紅薯慢慢烤熟。

有時候，我們得把紅薯分散開，這裏塞一個，那裏塞兩個，因為保不住你在塞紅薯時，有人在暗地裏盯上梢。你要是把幾個紅薯全都塞在一起，到明天，很可能就沒你的份嘍！

5

第二天早上，你得靈醒著點兒，千萬別睡懶覺，等你睡足懶覺上山去掏火土裏面的紅薯，你去吃紅薯皮吧。嘿，早就有那勤快的「樑上君子」幫你消受嘍。

好在你還起得早，好在昨天晚上你燒紅薯時沒被人看見。現在，朝霞已經給大地和山川披上絢爛的衣衫，昨天下午燒的火土堆上，已經只有很細的煙一絲絲一縷縷地往上升，升不很高，跟山坳裏的霧氣合在一起，形成渾濁的晨霧，緩緩的，緩緩的漂移不定。

哎喲，別抒情了吧，趕快用樹枝扒扒看，看你的寶貝還在不在？

一扒，扒出一個軟忽忽的東西來，再一扒，扒出個黑不溜秋的東西來，那軟忽忽的東西和黑不溜秋的東西，就是你昨天晚上燒的紅薯啊。哈哈，你已經聞到撲鼻的香氣了吧。你急著用手去抓，耶——燙手吧，看你猴急的樣子，我就知道，你要被燙一下。你想啊，它們剛被你從熾熱的火土裏扒出來，能不燙手嗎？

噢，扒出來的紅薯在地上躺了一會，已經不那麼燙了，你撿起一個來，輕輕拗開，喲，一股悠悠的香氣，早就鑽進你鼻孔裏去啦。別看紅薯外面一層灰，有的地方還結了一層殼，可是只要一掰開，那種誘人的香氣，就再也止不住，像個調皮的娃娃，他在說：我香吧，我香吧，怎麼樣，想吃麼？

誰不想吃呢，說不想吃是騙你的，這麼香的紅薯，不吃才是苕。哈哈，掰開烤熟的紅薯，裏面的瓤呈黃色，跟煮熟的蛋黃相似。老紅薯的瓤還能看得到一根根的纖維。你咬一口，很面，很甜，還沒吞呢，舌頭底下的口水早就洶湧而出，一待紅薯進到嘴裏，便跟口水相融，濕漉漉的，甜津津的。你就像八輩子沒吃過好東西似的，用狼吞虎嚥來形容似乎不夠，那就用象吞鯨嚥吧。

說實在的，真要講衛生，真要講紅薯熟的程度和勻稱，還得算烤爐裏烤出來的紅薯，烤爐裏烤出的紅薯，那麼乾淨，那麼鬆軟！可是，你就是吃遍天下的烤紅薯，你還是覺得，那時候，我們在燒火土的文火裏燒出來的紅薯才叫香呢。就算是古代皇家的茶點，也比不上我們的烤紅薯。你要是隔近了聞聞，一定會流出老長老長的哈喇子。

再說說從火土裏刨出來的硬殼吧，那是燒過了頭的紅薯，外面結了一層硬邦邦的殼。你以為不能吃了吧？如果硬殼占去紅薯的一半，那基本上就沒什麼吃頭了，如果只是表面結了層硬殼，拿手一捏，還有些軟乎，嘿，這樣的烤紅薯，才是烤紅薯中的極品。那層殼已經分成兩層，一層表皮，一層內皮，表皮和內皮之間大都分離。你用手輕輕一撕，表皮就脫落下來，你再瞧瞧那層

內皮，呈金黃色，仿佛帶著些油——那當然不是油，是凝固起來的糖分。你拿舌頭一舔，耶——可甜呢。那層內皮又香又脆，很有嚼頭，有點而今的果丹皮味兒，只是不酸。還有那燒過頭的結了很厚一層硬殼的紅薯呢，我們其實也捨不得丟的，因為依附在那層硬殼上的紅薯瓤也是很香很甜的，我們往往用牙齒去啃，直啃得滿嘴黑末，還不想丟。

嗨，等什麼時候有空了，我一定在秋天裏回一次家鄉，不為別的，就為著吃幾個烤紅薯，我要鏟一大片草皮，燒一大堆火土，傍晚時分，我會用衣襟兜幾個紅薯，塞進火土的文火裏，等到第二天早上，吃他個痛快，何必讓那口水饞出一尺多長來呢？

二〇一一年十一月十二日

二〇一二年八月廿八修改

四十二、饞人的鍋巴粥、南瓜糊和鮓糊塗

1

告訴你一個秘密，小時候，我頂喜歡吃鍋巴粥。我喜歡吃鍋巴粥，並不是因為鍋巴粥真的特別好吃，而是因為，鍋巴粥全是大米飯做的，而如果你想吃乾飯，那會夾了許多野菜和紅薯。關於紅薯，也許，你好個新鮮，吃個一回兩回還行，若是叫你天天吃紅薯，怕是吃得你直搖頭呢，而且如果在而今，讓你吃了紅薯去坐辦公室，或者去參加什麼聚會，那可是要出洋相的，因為紅薯吃了喜歡作氣，在大庭廣眾之下，你若憋不住，豈不是非常難堪？

那時節，我們家糧食不夠吃，母親就在飯鍋裏燜了些紅薯，或者加些剁碎的蘿蔔，有時候乾脆是野菜，看上去，飯鍋裏隆起老高，像是煮了很大一鍋飯。到吃飯的時候，母親用筲箕盛起鍋裏夾了野菜的飯，貼著飯鍋的米飯便結出很厚一層鍋巴。母親加兩碗米湯，把鍋巴泡軟，用鍋鏟翻過鍋巴，搗碎，灶里加把火，用鍋巴熬成的粥便在鍋底咕嘟咕嘟地冒起泡兒來。嗨，那鍋巴粥多香啊，能鑽進你的鼻孔，然後香到你胃裏。有粥的流質感，有米飯的香氣，用牙齒一咬，能聽到嘎吱嘎吱的聲音，那是夾在粥裏的硬鍋巴還沒泡軟的緣故。

小時候，我的胃消化功能不大好，母親故意把鍋巴燒糊，母親說，用燒糊的鍋巴熬成的粥，吃了能化食，母親是用糊鍋巴為我治胃病呢。哪像而今的城裏人，吃慣了精米，喝膩了肉湯，想到要清一清腸胃的時候，才幾個人相約，駕了車，到農家飯莊吃鍋巴稀飯去。這些人是圖個新鮮呢，哪裡像我那時候，常常吃不飽飯，一到飯熟的時候，便眼巴巴地站在灶台邊上，等著母親為我熬鍋巴粥。再後來我也明白了，母親是故意不把紅薯和蘿蔔碎塊放在鍋底，才把那些純粹的白米飯留下來給我熬鍋巴粥的。

當然，現在農家飯莊裏熬的鍋巴稀飯，一般是吃不出嘎吱聲的，農家飯莊的老闆把鍋巴泡軟了，用文火慢慢地熬，那燒焦的飯粒便被熬溶，這樣，你聞得到稀飯的焦脆香氣，喝進胃裏的卻是濃稠的粥，感覺很特別。為什麼那時候的鍋巴粥能吃出嘎吱的響聲呢，因為那時節農民忙著上工，沒有時間慢慢地熬粥，幾碗米湯攪和一下，把鍋巴泡軟些就是，吃起來，怎麼會沒有嘎吱聲？

2

打南瓜糊可就不同了。打南瓜糊是不能把鍋底燒起鍋巴來的，南瓜呢，得選有甜味、有面味的老南瓜。我看見母親用筲箕把米飯瀝起來之後，便把切成小塊的南瓜放到鍋底。筲箕裏的米飯已經有了七八成熟，南瓜還是生的，但是南瓜一見火，熟得快。幾把火一燒，從鍋蓋縫裏就能聞到南瓜的香氣。如果南瓜選對了，你連南瓜的面味兒都能聞出來。

成熟的老南瓜是削了皮再切塊放到鍋裏的。削了皮的老南瓜，能看到翠綠的南瓜肉，說它像翡翠一點也不誇張。這層翡翠的下邊才是金黃色的南瓜肉，最裏面那層，附著許多南瓜的粗瓤子，那些碎玉般的南瓜籽就結在這些瓤子上。母親捋下這些南瓜籽，用筲箕裝了，拿到太陽底下曬乾，到春節時，可以拿出來招待客人。不過，如果南瓜籽多，在夏天，母親也會炒一些，叫我們在夏夜裏，坐在月下的竹床上，一邊賞月，一邊磕瓜子，那種瓜子的香氣，常常把我們帶到甜美的夢裏。

噢，別老是留戀南瓜籽啦，飯鍋裏，母親的南瓜糊已經打好了，金黃的南瓜糊裏夾著些碎玉般的飯粒，一陣陣熱氣蒸騰著，南瓜的香氣很快便彌漫整個屋子。如果在灶裏多加一把火，巴著鍋底的那層南瓜糊就變成了琥珀色，那是糖份在鍋底凝聚後形成的糖稀，我們小孩子最喜歡那層糖稀，又香，又甜，才好吃呢！可是這火得有個節制，要是火太大，南瓜糊得太狠，不但糖分吃不出來，連南瓜糊都不好吃了

有時候，母親還把碎米磨成粉子，用磨碎的米粉子做南瓜糊，這樣做出來的南瓜糊更柔軟，有一種黏性，吃起來口感更好，它滑進食道時，你會感覺是在往下溜。而且它的色澤也柔和多了。用米飯做成的南瓜糊，飯粒是飯粒，看得清清楚楚，用碎米做成的南瓜糊，金黃裏摻了些米粉，南瓜糊的顏色便柔和了許多。

3

最難忘的是用鮓辣椒粉子打成的糊塗，那是一道很別致的農家菜。

盛夏時節，菜園裏的辣椒都成熟了，紅彤彤的，煞是好看。母親把辣椒摘來，洗淨，用菜刀把辣椒削成片，剁碎。一邊剁，一邊把磨碎的米粉子摻到辣椒裏。剁著，剁著，米粉子全都染成了淺紅色，辣椒水滲進米粉裏，用手一捏，能捏成坨，這鮓辣椒就做好了。

做好了的鮓辣椒粉子還得裝到養水罎子裏放上幾個月，讓它在密閉環境裏發酵，產生出一種特有的香味。我看見母親用鍋鏟一鏟一鏟地把鮓辣椒粉子裝進陶製的大肚子罎子裏，罎子口上留點兒空，蓋幾片曬乾的荷葉，還在乾荷葉上塞幾圈草要子。母親看看塞得緊了，才把裝滿鮓辣椒的罎子倒過來，放到一個盛了水的陶盆上，陶盆裏的水得淹沒裝鮓辣椒的罎子口，讓裝鮓辣椒的罎子形成真空，過兩三個月，從罎子裏挖出來的鮓辣椒才叫香呢！

不過這時候的鮓辣椒香氣，根本還不叫香。要等到做成鮓糊塗，才能香到你心裏去。

最好吃的鮓糊塗是用小魚打出來的，那種乾了堰塘抓的小郎母子魚和死螃皮，是最好的打鮓糊塗的原料。母親先把這些小魚洗乾淨，在鍋裏煎一下，盛起來備用；再把鮓辣椒粉加水，調成稀糊糊。等灶裏的火燃起來之後，母親把稀糊糊倒進鍋裏，拿鍋鏟迅速地攪動，等到鮓糊塗六七成熟的時候，再把小魚放進去繼續攪動，那魚的味兒滲到鮓糊塗裏去了，鮓辣椒的辣味和香味滲到魚裏面去了。如果再放點薑末，撒上點香蔥，嘿嘿，那才絕了！那種香氣，你聞了，即使再煎了大魚，你也會不屑一顧。

我問過母親，如果用大魚打鮓糊塗，是不是更香呢？

母親說：「沒聽哪個說拿大魚打鮓糊塗的，就是用大魚打了，也比不上用小魚打的。」母親還說，用小魚打鮓糊塗，那是上了書的。其實我至今也沒見到哪本書上寫過打鮓糊塗必須用小魚，不過我曾經試過，拿大魚切成的片來打成的鮓糊塗，真的比不上用小魚打的香，至此，我才真的相信了母親的話，她的話，應該是老輩子一代一代傳下來的，稱得上真理吧。

不過，也不是經常能弄到小魚的，那麼，沒有小魚的時候，可以用嫩菜葉做。記住，我說的是嫩菜葉，老菜葉可不行。你也許不知道，最好的嫩菜葉居然是小蘿蔔秧兒。那種嫩蘿蔔秧得嫩到什麼程度呢？應該是初生不久的，才只有幾片小葉子，最底下那對葉子，還呈現嫩芽萌生時的狀態，葉片兒還是圓的呢！蘿蔔秧長出來的嫩葉，也才有三兩片。這樣嫩的蘿蔔秧兒打出來的鮓糊塗，紅色裏夾著些綠茵茵的顏色，光是它的色澤，就能把你胃裏的饞蟲子勾出來。

我試過拿小白菜秧兒打鮓糊塗，色澤是差不多的，可是味道就相去甚遠。挖一坨鮓糊塗放到嘴裏，嘿，用小白菜秧兒打出來的鮓糊塗，竟然沒有用小蘿蔔秧兒打出的鮓糊塗好吃，口感差遠啦。

4

還有一種原料打出來的鮓糊塗，能超過小魚打出的鮓糊塗，那就是香菌，夏天松樹林子裏撿來的五色菌，秋天大雁往南飛去時節撿到的雁鵝菌，尤以雁鵝菌打出的鮓糊塗最佳，那幾乎可以拿到國宴上去招待外賓。

秋天來了，天氣漸漸涼起來。你挽上個籃子，到松樹林裏去撿菌子吧。在那些開始枯萎的草棵子裏，潮濕的泥地裏長出一窩窩菌子，這些菌子跟泥巴的顏色差不多，很厚的肉頭，菌面上有些光滑，如果你不小心弄破了它們的「帽子」，從斷開的菌肉裏就會滲出許多細小的紫色的液珠兒，很像人們不小心弄破了皮，從肌膚裏滲出來的血珠一樣，開始是很小的珠兒，緊接著，小珠兒漸漸變大，也跟人的肌膚裏凝成的血珠兒相似。

你一定以為我講著講著講偏了題吧，怎麼講著鮓糊塗，卻大講特講起雁鵝菌的汁液來。你不知道，用雁鵝菌打出來的鮓糊塗之所以好吃，就是這種像血液的深紅色汁液的功效，它的營養成分和香味兒，都來自深紅色的汁液。後來我讀的書多了，方知這所謂的山珍海味，不就是指的像雁鵝菌之類的東西嗎？直到現在，如果我回到老家，在鄉間的小路上走一走，誰家要是拿小魚打了鮓糊塗，或者用雁鵝菌打了鮓糊塗，保證不用人指引，我順著那股香氣，一定能找到那戶打了鮓糊塗的人家。

5

唉，自從進城以後，我就很少吃過鍋巴粥和南瓜糊了。鮓辣椒糊塗，還偶爾做著吃吃，那是在我實在惦記得不行時，才叫妻去市場上買了小魚，又找農家買來鮓辣椒粉子。我努力回憶著母親打鮓糊塗的細節，親自掌勺做了來，聊以慰藉我胃裏的饞蟲。可惜的是，無論我怎麼努力，做出來的鮓糊塗都不能像母親做的那樣好，即使我一邊打電話請教母親，一邊在鍋裏攪動鮓糊塗，這樣做出來的糊塗，還是沒有母親做出來的香。

有一次，我把母親接到家裏，讓母親親自打鮓糊塗，那味兒，依然沒有我記憶中的鮓糊塗味兒濃。唉，那少年時期吃過的鮓糊塗喲，你多少次把我的饞蟲給勾了出來！

二〇一一年十一月十二日

二〇一二年五月三十一日修改

四十三、瑩潤如玉的臘月粑粑

1

假如你吃過臘水粑粑，我相信，你一輩子都不會忘記，那種香噴噴的、糯糯的感覺，能從口腔一直滑到你的大腦深處。它的色澤呢，瑩潤如羊脂玉，看一眼，就能饞得你直流口水。剛蒸熟的臘水粑粑，你用手指頭試試看，還沒摸到，便會有一種滑膩膩的感覺，你會以為，你摸到的是楊貴妃的肌膚呢。

剛蒸出來的粑粑不叫臘水粑粑，它像早點鋪裏的包子，形狀和大小都跟早點鋪裏的包子相似，等它冷了，放到裝了冷水的罎子裏泡起來，泡個把月後，水面浮起一層白幔子。遇到寒冬臘月氣溫非常低的時候，水面上還會結一層薄冰。這時候，你就會迫不及待地從罎子裏往外撈粑粑了，也只有這個時候，你撈出來的粑粑才叫臘水粑粑。你撈出來一個，在手裏掂一掂，分量很重，沉沉的，像握著一塊漢白玉。

2

你拿個筲箕，端著臘水粑粑，把粑粑端到灶屋裏去，洗乾淨砧板子，把粑粑放到砧板上，拿刀去切粑粑。刀功好的家庭主婦，能把粑粑切成三到四毫米厚的薄片。從側面看，臘水粑粑的橫截面是一個半月牙形，於是，手巧的媳婦刀下切出來的，便是一彎彎月亮，它們從初五初六的月亮，變成初九初十的月亮，可惜，不會有滿月，一到初九初十，便又瘦下去，回歸到初五初四。

這時候，灶裏的火已經燒起來，水燒得泡泡滾。主廚的端起砧板子，把切好的粑粑倒進鍋裏，燒滾的鍋裏便沉下幾十彎月亮。在倒下這些月亮之前，主廚的已經往滾水裏放了些豆皮子，臘水粑粑懸浮在豆皮子上，不一會，幾十彎月亮紛紛漂起來，全都成了一塊塊燙手的漢白玉。主廚人再往鍋裏抓幾把青菜，拿鍋鏟攪幾下，嘿，一鍋早點就做好了。

你揭開鍋蓋，鍋裏騰起一股熱氣，一霎時，滿屋子便籠罩起一層薄霧。一會兒，薄霧漸漸散去，露出一鍋美玉，乳白色的是臘水粑粑，顏色稍微深些的是豆皮子，還有深綠色的青菜，如翡翠一般的顏色。再往鍋裏撒點鹽，往碗裏挖一坨豬油，哈哈，這才是一頓美味的早餐呢。

3

你還有另一種更讓人羨慕的吃法。

傍晚，天氣漸漸冷起來。你家的堂屋裏，火塘裏的火已經生起來。火塘上空吊著一個炊壺鉤子，炊壺鉤子上掛著一把熏黑了的銅炊壺，銅炊壺的嘴上已經開始往外冒熱氣。

你別去管那把銅炊壺。你的肚子不是餓了嗎？你拿起火塘邊上的火鉗，在火堆裏扒一扒，扒出一些燒過的細碎的火炭。在這之前，你已經從罎子裏撈出幾個臘水粑粑。你拿塊乾淨毛巾，擦乾臘水粑粑上面的水。你把擦乾水的臘月粑粑放到火塘裏的火炭上去烤。一邊烤，你一邊拿火鉗翻動粑粑。你得不停地翻。翻著翻著，你火鉗上的臘水粑粑漸漸地變成淺黃色，既而變成金黃色。嘿，你早就耐不住性子了，因為被烤黃的臘水粑粑已經溢出一股濃烈的香氣，連從外面進到屋子來的媽媽都聞到香氣啦。媽媽說：「伢兒，你的臘水粑粑已經烤熟了，再烤，就烤糊啦！」

你趕快用火鉗拈起臘水粑粑，放到手裏一捏，看是不是真的熟透了。哎喲——你突然叫喚起來，你的兩隻手飛快地倒騰著，一邊倒騰，一邊用嘴巴吹氣：「呼——呼——呼——」你一邊吹氣，一邊說：「哈哈，烤好了，熟透了。」

妹妹早就聞到臘水粑粑的香氣，她跑過來：「哥，分點我吃，我也餓了。」

你看一眼妹妹，你不至於連妹妹都不分給一點吧。你只好狠下心，把臘水粑粑拗開，分給妹妹一小塊。妹妹跑到一邊，咬下一塊臘水粑粑，哎喲哎喲地叫起來，一邊叫，一邊噝噝地吹氣，哎喲，那剛剛烤熟的臘水粑粑燙傷了妹妹的嘴巴啦！

妹妹吃了一小塊烤得焦黃的粑粑，跑到火塘邊坐下，眼睜睜地看著放到火塘裏的第二個粑粑，你猜猜她怎麼著？哈哈，她在流口水呢，你應該明白，烤熟的第二個臘水粑粑，你想只給她分小半個，哼，沒門！

4

用火烤粑粑，速度何其慢！前一個吃到肚子裏，才填了很小的一隻角。你要想把肚子吃得鼓起來，還有個辦法——那就是拿油炸了吃。

你得先把臘水粑粑切成很薄的片，像下到豆皮子鍋裏的一樣厚。然後把油燒開，把切好的半月形粑粑一片一片地放到油鍋裏，不一會，粑粑就炸好了，黃澄澄的，兩隻月亮的角兒翹了起來。一咬，嘎嘣嘎嘣脆，嘴唇上沾滿油，牙齒上沾著許多粑粑的沫子，沫子也是金黃色的，最要命的是，它散發出來的香氣，飄得很遠很遠。這時候，你儘管放心地吃吧，你吃了這一塊，鍋裏

的另一塊又炸熟了；你也不必擔心妹妹跟你搶著吃，因為，你和妹妹，這一塊還沒吃完呢，鍋裏的月亮早就變成太陽啦！

5

為什麼要把大米做成臘水粑粑來吃呢？因為，臘水粑粑吃起來方便，跟大米飯相比，還變了個味兒。你要是在外面忙活了一天，回到家，你的肚子餓得快貼到背脊骨了。你要是燒飯吃，從淘米到煮熟飯，沒有半個多小時，你別想吃飯。可是，要是下粑粑豆皮子吃，如果有熱水，十分鐘就能搞定。所以，過去在農村，一進臘月，家家戶戶都要做臘水粑粑。

做臘水粑粑得先泡米，把米淘乾淨，泡軟乎。泡的米以粘米為主，適當加點兒糯米，再把泡好的米磨成米漿，米漿磨得越細，蒸出來的粑粑越好吃。

裝米漿的容器有點兒講究。拿一個裝柴禾的「馬籠」——像馬的籠頭，篾製的，比真正的馬籠頭至少大十倍，用來裝柴火——馬籠的底部放一些乾淨的稻草，稻草上面鋪一塊洗淨的包袱，包袱的四隻角一直垂到馬籠外面，馬籠底下放一個大木盆。把磨出來的米漿裝在馬籠的包袱裏，讓米漿裏的水分慢慢瀝乾。媽媽們會不時去抓一坨米漿，放在手裏捏一捏，揉一揉，看看它的乾濕程度，看看它的粘連程度，等到米漿乾到一定程度，就得做成粑粑，拿甑把粑粑蒸熟。

這是一個特殊的甑，這個甑坐在一口大鍋上，鍋裏放上半鍋水；大鍋上放一個篾盤，篾盤上放兩層洗乾淨的蚊帳布，有的還在蚊帳布下放些乾松毛。媽媽把米漿做成像包子那麼大的粑粑，把粑粑擺在篾盤上，她拿出一個鍋蓋，鍋蓋是一口舊鍋做成的，鍋蓋上鑽兩個孔，穿上鐵絲，鐵絲上套一個竹筒。媽媽把這個鍋蓋罩在篾盤上，在鍋和鍋蓋的結合部塞上打濕的蚊帳布，灶下加火，水燒開了，水蒸氣在鍋裏一個勁兒地往上竄，竄到鍋蓋上面，蒸汽從上往下翻湧，就這樣，用蒸汽把粑粑蒸熟。在鍋與鍋蓋塞了蚊帳布的地方，會有蒸汽不停地冒出，從這些冒出來的蒸汽裏，你能聞出粑粑散發出來的香氣。媽媽根據蒸汽的香氣，就能判斷粑粑蒸到幾分熟。

等蒸到一定時間，鍋蓋的縫隙裏冒出大量熱氣，媽媽揭開鍋蓋，一陣陣粑粑的香氣便撲面而來。你要是餓壞了，會不顧一切地衝上去，用筷子夾了粑粑，直往嘴裏塞，當然，你得當心，別讓熱呼呼的粑粑燙傷了嘴巴。

顧名思義，臘水粑粑，是要在臘月裏吃的，若到了春天，天氣熱起來了，你就得趕快吃，吃遲了，泡在臘水裏的粑粑會變黃，變質；你還得注意，即使在冬天，你還得多放點臘水，讓臘水泡住粑粑，不然，粑粑會長黴的。

6

磨好的做粑粑的米漿另外一種吃法，會讓你覺得，這是天底下最好的美食！

怎麼吃？別慌。把瀝水後的米漿摳一坨出來，放在缽子裏使勁地揉，讓米漿更有粘性。媽媽在鍋裏放少許水，把粑粑做成扁圓形，貼在鍋裏，粑粑離水面一兩寸，蓋上普通的鍋蓋，不過，也得把鍋蓋上所有的縫隙都塞上打濕的蚊帳布。原理是一樣，用水蒸氣把粑粑蒸熟，不同的是，這會兒蒸的粑粑，是現蒸現吃，粑粑做成扁圓形，容易被水蒸氣蒸熟。而且，蒸熟的粑粑，挨著鍋的，有一層很薄的鍋巴，黃色的，一嚼嘎嘣脆，跟吃火烤的臘水粑粑相似，但是，鍋巴上面的那層粑粑，細嫩得不得了，潤滑得不得了，如果夾點紅塘在裏面，一咬，嘿，咬出很濃的糖汁，你得連忙用舌頭去舔四處流淌的糖汁，那才叫有意思呢！

有的人不喜歡吃糖粑粑，那就在粑粑裏包青菜或者鹹菜，喜歡吃肉的，乾脆包上肉末。包了肉末的粑粑，一咬，滿嘴流油，跟吃富油包子相似，你會永遠記住粑粑和肉混合在一起的香味，那樣的美味，你怎麼會忘得了啊！

現在的超市裡擺著許多餅乾，比如旺旺雪餅和福娃米餅之類，嚐一嚐未嘗不可，可是，它們怎麼比得上過去農村裏蒸的臘水粑粑呢，臘水粑粑的無論哪一種吃法，都比超市裡賣的餅乾強，而且，超市裡賣的餅乾，大多加了防腐劑，長期吃那些東西，會傷身體的。可是，過去農村蒸的臘水粑粑，工藝比較複雜，做起來挺麻煩，叫現在的年輕人做，他們才沒這耐心呢。所以，除了那些年紀大些的農民過年時還做一點外，年輕的農民是不屑於做那些傳統食品的。我敢斷言，要不了多久，這些富有傳統特色的美食就會絕跡了，不能不說是一件非常遺憾的事情啊！

二〇一二年四月廿七日

二〇一二年六月廿九日修改

四十四、難忘的美食——豆皮子

1

我們知道，唱歌跳舞是一門藝術，繪畫書法是一門藝術，北方的民間藝人捏泥人、捏面人叫民間藝術，在人的身體上畫出彩色的圖案叫人體彩繪藝術……可是你一定沒聽說過，晾豆皮子也是一種藝術吧。不過，看了下面的文字，你就會讚歎不已，噢——還真是一種美食製作的行為藝術和吃的藝術啊！

咱們先得從晾豆皮子的準備工作說起。

我們那地方把晾豆皮子叫做「朗豆皮子」。這個「朗」應該是個動詞，是把米做成豆皮子的過程，我這裏乾脆就說「朗豆皮子」吧。

2

誰家要朗豆皮子了，這家人得先推舉出一位總指揮，好比樂隊，總得有一位指揮吧。我們隊裏的人，很多家都推舉我伯父當朗豆皮子的總指揮。你聽，我父親在跟伯父商量呢：「他伯伯，我們家後天要朗豆皮子了，您幫忙安排一下吧。」

「哦——」伯父應答著，問，「你們家朗幾斗米的豆皮子？」

父親回答：「他姆媽說，朗五斗米的。」

伯父舉起一隻手，嘴裏一邊唧咕，一邊扳下幾根手指頭：「你一共要找十多個人。推磨的三個，燒火的兩個，朗豆皮子的兩個，端豆皮子的兩個，切豆皮子的兩個，再準備一個人，等推磨的推吃虧（累的意思）了，去換一下……」伯父一邊扳著手指頭，一邊順帶著把誰誰誰的名字說出來，伯父知道，誰是哪方面的裏手。

聽了伯父的話，父親點點頭：「就按您說的辦吧。」稍停，父親又說，「那朗豆皮子的，您算一個呢。」伯父頭一昂，沒說話。伯父這個姿勢，是應下來了。其實這個動作還有個言外之意：「那還用說嗎？」我知道，伯父是個朗豆皮子的高手，他朗的豆皮子，攤開的皮兒面積大，皮薄，米漿趕得均勻，沒有花眼。有這樣的手藝，誰家朗豆皮子會不請他呢？

3

於是，回去之後，父親和母親一起淘米，之後，用大木盆把米泡著，同時準備一些苦蕎米或者綠豆子，然後準備朗豆皮子的家什。我們要準備一個大木盆，用來裝米漿；準備一把草刷子，用來往鍋裏刷油；準備一個刮片，通常是一個中等樣的海蚌殼，海蚌殼深凹進去的部分可以當把

手，它的圓弧部分用來刮米漿；準備一個鍋蓋，等把米漿攤到鍋裏後，蓋上鍋蓋，讓灶下的火把豆皮子炕熟；把兩把菜刀磨快，是用來切豆皮子的；準備兩把背面洗乾淨的篾篩子，用來端豆皮子；還要準備一個大曬簟，用來攤開切好了的豆皮子；除此之外，還要預先準備幾床卷簟，卷簟不夠的話，篾箕和筲箕也能派上用場，是第二天曬豆皮子用的。

4

第二天傍晚，吃過晚飯，原先請的十多個人陸續來到我們家。最先開始的工作是磨米漿，這是朗豆皮子的第二道工序。推米漿的人把磨子抬到堂屋裏，用麻繩把磨杆子吊在堂屋的槺子上，另一頭放到磨巴掌的洞眼裏。這個推磨的杆，看上去像個「丁」字，「丁」字的一豎很長，一豎的這頭鬥著磨拐，另一頭垂直安著一個磨爪，磨爪的下端被車得溜圓，以便插進磨巴掌的洞眼裏。

在磨子旁邊，跟磨架平行放兩條長板凳，長板凳上放一個陶製的大缽，缽子裏裝大半缽泡好的米，裏面已經摻好苦蕎或綠豆子。喂磨的人坐在板凳上，是一位手腳利索的婦女，我們通常請伯媽來喂磨。伯媽用一把銅瓢子，往磨眼裏喂進泡好的米。伯媽喂進半瓢子米，連忙把手收回來，因為推磨的人已經推動了磨杆，你聽：「咯咕——咯——咯咕——咯——」推磨的人兩手抓住磨拐，用力向前推去，磨爪插在磨巴掌的洞眼裏，磨拐帶動磨巴掌，磨爪便在磨巴掌眼裏發出

「咯咕」的一聲響。這時，磨杆借助向前推去的慣性，已經把磨巴掌帶著轉了半個圈，停在磨盤的另一面。暫停的幾秒鐘，給了伯媽機會，伯媽再把半銅瓢米喂進磨眼裏。推磨的人跟著把磨杆向後一拉，磨杆帶著磨巴掌，磨巴掌帶動磨盤，再次發出「咯——」的一聲，是推磨的人把磨巴掌拉回了原位。像這樣周而復始地向前推，往後拉，向前推，向後拉，磨爪在磨巴掌裏不斷地發出「咯咕——咯——咯咕——咯——」的聲音，像一段簡單韻律的反覆演奏。磨盤轉動兩圈，伯媽喂半瓢子米，銅瓢子磕在磨眼那，發出一聲鈍響，像是給這段韻律敲響的節奏。當磨盤轉動幾下之後，兩塊石磨的縫隙裏便流出白色的米漿。

5

不一會，磨子下面的大木盆裏積了大半盆米漿。伯父端來一個三缽——這是一個中等的陶缽。我們家裏還有五缽，五缽比三缽小一些——他把米漿舀到三缽裏，端到灶臺上放好，對坐在灶門口燒火的人說：「燒火。」其實伯父說的不是燒火，而是「尬火」。「尬火」者，把柴火放到灶裏面，點燃火的意思。

鍋裏漸漸有了熱氣，伯父拿起油刷子，在油碗裏沾了點油，往鍋裏一旋，立刻，一陣淡淡的油煙從鍋裏升起來。伯父趕緊拿個碗，從三缽裏舀出大半碗米漿，他從鍋的後部開始倒米漿，

一邊倒，裝著米漿的碗一邊在鍋腰裏做圓弧運動，等他那個裝米漿的碗回到原點時，鍋裏已經畫出一個很規則的圓，一點也不比數學老師在黑板上畫的圓弧差。伯父畫完圓弧，碗裏的米漿也全部均勻地巴到鍋上，偶爾，鍋底的米漿多了點，伯父就拿起那塊海蚌殼，用極快的速度把米漿趕勻。他揮動蚌殼，從鍋底把米漿往上趕，很像潑墨畫家把畫紙上流動的墨汁趕開去一樣。之後，伯父蓋上鍋蓋，側耳傾聽，聽火在鍋底下蓬蓬地燃燒，聽米漿在鍋裏被烤得吱啦吱啦地響，伯父像一位樂隊指揮，是在傾聽樂隊的演奏有沒有不和諧的音符吧。

不一會，從鍋蓋的縫隙裏飄出一陣香氣。我們這些半大的孩子，是派去端豆皮子的。一聞到鍋裏飄出來的豆皮子香，涎水便跟著流出來。

伯父也聞到豆皮子的香氣，他揭開鍋蓋，一陣熱氣從鍋裏騰起來。熱氣散開之後，我們看見，豆皮子的邊沿翹了起來。伯父拿手拈著豆皮子，像從水面上揭起一張荷葉。他放下揭起來的豆皮子，把豆皮子在鍋裏旋轉一下，再次拈著豆皮子，提起來，翻個個，然後順勢把豆皮子拉到倒扣在灶台邊的篩子上。看著伯父這些嫻熟的動作，我馬上聯想到樂隊指揮揮動著兩手，一會兒，他把手揮向小提琴方陣，一會兒，他把手揮向管樂方陣。我的伯父在幾次揮手之後，就把第一張豆皮子朗好啦。

6

我們端起篾篩子，把豆皮子端到旁邊的那間屋裏去，那間屋裏，隔壁家的兩位大嫂已經等著了，她們手裏握著閃亮的菜刀，正等著把豆皮子切成細條條呢。可是，第一個豆皮子根本就輪不到她們切，才端到半路上，就被嘴饞的小孩們攔住，你撕下一塊，他撕下一塊，眨眼間，把一塊豆皮子搶了個精光。

其實，何止小孩子？就連伯父，才朗了幾個豆皮子，就忍不住停下來，把一塊剛剛炕熟的豆皮子撕下來一塊，嘴裏說：「看看今天朗的豆皮子怎麼樣。」怎麼樣呢，你想吃就吃吧，還裝得像個質量檢驗員似的，有這個必要嗎？

坐在灶門口燒火的人也禁不住誘惑，還沒等大家嚐遍，他們也站起身來，從篾篩子上撕下一塊豆皮子，有滋有味地嚼起來。

我父親負責推磨，一位表哥當他的副手。這會兒，父親和表哥也饞得不行了，他們放下磨杆子，說：「不是我們推磨，你們哪來的豆皮子吃，都不知道先給我們撕一塊來。」一邊說，一邊跑到灶台邊，揭走一張豆皮子。父親把豆皮子拿到磨架那，跟表哥和伯媽三一三餘一，三個人分吃了一塊豆皮子。

最從容的，要數兩個切豆皮子的大嫂了，她們想，你們總是吃不完的，吃不完的豆皮子，總

要送到我們這裏來的，還會沒有我們吃的份？

7

最好吃的豆皮子當然是才出鍋的熱豆皮子，它熱呼呼的，很鬆軟，有淡淡的油香，有淡淡的米漿香，摻了苦蕎的豆皮子，能聞到一股淡淡的苦蕎香，如果摻的是綠豆，能聞到一股淡淡的綠豆香。

你別忙，在豆皮子上撒一撮香蔥吧，再抹點豆瓣醬，然後，把豆皮子卷起來，就可以往嘴裏塞了。你咬一口，兩排牙齒一碰，咬破了豆皮子，能聽到一陣輕微的咔嚓聲，那是你咬著了烤焦的豆皮子的鍋巴，當然，當你咬到蔥花時，也能聽到蔥花發出輕微的嘰嘎聲。

當屋裏所有的人都吃過豆皮子之後，切豆皮子的屋裏就傳來篤篤的刀聲。那間屋子裏擱著兩塊門板，門板是早就擦洗乾淨的。兩位大嫂把豆皮子卷成條狀，一刀一刀地切下去。沒想到，她們切豆皮子的刀法也講究韻律。你聽：「篤篤——篤篤篤——篤篤——篤篤篤——」再隔一會，是「篤篤篤篤——篤篤篤篤——」切一會，兩位大嫂放下刀，抓起刀旁邊的豆皮子，抖一抖，往空中一拋，豆皮子紛紛呈拋物線撒落，真有點天女散花的優美。

朗豆皮子的過程，形成一條流水作業線，每一環都不能脫節。比如我們這些半大的小孩，剛開始端豆皮子時，快樂極了，其實，它是一件很乏味的工作，因為它一成不變，總是從灶台，把豆皮子端到旁邊的屋裏去，然後回到灶台；再從灶台，把豆皮子端到旁邊的屋裏去，依舊回到灶台。這麼跑著跑著，腿都跑酸了，可是，你的腿再酸，也不能停下來。你停了下來，朗出來的豆皮子，就沒人送到旁邊屋裏去切。你實在跑不動了，怎麼辦？換人唄。把我們換去燒火，讓燒火的人去端豆皮子。

冬天裏，燒火是個美差。你想啊，臘月的天，外面開始凍淩了，屋頂上早就有了一層薄霜。如果不是朗豆皮子，我們只是坐在屋裏閒聊天，早就冷得受不了啦。現在，你坐在灶門口，不一會，往灶膛裏塞一把柴，不一會，再往灶膛裏塞一把柴，暖和得不得了。

你知道我們往灶膛裏塞的是什麼柴嗎？是松毛，就是冬天松樹上落下來的松針，它們呈金黃色，很乾燥，一送進灶膛，便蓬的一聲燃起來。有時候，松毛裏夾了幾根枯樹枝，燃著燃著，發出啪的幾聲脆響，像過年時放的鞭炮。那蓬的聲音應該算作輕音樂，那啪的一聲炸響，算得上打擊樂吧。你既烤了火，又能聽到美妙的音樂，應該不會睏了吧。

8

五斗米的豆皮子，通常要朗大半夜。等到所有的工作都做完，父母親把家什歸攏，東邊的天

空已經現出魚肚白。當然，把豆皮子拿出去曬，還不著急，你總得等霜收了吧，你總得等太陽上到一兩竿子高了吧，那時候，太陽才有點熱度。這時候，我們屋前的田裏，擱了許多板凳，板凳上放著曬簟卷簟之類的東西。我們把切好的豆皮子搬出來，放到曬簟上去曬。我們在田裏插幾根竹竿，竹竿上掛著些花花綠綠的布條，風吹來，布條呼啦啦地飄動，奏出一首輕快的曲子，鳥雀們聽了，都不敢飛到跟前來啄豆皮子吃。

噢，太陽終於出來了，再加上一陣陣風，我們的豆皮子，一天就能曬乾了。可要是遇上陰雨天，那可就慘嘍，你就得在家裏擱上許多東西，把豆皮子攤在家裏，弄不好，豆皮子還會結冰發黴呢。

不過，我們家朗豆皮子，總還在晴朗的天氣。雖然，我們把豆皮子晾到外面去的時候，田野上還覆蓋著一層細鹽粒般的濃霜，但是，霜越大，待會兒太陽就越大，到下午開始杠霜時，咱們家的豆皮子已經曬乾了。你抓一把豆皮子，在手裏一捏，能聽到嘎嘣嘎嘣的脆響，要是你的手細皮嫩肉，嘿嘿，一定會紮出許多血口子！

這時候，父親挑來籮筐，把曬好的豆皮子往家裏挑，挑回家後，我們把一部分豆皮子裝進缸裏，一部分裝進櫃子裏。等到開春後農忙之際，母親燒開半鍋水，抓幾把豆皮子放進去，幾分鐘就能吃了，那是很能節約時間的。過年時，圍在火塘邊上烤火的人肚子餓了，拿個撐架子，往火塘上一墩，放一口小鍋，就著火塘裏的火，燒開半鍋水，往鍋裏放幾把豆皮子，就是一頓不錯的夜宵。你映著燈光，挑起一筷子煮熟的豆皮子，豆皮子在筷子上一閃一閃地跳躍，燈光流瀉到豆皮子上，像是給豆皮子撒上一層金粉。當然，如果你不怕麻煩，還可以撈出兩個臘水粑粑，把它們切成半圓形的月亮，或者放到火塘裏去烤，你一邊喝著豆皮子湯，一邊吃著燙嘴的烤粑粑，也是別有一番情趣的。

我記得，豆皮子最好的吃法，是濕豆皮子炒著吃。朗豆皮子的活兒結束時，木盆裏，三缽裏，都巴著一些米漿。伯父把木盆涮了涮，把三缽洗了洗，又出來幾碗米漿。伯父把這些米漿倒進鍋裏去朗，這幾個豆皮子就不能講究了，它會有些疙瘩，厚薄不勻。可是不要緊，第二天早上，我們趁著它還是濕的，把它放到鍋裏，用鍋鏟搗碎，放點油，放點鹽，放點豆瓣醬和蔥花，打上兩個雞蛋，嘿嘿，那味兒，美極了！

9

我姑媽住在夢溪鎮街上，每逢過年過節，我們就用包袱包一包豆皮子，包幾十個臘水粑粑，給姑媽送去，姑媽見了，十分開心。她做姑娘時，在家吃慣了豆皮子和臘水粑粑，嫁到街上去之後，依然忘不了鄉下的豆皮子和臘水粑粑，我父親和伯父就輪番給姑媽送去，讓這些豆皮子和臘水粑粑重現姑媽少女時的快樂歲月。

而今，我也住進城裏了，跟姑媽一樣，我也經常想起老家的豆皮子和泡在罎子裏的臘水粑粑。回老家時，弟弟家裏如果有，我們一定會包一包，帶回城裏慢慢地享用。

有時候，我們幾年不回老家，心裏惦念著豆皮子，就到集貿市場上去買點。集貿市場上的豆皮子叫粉皮，又叫做米粉，但是，現代食品加工廠用電動機加工出來的粉皮，怎麼也趕不上我們老家的豆皮子，它沒有老家的豆皮子經煮，沒有老家的豆皮子味長，沒有老家的豆皮子那種淡淡的油香和柴火氣息。再說，集貿市場上的粉皮裏絕對不加苦蕎和綠豆，要知道，苦蕎具有軟化血管、改善微循環、清熱解毒、活血化瘀、拔毒生肌等作用。而綠豆則具有強力的解毒功效，可以解除多種毒素，還可以降低膽固醇，又有保肝和抗過敏的作用……集貿市場上賣的米粉，跟超市裡賣的麵條一樣，是一種加工食品，比起我們老家摻了苦蕎和綠豆的豆皮子，可就差遠嘍！

讀者朋友，讀了上面的文章，你是不是也嘴饞了？如果實在饞得不行，等哪天我回老家去時捎上你，讓你跟我一起，去嘗嘗我們老家美妙的鄉間美食，你要是嘗了，也一定會歷久不忘的！

二〇一二年四月廿九日

二〇一二年六月廿九日修改

四十五、爆米花和她的姊妹們

見慣了體育明星和歌星影星被包裝，我也想包裝一下我喜歡的一種美食，它藏在我童年的記憶裏，讓我夢繞魂牽，這種美食的小名叫「米籽」，學名叫爆米花。爆米花是用糯米做成的，由糯米到爆米花，有一連串的工序，伴隨這些工序，少不了一系列工具，就如民間相傳的那樣，缺了胡蘿蔔，還真整不了酒呢！

（一）蒸糯米

蒸糯米是做爆米花的第一道工序。我們把洗淨的糯米泡半天，瀝乾，上到甑子裏去蒸。蒸糯米的甑是用杉木做成的，像水桶那樣，上面粗，下面細。把一塊塊杉木用竹銷子連接起來，箍上兩道篾箍，有箍鐵箍的，也有箍銅箍的，以精緻的篾箍為上品。甑子有大有小，普通家庭用的甑子能蒸一兩斗（舊時量米穀的器具，一斗米約合十公斤）糯米，這麼大的甑子，在半中腰那兒量，直徑總在一尺五左右。

我們家蒸糯米時，我看見母親洗淨甑子，把甑子放到鍋裏，往鍋裏放小半鍋水。母親在甑子裏放一個竹格子，竹格子呈竹笠形，由一片片細篾編織而成，以便鍋裏的水蒸氣往上竄，它的俗名叫「粗皮子」。

母親在粗皮子上鋪上洗淨的蚊帳布，再把瀝乾的糯米倒進甑子裏，甑子頂部蓋上鍋蓋，用打濕的蚊帳布塞住鍋蓋的縫隙，就在灶裏加柴燒火了。

灶裏的火越燒越旺，鍋裏的水蒸氣直往上竄，竄得整個灶屋裏都彌漫著水蒸氣，等到鍋裏的水蒸氣冒它個把小時，從甑子裏便飄出一陣陣糯米的香氣。糯米的香氣裏夾著杉木的香氣，它們從屋裏鑽出去，飛到稻場上，飛到屋後的竹林裏，把屋前屋後做事的人口水勾出一尺多長來。有等不及的小孩便跑進屋來，在灶台邊上跳著蹦著叫嚷著：我要吃糯米，我要吃糯米！哎喲，糯米好香，我要吃！

灶裏的火漸漸地小下來，等到甑子裏的水蒸氣有一陣無一陣地往外冒時，母親揭開鍋蓋，我們踮起腳看一眼甑裏，啊，甑子裏的糯米一粒挨著一粒，拿筷子挑起一坨，嘿，幾乎顆顆糯米晶瑩剔透，像一顆顆細碎的羊脂玉，你即使剛吃了酒席，看見才出甑的糯米，也能再吃它三大碗。

(二) 曬陰米

用杉木甑蒸出來的糯米顆是顆，粒是粒，等它冷了，拿手一搓，像一顆顆碎玉，這時候，我們就得把糯米拿到太陽底下去曬了。

曬糯米要用大曬簟或者卷簟。我們把搓成顆粒的糯米均勻地攤在曬簟裏，放到太陽下去曬。曬糯米的曬簟呈腰子形，它的面積有現在一個雙人床那麼大。曬簟的四周翹起一兩寸的邊，由細篾織成，又用薄篾片鎖了邊，便於人們抓握。它的主體部分由薄篾片織成，優秀篾匠織出來的曬簟平放到地上，如果潑幾瓢水，那水都漏不下去。

要是遇上好天氣，連續曬兩天，糯米就曬成陰米了。曬乾的陰米改變了米粒的內部結構，體積比糯米小了許多，在陽光下，陰米表面有瑩潤的光澤，摸在手裏，像粗沙粒，卻比粗沙更滑溜，它的尖銳部分，能紮破人們的手。

為什麼把煮熟曬乾的糯米叫陰米呢？因為曬乾的糯米要收到陶器罈子裏，放上三五年六八年都不壞。古代砌城牆，還把陰米磨成粉子，跟石膏和在一起，拿它勾縫，有很強的粘結性。

（三）炒米花

可是，平時我們曬了陰米，是把它炒成米花，炒熟的米花又脆又香，抓一把放到嘴裏嚼，嘎嘣嘎嘣脆，一股香氣穿過鼻腔直衝腦門，另一股香氣順著食道溜到胃裏，能把你胃裏的食欲最大限度地調動起來，那一刻，你會忘記一切山珍海味！

炒米花的活兒大多在年底做。到了年底，我們不再讓陰米躲在陶器罐子裏，我們要把它請出來，用沙炒成雪白的米花。

我們先準備一兩斤細沙，把細沙洗淨，曬乾備用。

我們還要準備一把沙撮子，一把炒刷子，還要準備幾個陶器罐子，用來裝炒熟的爆米花。

我這裏說的沙撮子，有點像鄉下挑土的竹筐，書名叫畚箕，與畚箕不同的是，畚箕的底是平的，畚箕中部安上弧形的提梁，尾部是方的，還安個半圓的環當把手，便於傾倒筐裏的東西，而且畚箕的容量比較大，用它裝土，裝滿了，每只能裝七八十斤。沙撮子呢，形制和規模都小得多，它的底部是弧形的，尾部也安個半圓形的環，不過沙撮子安把手，是為了掛到牆上方便。

我們用沙撮子，是為了把炒好的爆米花中的沙子篩乾淨。沙撮子由刮細的篾條織成，篾條與篾條之間有縫隙，能漏沙粒，卻漏不掉爆米花。

你瞧，我的母親正在灶台後炒米花呢，那兩斤洗淨的細沙已經在鍋裏被炒得滾燙。母親用小盅子舀一盅陰米放到鍋裏，用炒刷子在鍋裏不停地翻炒。可不敢懈怠呢，稍一懈怠，鍋裏的陰米就烤糊了，另一些陰米呢，卻還是硬的。

母親手裏的炒刷子，是一束二三毫米直徑的篾簽，拿破舊的筲箕邊上的竹簽做成。破舊筲箕的竹簽有些弧度。一個炒刷子，要紮一二十根篾簽，二十來根篾簽參差不齊，紮在一起，像一把細瘦的掃帚，在讀書人眼裏，很像一支硬毫的大毛筆。這時候，母親拿著炒刷子，在鍋裏不停地翻炒陰米。剛放到鍋裏的陰米，乍一看跟沙子的顏色差不多，但是在母親不停地翻炒中，陰米漸漸變白，變胖，發出輕微的嗶剝聲。嗶剝聲越來越緊，沙粒中的陰米變白了，顆粒越變越大，像一堆擠在一起的半大的蠶，現在，我們該把它叫爆米花了。

這會兒，母親拿起沙撮子，往鍋裏一抄，三兩下，就把鍋裏的爆米花撮到沙撮子裏，再用沙刷子碰幾下，沙撮子裏的沙粒全都漏到鍋裏，留在沙撮子裏面的，全都是白花花的爆米花。嘿，那個香啊，有鍋巴的清香，有糯米的香軟。我們這些饞貓，哪裡等得及喲，早就從碗櫃裏拿了碗，舀半碗白花花的米花，往碗裏倒上半碗開水，不一會，爆米花泡軟了，泡軟的米粒全都浮在水面上，然後，我們往碗裏著點紅塘。這會兒，我們把碗送到嘴邊，喝一口，呼嚕呼嚕地響，哎喲，那個爽呀，真沒得說！

（四）米花糖和她的姊妹

爆米花最基本的吃法是放點紅塘之後泡著吃，泡出來的爆米花有一股清香，吃起來很便捷。你勞動歸來，餓得肚皮貼著脊樑骨時，怎麼辦呢？先去舀一碗米花，倒點水，放點兒糖，在極短的時間內，你的餓鬼就被攆跑啦。但是如果爆米花都這樣吃，那可就大煞風景嘍，就跟我們把一盤鮑魚像煎鯽魚那樣煎了吃一樣，豈不是浪費？

你說該怎麼吃呢？我們給爆米花加上糖稀，做成米花糖，埋到乾燥的米花壇子裏，能放上大半年呢，過年的時候，能拿出來待客。

那時候，我們做米花糖的糖稀是用紅薯熬成的，熬好的糖叫餳（音同「形」）糖。做米花糖有很高的技術含量，別說母親，就連我父親也不會，我們得請伯父來幫忙。

伯父從鉢子裏挖出一坨餳糖，放到鍋裏，加水，加熱，熱到一定程度，用鍋鏟舀起一點來，拿食指和大拇指沾點糖，然後把兩個手指頭慢慢張開，合攏，再張開，看看糖稀能牽出多長的絲兒來。伯父認為火候到了，就叫父親把一大撮箕米花倒進鍋裏，伯父用鍋鏟在鍋裏不停地翻炒，炒著炒著，伯父炒不動了。伯父把加糖稀的米花盛起來，放到案板上，拿兩把菜刀把米花往一塊擠壓，歸整成一個正方形的糖塊。這時候，糖塊漸漸冷卻，伯父拿一根尺子在米花糖塊上比畫了一下，然後拿菜刀咔嚓咔嚓地切。伯父先把那塊正方形的米花糖切成一條條三寸來寬的窄條，再在窄條上切出半指厚的小片。切完後，伯父把這些小片擠壓一下，看上去，這些小塊的米花糖還是一長條，其實等我們吃的時候，輕輕一掰，全都成了一小塊一小塊。你放到嘴裏一嚼，嘎嘣脆，拿舌尖一添，一絲絲甜味，滿口米花的清香。

爆米花除了做成米花糖，還能做成攪子糖。這攪子糖，你千萬別誤讀成「餃子糖」，因為這「攪子」，是用濃糖稀夾了少許米花，再加些芝麻做成薄片。我們把它切成煙捲大小的糖條，再把這糖條扭一下，有人還叫它扭子糖。

除此之外，過年時節，我們還把爆米花和到剁好的肉餡裏，做成肉丸子，加了爆米花的肉丸子很香，很軟，我記得裏面還加了胡蘿蔔和白蘿蔔，當然還有大蒜和香蔥。可是我知道，無論缺哪一樣，都不能缺了爆米花，只有用爆米花做成的肉丸子才有那種又香又軟的口感。

現在，很多人家都不炒米花了，要做肉丸子，便直接加糯米，加糯米的肉丸子粘連性不錯，卻不如爆米花柔軟，少了那種幽幽的香，不能不說是一種缺憾。

（五）蛻變的爆米花

後來有了一種爆米花的機器，人們把糯米裝進一個鐵製的像葫蘆似的東西裏，把鐵葫蘆放到火上去加熱，一邊加熱，一邊搖動輪軸，等加熱到一定程度，把鐵葫蘆取下來，拿只口袋接到葫蘆嘴上，擰開葫蘆蓋，嘭的一聲巨響，炒熟的米花沖進口袋裏，白花花的，也能聞到一股香氣，可是比起母親拿沙用陰米炒出的米花來，可就差遠了。

用鐵葫蘆爆米花，不但能用糯米，用粘米也行，人們還把玉米、蠶豆等放到鐵葫蘆裏去爆，爆出來的玉米和蠶豆，顆粒兒很大，缺點是，沒有母親用沙炒出來的香，就更不用說米花了。

因為工藝複雜，流程繁瑣，等到年紀稍微大些的這代人謝世之後，我估計，那種用陰米炒出來的爆米花就會失傳了。於是我懷著對兒時生活的眷念，懷著對傳統美食即將消失的痛心記錄下

它，期待有朝一日，我們的後代能如此這般地複製出陰米、爆米花和米花糖，再加上放了爆米花的肉丸子。

二〇一二年八月十一日

二〇一二年八月廿九日修改

二〇一二年九月六日第五次修改

二〇一二年十一月八日全文修改完畢

釀文學141　PG0954

消逝的彩虹
——農耕・舊事・鄉情・美食

作　　者　胡祖義
責任編輯　廖妘甄
圖文排版　賴英珍、陳姿廷
封面設計　秦禎翊

出版策劃　釀出版
製作發行　秀威資訊科技股份有限公司
114 台北市內湖區瑞光路76巷65號1樓
電話：+886-2-2796-3638　傳真：+886-2-2796-1377
服務信箱：service@showwe.com.tw
http://www.showwe.com.tw
郵政劃撥　19563868　戶名：秀威資訊科技股份有限公司
展售門市　國家書店【松江門市】
104 台北市中山區松江路209號1樓
電話：+886-2-2518-0207　傳真：+886-2-2518-0778
網路訂購　秀威網路書店：http://www.bodbooks.com.tw
國家網路書店：http://www.govbooks.com.tw
法律顧問　毛國樑　律師
總 經 銷　聯合發行股份有限公司
231新北市新店區寶橋路235巷6弄6號4F
電話：+886-2-2917-8022　傳真：+886-2-2915-6275

出版日期　2013年5月　BOD一版
定　　價　470元

國家圖書館出版品預行編目

消逝的彩虹：農耕.舊事.鄉情.美食 / 胡祖義著. -- 一版.
-- 臺北市：釀出版, 2013.05
面； 公分
BOD版
ISBN 978-986-5871-33-8（平裝）

855 102004869

讀者回函卡

感謝您購買本書，為提升服務品質，請填妥以下資料，將讀者回函卡直接寄回或傳真本公司，收到您的寶貴意見後，我們會收藏記錄及檢討，謝謝！

如您需要了解本公司最新出版書目、購書優惠或企劃活動，歡迎您上網查詢或下載相關資料：http:// www.showwe.com.tw

您購買的書名：＿＿＿＿＿＿＿＿＿＿＿＿＿＿＿＿＿＿＿＿

出生日期：＿＿＿＿＿年＿＿＿＿＿月＿＿＿＿＿日

學歷：□高中（含）以下　□大專　□研究所（含）以上

職業：□製造業　□金融業　□資訊業　□軍警　□傳播業　□自由業

□服務業　□公務員　□教職　□學生　□家管　□其它＿＿＿

購書地點：□網路書店　□實體書店　□書展　□郵購　□贈閱　□其他

您從何得知本書的消息？

□網路書店　□實體書店　□網路搜尋　□電子報　□書訊　□雜誌

□傳播媒體　□親友推薦　□網站推薦　□部落格　□其他＿＿＿＿＿

您對本書的評價：（請填代號　1.非常滿意　2.滿意　3.尚可　4.再改進）

封面設計＿＿　版面編排＿＿　內容＿＿　文／譯筆＿＿　價格＿＿

讀完書後您覺得：

□很有收穫　□有收穫　□收穫不多　□沒收穫

對我們的建議：＿＿＿＿＿＿＿＿＿＿＿＿＿＿＿＿＿＿＿＿

＿＿＿＿＿＿＿＿＿＿＿＿＿＿＿＿＿＿＿＿＿＿＿＿＿＿

＿＿＿＿＿＿＿＿＿＿＿＿＿＿＿＿＿＿＿＿＿＿＿＿＿＿

＿＿＿＿＿＿＿＿＿＿＿＿＿＿＿＿＿＿＿＿＿＿＿＿＿＿

請貼
郵票

11466
台北市內湖區瑞光路 76 巷 65 號 1 樓

秀威資訊科技股份有限公司　　收

BOD 數位出版事業部

(請沿線對折寄回，謝謝！)

姓　　名：＿＿＿＿＿＿＿＿＿＿　年齡：＿＿＿＿　性別：□女　□男

郵遞區號：□□□□□

地　　址：＿＿＿＿＿＿＿＿＿＿＿＿＿＿＿＿＿＿＿＿＿＿＿＿

聯絡電話：(日)＿＿＿＿＿＿＿＿＿＿＿＿(夜)＿＿＿＿＿＿＿＿＿＿＿＿

E-mail：＿＿＿＿＿＿＿＿＿＿＿＿＿＿＿＿＿＿＿＿＿＿＿＿＿